XIAOSHUO YU SHENGHUO

小说是文本化的生活 生活乃原生态之小说

张公善◎著

小说与生活

——中外现当代小说名篇中的生活观念

ZHONGWAI XIANDANGDAI
XIAOSHUO MINGPIAN ZHONG
DE SHENGHUO GUANNIAN

安徽师范大学出版社

图书在版编目（CIP）数据

小说与生活：中外现当代小说名篇中的生活观念/张公善著．—芜湖：安徽师范大学出版社，2011.11（2025.1 重印）

ISBN 978-7-81141-653-4

Ⅰ.①小…　Ⅱ.①张…　Ⅲ.①小说研究—世界—现代—高等学校—教材　Ⅳ.①I106.4

中国版本图书馆 CIP 数据核字（2011）第 222321 号

小说与生活
——中外现当代小说名篇中的生活观念

张公善　著

出　版　人：张传开
责任编辑：胡志恒　朱思敏
装帧设计：丁奕奕

出版发行：安徽师范大学出版社
　　　　　芜湖市九华南路 189 号安徽师范大学花津校区　　邮政编码：241002
网　　　址：http：//www.ahnupress.com/
发　行　部：0553-3883578　5910327　5910310（传真）　E-mail：asdcbsfxb@126.com
经　　　销：全国新华书店
印　　　刷：阳谷毕升印务有限公司
版　　　次：2012 年 1 月第 1 版
印　　　次：2025年1月第3次印刷
规　　　格：787×960　1/16
印　　　张：16
字　　　数：238 千
书　　　号：ISBN 978-7-81141-653-4
定　　　价：65.00 元

目　录

绪论 小说中的生活智慧

生活因为有小说而丰富多彩；小说因为有生活而博大精深。

小说对生活的意义主要体现在以下三个方面：

小说呈现当下生活的全貌。"小说的存在理由是要永恒地照亮'生活世界'，保护我们不至于坠入'对存在的遗忘'。"① 现在的生活就是未来的历史。小说对生活的保存比历史更加形象生动，也更加全面。中外经典长篇小说无不是其描绘的时代的百科全书。恩格斯称赞巴尔扎克的《人间喜剧》写出了贵族阶级的没落衰败和资产阶级的上升发展，提供了社会各个领域无比丰富的生动细节和形象化的历史材料，"甚至在经济的细节方面（如革命以后动产和不动产的重新分配），我学到的东西也要比从当时所有职业历史学家、经济学家和统计学家那里学到的全部东西还要多"。② 恩格斯对巴尔扎克的赞誉，让我们相信如下一种观点："在被哲学遗弃、被成百上千种科学专业分化了的现代世界中，小说成为我们最后一个可以将人类生活视为一个整体的观察站。（埃内斯托·萨瓦托）"③

小说探索未来的生活理想。约翰·费克特说："艺术是人类可能性的器官，艺术将之视作一种无论何地其通路都不被阻塞的价值。"④ 昆德拉认为，一部小说，若不发现一点在它当时还未知的存在，就是一部不道德的小说，因为"小说审视的不是现实，而是存在。而存在并非已

---

① ［捷克］昆德拉：《小说的艺术》，董强译，上海：上海译文出版社，2004年，第23页。

② 王钦韶、田文信、张凌等编著：《马列文论选读》，郑州：河南人民出版社，1993年，第299页。

③ 转引自［捷克］昆德拉：《帷幕》，董强译，上海：上海译文出版社，2006年，第107页。

④ John Fekete. Life After Postmodernism，New York：St. Martin's Press, Inc.，1987：83.

经发生的，存在属于人类可能性的领域，所有人类可能成为的，所有人类做得出来的。"① 这种存在的无限性和可能性就是伸向未来的触角。艺术打开了通往存在的窗口，让我们看到了人类的当下存在状态以及可能的理想生活状态。正是在此意义上，王安忆才说："小说不是现实，它是个人的心灵世界，这个世界有着另一种规律、原则、起源和归宿。……小说的价值是开拓一个人类的神界。"②

小说凝聚作者的生活智慧。小说家詹姆斯说："一部小说之所以存在，其唯一的理由就是它确实试图表现生活。"③ 其实小说家不仅仅是表现生活，他更是将其对生活的感悟凝聚在字里行间传达给明眸善睐的人们。周国平看了昆德拉的《被背叛的遗嘱》，很有感慨地写了一篇札记《小说的智慧》。他写道："小说的内容永远是生活。每一部小说都描述或者建构了生活的一个片段，一个缩影，一种模型，以此传达了对生活的一种理解。"④ 也许我们可以说，小说就是故事化的生活智慧。生活经验提炼生活智慧，磨难成就经典。此乃生活境遇与小说优劣的辩证法。在此意义上，我们说富有生活智慧的小说，其作者必然是饱经生活风霜的人，一个真正生活过的人，而不是生活在书本中靠读几本书就开始写作的人，不是作秀"采风"的人。没有生活的人，写不出智慧的文字。当代小说不如现代小说的一个致命原因就是：当代人已经普遍成为生活经验的缺乏者。他们迷醉在数字时空，忘记了身边实实在在的生活。

上面说的是小说之于生活的意义，那么生活对小说的意义又在哪里呢？如果说小说是故事化的生活智慧，那么我们也可以说，生活是原生态的小说文本。可以从两个方面来说明：

首先，生活给予小说丰富的内容。列夫·托尔斯泰说得好："艺术是生活的镜子。"⑤ 与其他艺术形式相比，文学更是全面映射生活的镜

---

① ［捷克］昆德拉：《小说的艺术》，董强译，上海：上海译文出版社，2004 年，第 54 页。
② 王安忆：《心灵世界——王安忆小说讲稿》，上海：复旦大学出版社，1997 年，第 1 页。
③ ［美］詹姆斯：《小说的艺术》，朱雯等译，上海：上海译文出版社，2000 年，第 5 页。
④ 周国平：《各自的朝圣路：周国平散文集》，北京：东方出版社，1999 年，第 14 页。
⑤ 转引自北京师范大学中文系文艺理论教研室编：《文学理论学习参考资料（上）》，沈阳：春风文艺出版社，1981 年，第 179 页。

子。文学中小说在表现生活的广度和深度方面又比其他体裁更胜一筹。生活的一点一滴都可以成为一部小说的创作契机。生活中的题材与素材都会被整合进小说之中。王安忆的《米尼》是她采访女子监狱的结晶，古华的《芙蓉镇》脱胎于一个寡妇的冤案，川端康成的《伊豆的舞女》故事情节则是以 1919 年作者 19 岁时到伊豆旅行中体验的生活为基础的……可以说，小说家就像一个蜘蛛端坐在生活的上空，网罗四面八方的信息，然后提炼织成错综复杂的小说之网。

生活赋予小说恰当的形式与风格。马尔库塞认为艺术是"现实的形式"，是与现实生活不同的"异在"；而艺术的形式就是使一件艺术品成为艺术品的东西，"形式是艺术本身的现实，是艺术自身"。无论什么艺术，它的形式与内容都是密不可分的。生活作为艺术的源泉，不仅仅是指艺术的内容来源于生活，而且也意味着艺术的形式也来源于生活。小说自不例外，尤其是长篇小说，它的间架结构，它的叙述节奏，它的语言风格，都与它所要表现的生活相一致。比如贾平凹获茅盾文学奖小说《秦腔》，表现的是往昔农村文化生活的衰落。很可能许许多多的人都读不下去。小说没有恢宏的结构，没有跌宕起伏的情节，没有华丽的表达。小说通篇都是密密麻麻家长里短唠唠叨叨的叙述。很显然这都是受所要表现的农村生活的影响所致。农村生活不像城市生活充满着变化和速度，农村生活也不像城市生活那样因为人员的往来频繁而充满着故事，农村的日子是慢慢熬过来的。且不论小说的内容，单从阅读《秦腔》的体验来说，都能让我们对清风街人民生活的厚实与沉重感慨万千。

小说是文本化的生活，生活是原生态的小说。

生活中有小说，小说里有生活。小说与生活的相互依存与渗透关系，给我们提供了阅读小说与认识生活的新视角：从生活的天空观望小说，从小说的窗口理解生活。这便是《小说与生活：中外现当代小说名篇中的生活观念》的双重目的：一是从文艺学角度来说，开拓了阅读小说的生活诗学视角。二是从教育学角度来说，实践了陶行知"生活教育"的理念。将生活教育与小说阅读相结合，引导人们关爱生命—积极生活—感悟存在。陶行知说："生活教育是生活所原有，生活所自营，生活所必需的教育（life education means an education of life, by life and for life）。教育的根本意义是生活之变化，生活无时不变，即生活无时不含有教育的意义。因此，我们可以说：'生活即教育'。"① 在此意义上，本书是陶行知"生活教育"理念的拓展与深化。此外，本书也是继承梁启超的思想，将小说视作生活启蒙的教材。早在1902年，梁启超就曾因为"小说有不可思议之力支配人道"而将小说作为启蒙、新民的工具，进而提倡"小说界革命"的。②

本书精选20世纪以来中外经典小说，以此来专门讲授小说中蕴含的"生活之道"，从而集中有效地开展"生活教育"，进行生活启蒙，同时提供理论指导与艺术熏陶。之所以选择20世纪小说为主要研究对象，是因为20世纪是人类有史以来发展最为迅速的时期，现代化在全球轰轰烈烈地开展，人类遭遇到前所未有的生存困境。通过阅读20世纪以来的经典小说，不仅可以使我们认识到人类生活的主要问题和主题，而且还可以让我们从中汲取经验教训和生活智慧，从而更清醒地走向未来。本书分两部分：第一部分讲的是生活中普遍的问题（依据法国作家莫洛亚的提法）包括生死、婚恋、工作、欲望、栖居、幸福等六个问题。第二部分则对生活的若干主题进行阐释，包括生活的方式、生活的惯性、生活的艺术、生活的复杂、生活的韧性、生活的轻重、生活的韵味、生活的意义、生活的境界、生活的维度等十个主题。

全书共十六章，每一章分三大板块，第一板块是【理论向导】，即相关生活问题和主题的理论介绍，主要侧重于从哲学角度进行阐释说明，意在能够对读者的生活起到向导或借鉴的作用。第二板块是【作品研读】，每一章选择一到两部经典小说从生活的问题或主题切入，进行有针对性的具体解读，意在揭示小说中所蕴藏的生活观念。第三板块是【延伸阅读】，就每一章所涉及的内容推荐一些理论书籍和其他一些经典小说，希望进一步拓展读者的阅读空间。

---

① 陶行知：《生活教育》，见魏行一主编：《陶行知、黄炎培、徐特立、陈鹤琴教育文选》，合肥：安徽教育出版社，1992年，第51页。

② 朱栋霖、丁帆、朱晓进主编：《中国现代文学史1917—1997（上）》，北京：高等教育出版社，1999年，第7页。

本书是安徽师范大学人文类通识教育类课程《小说与生活》的教材，也可作为各类学校人文教育的参考书目，对于希望加强自我人文修养的普通读者，本书也是比较难得的业余读物。

第一部分　生活的问题

引　言

贾塞特说："'问题'是一切科学的核心，其他都是次要的。"① 说明问题意识对于任何科学研究都是最重要的。可是维特根斯坦却提醒我们："即使一切可能的科学问题都已得到解答，也还完全没有触及到人生问题。"② 这里科学问题与人生问题相互对立。二者究竟有何区别呢？科学问题往往涉及知识的累积，人生问题则关涉智慧的提炼；科学问题侧重逻辑推理，人生问题则重在情感体悟；科学问题旨在学科的进步，人生问题则着眼于生活的圆满与幸福。

那么人生的问题有哪些呢？傅雷翻译的《人生五大问题》早已蜚声海内外。该书作者是法国作家莫洛亚，他在此书中关注的是"人类之于配偶于家庭于国家究竟如何生活"，涉及的五大问题分别是婚姻、父母与子女、友谊、政治机构以及幸福。的确，我们每个人在生活中都会遭遇到这些问题。但是还有许多问题该书中并没有涉及。在他的基础上，结合当今世界的时代现状，我们提炼出生活中最普遍、最基本的六个问题：

---

① ［西班牙］贾塞特：《生活与命运：奥德嘉·贾塞特讲演录》，陈升、胡继伟译，南宁：广西人民出版社，2007年，第104页。

② ［奥地利］维特根斯坦：《游戏规则》，唐少杰等译，西安：陕西师范大学出版社，2003年，第2页。

生死、婚恋、工作、欲望、栖居以及幸福。接下来的六章，我们将分别论述之。

"作为一个受过教育的人，重要的是必须理解人类存在的基本问题所涉及的各种复杂性，并应该用最清醒的意识去看待生命。"① 尽管如此，对上述生活问题的解析，我们并不希望给人留下只是在书本中研究生活的印象。理论与实践必须结合。我们的目的是让人认识到这些问题，并能在生活中自己去实践去解决这些问题。梭罗曾经告诫我们"不应该以生活为游戏，或仅仅以生活作研究"，而"应该自始至终，热忱地生活"，因为除此之外，便没有"更好的方法来学习生活"。②

---

① ［美］博克：《走出象牙塔——现代大学的社会责任》，徐小洲、陈军译，杭州：浙江教育出版社，2001 年，第 149 页。
② ［美］梭罗：《瓦尔登湖》，徐迟译，长春：吉林人民出版社，1997 年，第 45 页。

第一章　生　死

【理论向导】

　　人是向死而生的存在。帕森斯和利兹指出："死亡性必须并且始终是具体人类有限性的一个特别重要的例证和清晰的象征。"① 那么死亡对人有何意义呢？阿伦特说："因为人生有一个开端和一个终结，所以人生是完整的……死亡不仅仅是生命的结束，而且也赋予生命一种无声的完整性。"② 从终极意义上看，人生就是一场悲剧，因为人都是有限的存在，都走向死亡。人生应该是一场"积极的悲剧"或"乐观的悲剧"。"对此时此地的经验的不可避免的本性的认可，这便超越了悲观。""悲剧的意义在于，接受命运，然后起来行动。"③ 这其实也就是西西弗精神。哲学家叔本华作为个案的价值所在恐怕就是：理论上接受人的悲剧性，行动上积极反抗。

　　生死之间的可写性。阿伦特认为"生活就是故事"。每个人都是写于生与死之间的"具体的人"，"具体的人的生活主要特征就是……它本身总是充满着最终可被叙述为故事，成为自传的事件"。人类生活不同于自然的（生物的）本能生活，在于它在生与死之间充满着叙述的可能性。正如克里斯蒂娃所指出的，"唯有作为叙述的行动以及作为行

---

　　① 南川、黄炎平编译：《与名家一起体验死》，北京：光明日报出版社，2001 年，第 22 页。

　　② ［美］阿伦特：《精神生活·思维》，姜志辉译，南京：江苏教育出版社，2006 年，第 183 页。

　　③ Leslie Paul. The meaning of human existence, Connecticut：Greenwood Press, Publishers, 1971：216, 217, 221.

动的叙述可以履行（实践）生活（fulfil life）"。① 这种将人类生活文本化的思想核心要素是：积极地行动地生活；生活可以无数次重新开始。

珍爱生命，积极生活。法国存在主义哲学家加缪认为"真正严肃的哲学问题只有一个：自杀"。在加缪看来，生活世界是荒谬的，燃烧又冰冷，生活要有价值和意义，就得激情地反抗，一言以蔽之，我们要在荒谬而冰冷的世界里激情地燃烧，直到生命耗竭为止，这正是生命的尊严所在。"毫不妥协地非自愿地死是本质性的。自杀是一种弃绝。"② 加缪给了我们深刻的启示：在这个存有荒谬的世界上，重要的是我们要拒绝自杀，好好活着。"只有乐于生的人才能真正不感到死之苦恼。"③

警惕艺术对死亡的诗意化。真正的艺术永远不该"向绝望低头"，因为"真正的深刻并不是看到'美'的破败和'爱'的虚无，而是如何才能从这种不尽人意的'现实'的包围中突围，让那些或许永远不会真正降临大地的理想明亮我们的人生"。④ 可是有些艺术不仅不能鼓舞人心，而且还使人颓废和绝望。它们极尽所能描绘生活的不可战胜的威力，肆无忌惮地美化似乎不可避免的死亡。专注于自身的审美立场而漠视他者的生命或是自身的生活，这是审美化的一个误区。美国哲学家罗蒂为此提出了一种新的残酷："不是指希特勒、格拉度司（Gradus）、巴度客（Paduk）等那种'野兽般的闹剧'，而是指那些善于美感喜乐的人也可能会犯的一种特殊的残酷。……情感敏锐的人可能杀人，善于美感喜乐的人可能残酷，诗人可能毫无怜悯之心——这些意象大师们可能会满足于将其他人的生命转化成银幕上的意象，而对于这些人受苦受难的事实却视若无睹。"⑤

---

① Julia Kristeva. Hannah Arendt：life is a narrative, University of Toronto Press Incorporated, 2001：7-8.

② Steven Sanders, David R. C. The Meaning of Life New York：McGraw-Hill Book Company, 1988：75.

③ ［法］蒙田：《有血有肉的语言》，梁宗岱、黄建华译，北京：西苑出版社，2003年，第164页。

④ 徐岱：《边缘叙事》，上海：学林出版社，2002年，第179页。

⑤ ［美］罗蒂：《偶然、反讽与团结》，徐文瑞译，北京：商务印书馆，2003年，第220页。

【作品研读】

情色经典 生命赞歌：《挪威的森林》

村上春树（1949—）日本小说家、美国文学翻译家。代表作：《且听风吟》《挪威的森林》《舞！舞！舞！》《海边的卡夫卡》

村上春树的《挪威的森林》（1987）可谓情色小说的经典，情节比较简单，但语言鲜活灵动，对情的渲染，对色的描摹，都是出神入化，令人对美好的爱情与生活无限向往。在这情色的背后，有着丰富的思想内涵，尤其是对生命的礼赞。作者在后记中说这部小说有着"极重的私人性质"，又希望"这部作品能够超越我本人的质而存续下去"。细读小说之后，我认为作者的确做到了这点。

人性的枷锁

张爱玲小说《金锁记》向我们展示的是黄金与情欲的枷锁，曹七巧用这个枷锁"劈杀了几个人，没死的也送了半条命"。《挪威的森林》向我们揭示了更多人性的枷锁。枷锁就是束缚，它是自由与解放的敌人。枷锁一旦背负便会深深影响一个人的整个身心，它将使我们失去自由与和谐的发展，使我们的人性扭曲变形，害人害己，后患无穷。人性的枷锁是该小说人物自杀的主要精神诱因。

木月和直子青梅竹马，根本没有其他同伴青春期的性压抑。然而他们却另有折磨的事情，那就是他们从来没有真正达到灵与肉的统一。他们不知尝试了多少回就是不成功。这使得他们痛苦不堪，成了无法告诉别人的心病。久而久之，不能自拔。木月也变得对其他事情极不自信。所以木月的死虽然很突然且毫无征兆，但却自有其必然性。直子在20岁生日的晚上，她未曾爱上的渡边给了她从未有过的快乐。这让直子也深深自责："为什么？为什么会出现这种现象？本来，本来我那么真心实意地爱着木月!"① 这无形中给了直子心灵的负荷。不能完全否认直子身上有着自杀的血缘因素,因为毕竟直子的姐姐,以及她的叔叔都是自杀而死的,但是造成直子致命打击的则是来自于一种自责和焦虑。自责的是和木月那样相亲相爱却不能灵肉交欢,反而与自己不爱的渡边达到快乐的极致;焦虑的是自己无法忘却木月却也同时想恋着渡边,而且自己生理障碍依然存在。长此以往的焦虑和自责使得她"好像身体被分成两个,互相做追逐游戏似的"。② 这种自我分裂进而出现幻听和恐怖感,最终导致她绝望的自杀。

在通往幸福的爱的旅途中,往往会有些难以启齿的障碍,像小说中直子那样,但长久压抑自己便会使之成为生活的阴影,成为一种因爱而生的枷锁;倾心相爱的人突然逝去,固然是一种惨痛的打击,但长期陷入悔恨或痛苦的泥沼也断然不是爱人所愿。日本影片《情书》也是一个对死去的恋人难以忘怀的故事。渡边博子在未婚夫藤井登山遇难三年后依然保持忠贞,而对藤井好友秋场求婚也依然毫不动摇。影片中博子忠贞的爱让我们感慨万千,但同时我们仿佛也咀嚼出一份辛酸。死去的藤井是绝对不会允许自己的爱人生活在自己的阴影里竟然长达三年!爱越深越难忘,理所当然,但封闭自己压抑自己实属不该。

宿命的爱情观,这是《挪威的森林》展示给我们的又一枷锁。初美不是不知道永泽常常在外找女人,可是还是一如既往地爱着他。按照初美自己的话来说就是:"大概是命中注定吧,我自己也不知所以然。"③ 爱到毫无原则,爱到仅仅单方面主动,爱到仅仅被动地祈求爱人的转变,恐怕也是一种囚徒似的爱。初美希望社会教育永泽,希望永泽会好转,然而等待了四年的她终于因绝望自杀。爱可以是缘分,但从来就不是什么宿命的东西。把爱看成宿命,就等于把自己的幸福交给了一种不可知的力量,就等于背负了一个枷锁,束缚住了自由的身心。

永泽背负的是另一种枷锁——分裂的人格。作者写道:

> 永泽是一个集几种相反特点于一身的人,而这些特点又以

---

① [日] 村上春树:《挪威的森林》,林少华译,上海:上海译文出版社,2001年,第135页。
② [日] 村上春树:《挪威的森林》,林少华译,上海:上海译文出版社,2001年,第23页。
③ [日] 村上春树:《挪威的森林》,林少华译,上海:上海译文出版社,2001年,第257页。

十分极端的形式表现出来。有时他热情得无以复加，连我都险些为之感激涕零，有时又极尽搞鬼整人之能事。他既具有令人赞叹的高贵精神，又是个无可救药的世间俗物。他可以春风得意地率领众人长驱直进，而那颗心同时又在阴暗的泥沼里孤独地挣扎。……他也背负着他的十字架匍匐在人生征途中。①

这种分裂的人格再加上价值感的缺乏，使得永泽的人生缺乏一种真正的意义。他报考外务省考试仅仅想施展自己的拳脚，看看"自己在这臃肿庞大的官僚机构中，自己能爬到什么地步，到底有多大本事。"②永泽身上最可贵的一点是：为了目标刻苦拼搏。他说："我要百分之百地发挥自己的能力，不达到极限绝不罢休。"③ 但他忘了只有把自己的生命与相爱的人联系起来，与更多的人联系起来，才富有一种意味。正如辛格所说："有意味的生命——不只是幸福或有意义——应该追求一种目的，我们选择这个目的，因为它超越个人福祉的目标。"④ 说到底，永泽是个性格分裂的自我主义者，对世界没有价值追求，对他人没有人道关怀，这必然造就了宿命式地爱上他的初美的不幸结局。

可以说，永泽是作者安置在小说中的一颗很可能会自我引爆的炸弹。从结构上看，在神户时的木月—直子—渡边三人友谊，就是东京的永泽—初美—渡边三人友谊的一个背景，或者说是一个阴影。木月和永泽都是与众不同的人，都不愿意同人交往却能和渡边相处深厚，直子和初美都是那般美丽端庄温柔敦厚。木月和直子的自杀是否预示着初美和永泽的自杀呢？小说中只写了初美自杀，是否意味着作者希望永泽能够甩掉自身背负的十字架轻装生活呢？是否意味着作者在进行一项拯救自杀的行动呢？这些问题都关涉到小说的另一深层意味。

拒绝自杀

《挪威的森林》作者扉页题词是"献给许许多多的祭日"。的确，

---

① ［日］村上春树：《挪威的森林》，林少华译，上海：上海译文出版社，2001年，第38页。
② ［日］村上春树：《挪威的森林》，林少华译，上海：上海译文出版社，2001年，第66页。
③ ［日］村上春树：《挪威的森林》，林少华译，上海：上海译文出版社，2001年，第241页。
④ ［美］辛格：《我们的迷惘》，郜元宝译，桂林：广西师范大学出版社，2002年，第122页。

日本人对死亡似乎有种特殊的感情，死亡学家谢莱德曼（Shneidman）称之为"对死亡的浪漫化"。① 然而这部小说写死从无诗意的描写，而是重在写死造成的伤痛。每一个当事人的突然自杀都给他们的亲人和朋友带来无穷的痛苦甚至是灾难。正是从这种痛苦和灾难中，我们明白了作者对自杀的拒绝态度。让我们来看看三个主要人物木月、直子、初美的自杀所带来的伤痛。

　　木月死前的下午还格外认真地与渡边打了四局桌球，谁也没想到那天夜里，他在自家车库中死了。作者对死的描写读来让人心痛。"他把橡胶软管接在 N360 车排气管上，用塑料胶布封好窗缝，然后发动引擎。不知他到底花了多长时间才死去。当他父母探罢亲戚的病，回来打开车库门放车的时候，他已经死了。车上的收音机仍然开着，脚踏板上夹着加油站的收据。"② 木月的死带走了直子的快乐。直子远离家乡来到东京读书，在东京邂逅渡边。两个故友总是周末在东京漫无目的地散步，彼此回避着有关木月的话题。这种压抑的痛终于在直子 20 岁生日那晚火山般爆发出来：

　　　　她眼里涌出泪珠，顺着脸颊滴在唱片套上，发出很大的声响。泪珠一旦滴出，随后便一发不可遏止。她两手拄着草席，身体前屈，嚎啕大哭起来。如此剧烈的哭，我还是第一次看见。我轻轻伸出手，抚摸她的肩。肩膀急剧地颤抖不止。之后，我几乎是下意识地搂过她的身体。她在我怀中浑身发抖，不出声地抽泣着。泪水和呼出的热气弄湿了我的衬衣，并且很快湿透了。直子的十指在我背上摸来摸去，仿佛在搜寻曾经在那里存在过的某种珍贵之物。我左手支撑直子的身体，右手抚摸着她直而柔软的头发，如此长久地等待直子止住哭泣。然而她哭个不停。③

　　看到这样的文字，联想直子那颗破碎的心，也让人禁不住长久扼腕

①　南川、黄炎平编译：《与名家一起体验死》，北京：光明日报出版社，2001 年，第 379 页。
②　［日］村上春树：《挪威的森林》，林少华译，上海：上海译文出版社，2001 年，第 27 页。
③　［日］村上春树：《挪威的森林》，林少华译，上海：上海译文出版社，2001 年，第 45－46 页。

叹息,内心酸楚不已!

初美的自杀,甚至连永泽这样毫无责任意识的人也在给渡边的信中说出了心痛不已的话:"由于初美的死,某种东西消失了,这委实是令人不胜悲哀和难受的事,甚至对我来说。"① 早知现在何必当初呢! 渡边把信撕得粉碎,此后再也没有给他写过信。热爱生活的人却孤独地死去,游戏生活的人却继续着游戏,这是何等令人伤心的现状! 初美给他们的打击不是肉体上的,而是精神上的。初美象征着一种美好的渴望,就是美好生活的向往,其实无非是一种"结了婚,每晚给心上人抱在怀里,生儿育女,就足够了,别无他求"的朴素愿望。② 初美的自杀增加了永泽的羞愧。渡边在初美自杀十二三年后,才忽然明白初美让人心灵震颤的究竟是什么东西。

> 它类似一种少年时代的憧憬,一种从来不曾实现而且永远不可能实现的憧憬。这种直欲燃烧般的天真烂漫的憧憬,我在很早以前就已遗忘在什么地方了,甚至很长时间里我连它曾在我心中存在过都记不起了。初美所摇撼的恰恰就是我身上长眠未醒的"我自身的一部分"。当我恍然大悟时,一时悲怆之极,几欲涕零。③

作者借一位几近完美的女性初美的悲剧经历其实是想告诫读者:拥有时我们应倍加珍惜,否则失去时捶胸顿足为时已晚;我们每个人内心都禀赋一份对美好幸福生活的憧憬,我们应该为着这憧憬,积极地创造生活,而不要因为生活的磨难或挫折自行中断,只要有生命,就会有希望,生活中最重要的不仅仅是结局而更应该是过程!

直子姐姐和木月一样也是 17 岁的秋天上吊自杀的,事发之前也毫无征兆。小学六年级的直子在以后的三天里"一句话都没说,像死在床上似的,只是眼睛睁着定定不动,好像毫无知觉了"。④ 在姐姐死后,

---

① [日] 村上春树:《挪威的森林》,林少华译,上海:上海译文出版社,2001 年,第 252 页。
② [日] 村上春树:《挪威的森林》,林少华译,上海:上海译文出版社,2001 年,第 257 页。
③ [日] 村上春树:《挪威的森林》,林少华译,上海:上海译文出版社,2001 年,第 252 页。
④ [日] 村上春树:《挪威的森林》,林少华译,上海:上海译文出版社,2001 年,第 174 页。

直子无意中又听父母谈话说是有血缘的关系，说早就死去的父亲的弟弟也是自杀的，他是跳进电车轨道给轧死的。直子进而认为自己的病根很深，仅仅希望渡边常去看她永远记着她就可以了，不要和她牵扯一起否则会毁了他一生。长期处于焦虑与自责中的直子最后放弃了治疗，回到玲子身边，像往常一样度过了一个美好的夜晚，没想到当夜她就在树林里上吊自杀了。渡边痛苦不堪，到外地流浪了一个月。以下这段文字再现了渡边当时的境遇，字里行间透露出渡边极端的痛苦：

> 我乘上火车或公共汽车，或搭坐路上所遇卡车的助手席，一个城镇接一个城镇地穿行不止。如果有空地有车站有公园有河边有海岸，及其他凡是可以睡觉的场所，我不问哪里，铺上睡袋便睡。也有时央求睡在派出所里，有时睡在墓地旁。只要是不影响通行而又可以放心熟睡的地方，我便肆无忌惮地大睡特睡。我将风尘仆仆的身子裹在睡袋里，咕嘟咕嘟喝几口低档威士忌，马上昏睡过去。遇到热情好客的小镇，人们便为我端来饭菜；而若是人情淡薄的地方，人们便喊来警察把我逐出公园。对我来说，好也罢坏也罢怎么都无所谓。我所寻求的不过是在陌生的城镇睡个安稳觉而已。①

一个月的旅行并没有缓解直子的死对他的打击。他以同一个月前几无变化的心境返回东京，甚至连给绿子打电话都不可能。可以说，直子的自杀给渡边的打击是灾难性的，他无法相信曾经那么美好的肉体现在已经不再存在了。

在漫游的这个月里，渡边不断地回忆着过去，咀嚼着过去，他发现：

> 木月死时，我从他的死中学到一个道理，并将其作为大彻大悟的人生真谛铭刻或力图铭刻在心。那便是："死并非生的对立面，死潜伏在我们的生之中。"实际也是如此。我们通过生而同时培育了死，但这仅仅是我们必须懂得的哲理的一小部

---

① ［日］村上春树：《挪威的森林》，林少华译，上海：上海译文出版社，2001年，第321-322页。

分。而直子的死还使我明白：无论谙熟怎样的哲理，也无以解除所爱之人的死带来的悲哀。无论怎样的哲理，怎样的真诚，怎样的柔情，也无以排遣这种悲哀。我们唯一能做到的，就是从这片悲哀中挣脱出来，并从中领悟某种哲理。而领悟后的任何哲理，在继之而来的意外悲哀面前，又是那样软弱无力……①

这也就是对于死的两种理解：一种是形而上的超脱的观照，一种是形而下的痛苦的体验。

死者已去，活着的人仍要继续生命的旅程。对于任何形式的死亡，我们最后都必须报以形而上的观照，把自己从中解放出来，投入到自己的生活中去。这正是玲子带给渡边的启示。玲子出院后在渡边回到东京不久之后就来看望他，因为玲子"十分放心不下"，她语重心长地说：

假如你对直子的死还怀有一种类似创痛之感，那么就把这种创痛留给以后的人生，在整个后半生中去体会。……不过绿子另当别论，你要和她去寻求幸福。你的创痛与绿子无关。如果你还要伤她的心，势必导致无可挽回的后果。因此，尽管你可能心里难受，也还是要坚强起来，要再成熟一些，成为大人。②

与玲子吻别时"周围走过的人无不直盯盯地看着我们，但我已不再顾忌，我们是在活着，我们必须考虑的事只能是如何活下去"。③ 接下来渡边就给绿子打去电话。可以说正是玲子的到来才把渡边从人生的黑夜里引到光明的大路。

拒绝自杀，好好活着，积极地去追寻一种有意义的生活，一种能提升自我的生活。我想这也就是村上春树在这篇小说写了这么多人自杀的内在动机吧！

爱是长恨歌

理想总是美好的，但现实往往苦涩不堪，充满着荒谬和不如意，尤

---

① ［日］村上春树：《挪威的森林》，林少华译，上海：上海译文出版社，2001年，第324页。
② ［日］村上春树：《挪威的森林》，林少华译，上海：上海译文出版社，2001年，第340页。
③ ［日］村上春树：《挪威的森林》，林少华译，上海：上海译文出版社，2001年，第346页

其是爱情。有诗词为证，李煜《相见欢》："林花谢了春红，太匆匆，无奈朝来寒雨晚来风。胭脂泪，相留醉，几时重。自是人生长恨水长东。"白居易《长恨歌》："在天愿作比翼鸟，在地愿为连理枝。天长地久有时尽，此恨绵绵无绝期。"这两首诗词都道出了人生的无奈和爱情的难得，归结为一点就是：爱是一首长恨歌！爱追求一种完美的品质，但往往不可得，伤心总是难免，进而恨铁不成钢。这部小说从如下两个方面表现了这种恨：一是感伤主义，一是完美主义。

《挪威的森林》本是甲壳虫乐队的歌曲，村上春树以之为小说名，一是因为此曲是直子最喜欢的音乐，它勾起了叙述者的往事；二是因为这部小说的格调也是充满着感伤的味道，正合此曲。作者借以表明这是一部感伤主题的小说。

直子是小说中感伤主义的化身，可谓日本化的林黛玉。玲子说直子"所爱好的音乐，直到最后也没脱离感伤主义这个基调"，① 可谓一语中的。在小说最后部分，渡边和前来探访的玲子为死去的直子弹了五十首感伤的曲调来祭奠逝去的灵魂，然后为他们自己弹奏了第五十一首——巴赫的赋格曲。同时作者通过健康的肉体欢娱，将感伤彻底粉碎，此时，他们与直子是一体的，或者说，此时此刻，他们是在实践着直子的美好愿望。给直子举行的音乐葬礼既是对直子伤感的怀念，也是希望就此埋葬这种感伤。小说最后，我们蓦然发现：这也是一部透视感伤进而解构感伤的小说。感伤缘于因爱而生的恨，而对感伤的消解则表明了作者对感伤主义的否决和对快乐人生的肯定！

不完美的现实世界滋生了一种追求完美的情结。小说中的绿子可谓完美主义的代表，从小没有得到父母的宠爱，小学五六年级就下定决心"一定自己去找一个一年到头百分之百爱我的人"。她不奢望完美无缺的爱，她所追求的是"百分之百的任性"。② 可长大后的未婚夫虽然是个好人有很多优点，但也有点固执、偏激，甚至有点法西斯。所以当绿子遇到渡边，一个个性十足，很有《麦田守望者》中的男主人公味道

---

① ［日］村上春树：《挪威的森林》，林少华译，上海：上海译文出版社，2001年，第342页。

② ［日］村上春树：《挪威的森林》，林少华译，上海：上海译文出版社，2001年，第93页。

的人时，就深深地被吸引，随着交往的深入，最后终于与男朋友断交。和渡边一起，她感到自由自在，可以喝酒说粗话看黄色录像。渡边也是嘴巴流蜜而且话又说得极其有味道，说喜欢她就像"喜欢春天的熊一样"，[①] 说她的发型"好得全世界森林里的树统统倒在地上"，[②] 说喜欢绿子喜欢得"整个世界森林里的老虎全都融化成黄油"。[③] 可就这样一个让她"感觉再称心如意不过"的男人也不断地让她失落让她生气。她因为发型改变未被发觉就两个月不和他说话。渡边常常莫名其妙地"失踪"数月，也带给了她无穷的烦恼。最大的痛是渡边内心还有另外一个女人。所以追求完美的绿子注定了长恨的命运。恨归恨，小说中的绿子也是一个极其热爱生活的人，一个追求完美又总是失望，进而继续追求完美的生活着的人，一个既现实又浪漫的人。

在日本，这种感伤主义和完美主义最典型地体现在"樱花情结"上，那就是对烂漫开放的樱花之美的极度赞赏，和樱花衰落之时的无尽悲伤。据说很多人因为不忍看到樱花的衰落而在樱花盛开之时主动结束自己的生命。这真是令人不胜伤悲的事情！其实，只要积极地拼搏过，人生中不完美有时也是一种美的极致。就像《老人与海》中的那位拖着硕大的鱼骨架捕鱼归来的老人一样，虽然捕鱼失败，但他的永不屈服的精神却赢得了全世界人的掌声。只要真正爱过，只要真正生活过，长恨又何妨！我想，这才是《挪威的森林》给予我们的最深刻的人生智慧。

这篇小说的韵味远不止上述三个方面，比如还可以从孤独和成长的角度、从象征的角度等进行解读，国内外已有多人作过，限于篇幅此文不再赘述。最后想引用译者林少华的一段感悟文字，它说出了我们的心里话："村上的小说为我们在繁杂多变的世界上提供了一种富有智性和诗意的活法，为小人物的灵魂提供了一方安然憩息的草坪。读之，我们心中最原始的部分得到疏导和释放，最软弱的部分得到鼓励和抚慰，最孤寂的部分得到舒缓和安顿，最隐秘的部分得到确认和支持。那是茫茫

---

① ［日］村上春树：《挪威的森林》，林少华译，上海：上海译文出版社，2001 年，第 275 页。
② ［日］村上春树：《挪威的森林》，林少华译，上海：上海译文出版社，2001 年，第 307 页。
③ ［日］村上春树：《挪威的森林》，林少华译，上海：上海译文出版社，2001 年，第 314 页。

荒原上迎着夕晖升起一股袅袅炊烟的小木屋，是冷雨飘零的午夜街头永远温馨的小酒吧。"① 希望更多的人能走进这个小木屋和小酒吧，静静地品味小说带给我们的思想魅力！

【延伸阅读】

1. **南川、黄炎平编译《与名家一起体验死》**：西方名家有关死亡的经典论述和体验。
2. **毕淑敏《预约死亡》**（1994）：以小说的形式探索生与死的意义。死亡无法预约，可以预约的是每个人在死亡到来之时的态度。

---

① ［日］村上春树：《挪威的森林》，林少华译，上海：上海译文出版社，2001年，第4页。

第二章　婚　恋

【理论向导】

爱是缘，缘是爱。中西方也都强调一种前世的因缘。中国人说："百年修来同船渡，千年修来共枕眠。"西方的原人传说更是深入人心。古希腊阿里斯托芬曾这样描述过最初的人类——"球状原人"：长有四手四脚，脖子上顶着一个可以反向转动的头，头上长着两副完全一样的面孔。由于他们过于强壮，又自高自大，经常攻击诸神，宙斯便把他们劈成两半。球状原人不存在爱，但被劈为两半后，爱也就出现了：每一半都想念被分开的另一半。因此，今天的人一生下来就被赋予了一个任务，即去寻找自己的另一半，以恢复自己完满的全人形象。当两个人走到一起，那是千百年修来的缘分，是前世的造化。这种因缘说束缚了人们的心灵，造成了许许多多的人生的悲剧。

爱是缘，是偶遇而后求。关键是如何理解这个"缘"，是宿命论的呢，还是生活论的缘？张爱玲《爱》中有一段话："于千万人之中遇见你所要遇见的人，于千万年之中，时间的无涯的荒野里，没有早一步，也没有晚一步，刚巧赶上了，那也没有别的话可说，惟有轻轻地问一声：'噢，你也在这里吗？'"席慕容《前缘》："人若真能转世世间若真有轮回/那么我的爱我们前世曾经是什么/你若曾是江南采莲的女子/我必是你皓腕下错过的那朵/你若曾是逃学的顽童/我必是从你袋中掉下的那颗崭新的弹珠/在路旁的草丛中/目送你毫不知情地远去/你若曾是面壁的高僧/我必是殿前的那一炷香/焚烧着陪伴过你一段静默的时光/因此今生相逢总觉得有些前缘未尽/却又很恍惚无法仔细地去分辨/无法一一地向你说出。"宿命论的缘是朝向过去的，习惯于从过去和往事中寻找"缘点"，它往往成为聚散的借口。生活论的缘面向未来，它相信两个人的相遇是一种偶然（缘），但更强调在生活中把这种偶然发展成为一种必然，仿佛天造地设。这就必须共同面对现实生活风雨的考验。所以我坚持认为：缘是对生命的爱。罗素说得好："高尚的生活是受爱激励并由知识导引的生活。"① 在莫洛亚眼里，"一切产生于爱的事业都是美好的，而与事业紧密相连的爱情是世界上最最美好的。"②

爱情的整体性。关于生命的二元结构（身体与心灵，肉体与灵魂）的争执由来已久。古希腊毕达哥拉斯派哲学家就认为灵魂是不朽的，人死后，灵魂可以脱离肉体转世。柏拉图认为灵魂堕入肉体之前本在理念世界，当它堕入肉体之后，就受到肉体的蒙蔽，把关于理念的知识忘记了。他们都把肉体与灵魂看做是独立的两种实体，而且都重灵魂轻肉体。现在我们知道，肉体与灵魂并非相互独立存在，而只能相互依存。"虚假的精神是肉体的否定，真正的精神则是肉体的再生、拯救。"③ 帕斯认为，性欲是生命的原始之火。在人身上，性欲不再仅仅是动物的本能欲望，而是"色欲（爱欲）"，它是"被想象和人类意志化了和变形了的性欲"。人的生命有着双重火焰——色欲与爱情，它们都由原始之火的性欲给添柴加火。如果说色欲倾向于占有对方的身体，那么爱情则倾向于完整地拥有对方，它"寻求身体中的灵魂和灵魂中的身体，即完整的人"。④ 劳伦斯的性爱小说也充分体现了他的灵肉合一爱情观："爱必须是二位一体，始终是二位一体——在同一份爱中既有甜美的心神交融，又有激烈自豪的肉体满足。这样我们就升华为一朵玫瑰。"与此相反，《金瓶梅》当中西门庆对诸多女人的感情则堕落为一种欲望的

① ［英］罗素：《罗素思想小品》，庄敏、江涛编，上海：上海社会科学院出版社，1996年，第18页。

② ［法］莫洛亚：《爱情的艺术》，见孙琴安主编：《名家谈婚恋》，呼和浩特：远方出版社，2002年，第270页。

③ ［俄］索洛维约夫：《爱的意义》，董友、杨朗译，北京：生活·读书·新知三联书店，1996年，第78页。

④ ［墨西哥］帕斯：《双重火焰：爱与欲》，蒋显璟等译，北京：东方出版社，1998年，第5、23页。

本能。

索洛维约夫对"完整的人"的论述也值得重视。他认为人的绝对意义就是"成为宇宙整体的不可分割，不可代替的部分，成为绝对整体的一个独立的、有生命的独一无二的器官"。完整的人与利己主义格格不入。"爱作为感情，其意义和价值在于有效地迫使我们全身心地承认他人也具有我们由于利己主义只觉得自己才具有的绝对核心意义。"爱情的崇高意义就在于它促使人成就其完整性："爱情本身只是一种动机，它向我们提示，我们能够而且应当恢复人本质的完整性。"① 而这种完整性也是通向博爱的大道。弗罗姆认为如果一个人只是爱他的对象，而对其他人无动于衷，那么他的爱就是一种"更高级意义上的自私"，因此他说："如果我确实爱一个人，那么我也爱其他的人，我就会爱世界，爱生活。如果我能对一个人说：'我爱你'，我也应该可以说：'我在你身上爱所有的人，爱世界，也爱我自己'。"②

爱情与生活世界。 为什么有人身体与灵魂结合仍然不满足？这主要因为他们内心世界的单调，没有开拓通往现实世界的道路。墨西哥诗人帕斯说得好："使情人们绊倒的大危险、使许多人落入其中的致命陷阱就是专注于自我。……自我专注是一口井。为了从井中出来到露天去，我们必须看到自我之外的地方；那就是世界所在地，世界在等待着我们。"③ 我们常说爱情是两个人的身心的深度交流。然而爱情还得有通向生活世界的广度，正如有句英语名言所告诫我们的："Love is not looking into each other's eyes, but looking outside in the same direction. （爱情不是整天你看着我我看着你，而是共同眺望外面的世界。）"

爱在精神与爱在旅途。 在人的欲望被不断刺激膨胀的当今世界，我们更加怀念那些坚贞爱情所共有的精神性。叶芝的诗《当你老了》便是这种精神性的绝好写照："多少人爱你青春欢畅的时辰，/爱慕你的美

---

① ［俄］索洛维约夫：《爱的意义》，董友、杨朗译，北京：生活·读书·新知三联书店，1996 年，第 46、64 页。

② ［美］弗罗姆：《爱的艺术》，李健鸣译，北京：商务印书馆，1987 年，第 34 页。

③ ［墨西哥］帕斯：《双重火焰：爱与欲》，蒋显璟等译，北京：东方出版社，1998 年，第 182 页。

丽，假意或真心，/只有一个人爱你那朝圣者的灵魂，/爱你衰老了的脸上痛苦的皱纹。"精神之恋能超越时空超越日常生活。相爱的人理应共同开拓人生，共同居有一片精神领空。或许可以定义爱情为"精神同居"，拥有共同的精神领空是防备爱情退化的重要法则。此外，我们必须要明白："爱不是终点而只是旅行"。① 相爱容易相守难，爱情需要不断地葆养，因为"不日日自新的爱情，变成一种习惯，而终于变成奴役"。②

婚姻与爱情。蔡元培说："婚姻之始，必本诸纯粹之爱情。"③ 罗素说："把爱同法律保证结合在一起的婚姻一定造成两头空。"④ 纪伯伦则用诗的语言说："如果说情人的第一眼好似爱情播在心田中的一粒种子，出自她双唇的第一次亲吻好像第一朵鲜花开放在人生的树枝。那么，与她结婚就如同那粒种子开出的第一朵鲜花结出的第一颗果实。"⑤ 婚姻不能没有爱情，但也不应成为爱情的坟墓。让婚姻充满爱情是非常难得的幸福生活。虽然说"没有爱情的婚姻是不道德的"，但是生活中普遍存在着许多没有爱情的婚姻，比如为了责任，为了金钱与权力，为了某种道义等等。我们谴责那种极端势利的为了权财的婚姻，也对那些历经岁月磨难仍然充满道义与责任的无爱婚姻表示理解和同情。因为人在社会，不能没有责任和道义。责任和道义也应该成为爱情的重要表现形式。我们要时刻警惕那些为了所谓的纯粹爱情，不顾一切"将爱情进行到底"，甚至抛弃人最起码的社会责任与道义的婚姻！

婚姻与冲突。举案齐眉的故事让所有的人都羡慕那种和谐的婚姻。然而生活中的婚姻却往往让双方吃尽苦头，甚至导致离婚的严重后果。

① ［英］劳伦斯：《爱》，见孙琴安主编：《名家谈婚恋》，呼和浩特：远方出版社，2002年，第 244 页。

② ［黎巴嫩］纪伯伦：《纪伯伦散文诗全集》，伊宏编，杭州：浙江文艺出版社，1993年，第 231 页。

③ 蔡元培：《说爱情》，见孙琴安主编：《名家谈婚恋》，呼和浩特：远方出版社，2002年，第 1 页。

④ ［英］罗素：《罗素思想小品》，庄敏、江涛编，上海：上海社会科学院出版社，1996年，第 44 页。

⑤ ［黎巴嫩］纪伯伦：《纪伯伦散文诗全集》，伊宏编，杭州：浙江文艺出版社，1993年，第 50 页。

为此我们必须认识到婚姻中冲突的必然性。莫洛亚就告诫过我们"没有冲突的婚姻，几与没有政潮的政府同样不可想象"。① 但是婚姻中的冲突又有一个"度"，不能转化为恶性的战争。"如果婚姻是战争，那就是没有胜利者的战争。"导致冲突的原因很多，鸡毛蒜皮的日常琐事都可以成为冲突的导火索。但冲突的终极原因在于不能承认对方也像自己一样拥有主体性，他或她有自己的思想、自己的生活方式等等。人本质上的这种主体性要求婚姻的双方要互相尊重，给对方空间。纪伯伦用诗意的语言告诉我们婚姻中距离的重要："你们在一块儿出世，也要永远合一。……不过在你们合一之中，要有间隙。让天风在你们中间舞荡。"②

美满婚姻的要素。婚姻中的很多人都善于葆养自己的身体，希望通过容颜的呵护来保持对方的爱情，却往往忽略了婚姻本身的葆养。说到底婚姻是一个事业，是成家之后的终生事业。正因为此，莫洛亚才提醒世人："婚姻并非定局，时时需要重造"，"婚姻不但是待你去做，且应继续不断地把它重造的一件事。……要每天重造才能成就最美满的婚姻。"③ 除了不断葆养，美满婚姻有哪些要素呢？罗素认为有四个："双方必须要有完全平等的感情；必须不干涉双方的自由；必须保持双方身体上和精神上最完美的亲密友谊；对于价值标准必须有相近的观点。"④莫洛亚则认为："婚姻绝非如浪漫底克的人们所想象的那样，而是建筑于一种本能之上的制度，且其成功的条件不独要有肉体的吸引力，且也得要有意志、耐心、相互的接受及容忍。由此才能形成美妙的坚固的情感、爱情、友谊、性感、尊敬等等的融合，惟有这方为真正的婚姻。"⑤不同的人对于美满婚姻会有不同的看法，但是相互尊重、彼此忠诚、宽容体贴却是必不可少的重要元素，同时双方都必须明白，婚姻需要葆养

---

① ［法］莫洛亚：《生活的智慧》，傅雷等译，西安：陕西师范大学出版社，2003 年，第 43 页。
② ［黎巴嫩］纪伯伦：《纪伯伦散文诗全集》，伊宏编，杭州：浙江文艺出版社，1993 年，第 272 页。
③ ［法］莫洛亚：《生活的智慧》，傅雷等译，西安：陕西师范大学出版社，2003 年，第 41 页。
④ ［英］罗素：《婚姻》，见孙琴安主编：《名家谈婚恋》，呼和浩特：远方出版社，2002 年，第 228 页。
⑤ ［法］莫洛亚：《生活的智慧》，傅雷等译，西安：陕西师范大学出版社，2003 年，第 44 页。

甚至保卫，否则天长日久也会褪色、腐化以至变质。

【作品研读】

纯真爱情的守望：《小团圆》

张爱玲（1920—1995）中国现代作家，本名张瑛。代表作：《倾城之恋》《金锁记》《色·戒》《半生缘》《小团圆》。

没有人读《小团圆》不联想起张爱玲的身世，尤其是与胡兰成的"倾城之恋"。更有甚者，有人还将小说中的人物与现实中张爱玲身边的人物一一对应地列出。的确，传记小说尤其是自传色彩很浓的小说，总让人对作家的生平浮想联翩。但我们必须明白：读小说不是探求作家的隐私，而是深入作家的内心世界去体味作家的思想和情感。王安忆说得好："小说不是现实，它是个人的心灵世界，这个世界有着另一种规律、原则、起源和归宿。但是筑造心灵世界的材料却是我们赖以生存的现实世界。"若果真如此，那么读《小团圆》就不能太黏滞于作家的生平事迹了。

我相信，在赖雅去世后，大洋彼岸的张爱玲，透过几十年的时空隧道回望年少的岁月，想必感慨万千。《小团圆》记下的就是她最热烈奔放的青春故事。小说中处处弥漫着的一股穿越时空的苍茫感，可以说是寡居的张爱玲生活在回忆中的绝好证明。照说回忆年少，每个人往往都有反思的因素，都会对曾经的轻狂或放浪有所悔悟。然而在《小团圆》中，我们似乎看不到张爱玲的反省，我们看到的她仍然是一个让爱做主的、孤苦的女人，对爱情一如既往的认真，永远在等待着一个人的到来，尽管最终总也得不到自己的真爱。

《小团圆》再次让我们明白，张爱玲原本就不是用脑子生活的女人。她是凭着自己感性的身体在岁月的河里漂泊的，可是这漂泊又是如此的不自由，一为钱所困，二为情所惑。这就注定了张爱玲只能是一只匍匐的蜗牛，背着重重的壳，自顾自地咀嚼着逝去的恋情，空留下一路的泪痕。《小团圆》以前所未有的规模，告诉了我们一个难以接受却不得不承认的事实：真心投入的爱情有时候也可能是永远无法挽回的错。

　　小说前三章记述的是九莉在香港读书时的生活，以及来香港之前在上海的大家庭内部的纷繁人事，文风拖沓，人物繁多，像点名簿一样。要不是散落在其中的一些张爱玲独有的句子，读者恐怕无有不感到枯燥乏味、难以卒读的。此为现在人们诟病《小团圆》的最大弱点之一。诚然，《小团圆》不像我们先前所读的张爱玲那些非常成熟的作品，诸如《倾城之恋》、《金锁记》、《色·戒》等等那样精致，表达简洁流畅，引人入胜。《小团圆》的叙述明显有些松散，这无疑会冲淡读者阅读的激情。但是如果我们考虑到如下两方面的因素，也许这种状况会有所改观：

　　首先，《小团圆》中张爱玲作为叙述者，同时也是回忆者，她过多地投入了自己的感情，千般事万般情，仿佛一下子都涌了出来，作者不知道从何写起，写了这，忘了那。张爱玲自己不也总是在给友人的信中提到总是"补写"吗？张爱玲的青春岁月本身就是苦闷、孤苦伶仃和压抑。这种生活状况与小说的前三章是何其相似！内容与形式是何其的异质同构！都是一样的沉闷，一样的灰暗，一样的烦乱。等到九莉因为二战回到上海邂逅之雍后，一切都有了不同。生活不同，文风遂变。所以读者从第四章开始无一例外会越读越喜欢，张爱玲可爱的文笔再次闪烁耀眼的光芒。纵观全书，作为叙述者的张爱玲完全听从了内心的情绪波动。所以当我们读了前三章时，在不太满意的同时不要心灰意冷，而要在内心体会到叙述者凄苦的少年时代，那我们才叫真的走进了张爱玲的内心了。

　　其次，《小团圆》难道写的就是九莉的爱情吗？不是，不仅仅是九莉，也是她的母亲和三姑，更是她那个大家族的故事。作者把记忆中的大家庭复现在读者面前，可以说《小团圆》首先指的是一个大家族成员的团圆。这就是为什么小说中有那么多的人物的原因，他们都有名有姓，而且许多小人物都是贯穿小说始终的，比如碧桃、韩妈、邓升等等。无论如何，张爱玲曾经是喜欢这个大家庭的。然而这个大家庭却又给了张爱玲无上的痛苦。表面上热热闹闹、人丁兴旺的大家族却到处充满着不快乐的因素。男人们都似乎是败家子，沉湎于女色，九莉的父亲乃德最为典型，而女人们即便思想开放也都找不到理想的爱情，九莉的母亲和三姑是代表。作者写大家庭的大而闹，实际是在写大家庭中透人心骨的枯寂与人情的荒凉。在这样的大背景中展开的九莉的轰轰烈烈的爱情故事就更值得我们再三玩味了。

九莉爱得火热，爱得真纯，然而却最终一败涂地。在张爱玲的笔下，九莉恐怕是最能代表作者爱情观念的一个主人公了。这是一种什么样的爱情观啊！明明知道对方是有妇之夫，是万人唾弃的汉奸，年龄比自己大得多，还仍然毅然决然去爱，赴汤蹈火也在所不辞。超越于身份、阶级地位、年龄，为了爱而爱，以爱为核心，这种观念我名之为"爱情主义"。为了爱，可以不顾别人死活。为了爱，竟然希望战争继续。当然张爱玲从来都是在她的小说中悬置伦理道德的评判的，她只是在表达她的真实的爱情、她的瞬间的感受而已。也许读者看到上述之类的文字会深受感染，有种阅读的快感。然而这种将自己封闭在自我王国中的爱情恰恰是九莉最大的问题所在。墨西哥诗人帕斯指出爱情之中的一个残酷的悖论："情人们极端的敏感就是他们对爱情之外一切事物同等极端的麻木不仁的反面。"① 看来，爱情的事业绝不仅仅是两厢厮守两情相悦，它更是一种向外伸张的行动，借以成长壮大。九莉的爱情悲剧说明：没有自我的人在爱情中最终也必将失去所爱的人。

《小团圆》的开篇和结尾都是写考试的梦。张爱玲深受古典小说前后照应的影响，我们在《金锁记》中已经早有领会。但《小团圆》的照应同样不仅仅是文法的技巧，它更是曲折地表达了叙述者的一种内心情感。开头是九莉在香港读书的真实写照，怕考试怕得要命。结尾是九莉经历了之雍、燕山的爱情之后，内心空空，渴望着爱的再次到来，可又担心投入之后再次成空。同样是考试的梦，做梦者已经物是人非了，但内心的那份惨淡的等待是一样的。某种意义上，《小团圆》写的就是一个女人的梦。是什么梦呢？等待之梦，团圆之梦。小说第九章极短，只有三页纸，写九莉在去探望逃亡的之雍之际在乡下看戏。看似突兀，

---

① ［墨西哥］帕斯：《双重火焰：爱与欲》，蒋显璟等译，北京：东方出版社，1998 年，第 181 页。

实则意味深长。作者以戏中古代文人赶考考中之后的二美三美的团圆故事，似乎是在暗示之雍的内心向往。然而九莉不希望结局是如此的大团圆，她只希望自己能够独享之雍的"小团圆"。虽然九莉对爱情似乎比较现代，其实骨子里仍然遭受传统的煎熬。她不能没有名分，她不能接受没有离婚再来结婚。她长期以来为着一个名分在争取着，也获得了阶段性的胜利，之雍终于登报与第一任、第二任妻子离婚。正当有望结婚的时候，又出现了小康、辛巧玉等人。绝望的九莉最后退出，团圆成空。小说结尾两章也写了九莉与演员燕山的恋爱，然而最后与燕山结婚的却不是她。九莉只能再次在人海中漂泊，找不到可以团圆的人。九莉如此，九莉的母亲和三姑无不如此。在女性写作的立场上，《小团圆》批判的是男权社会的"二美三美团圆"现象，对男人见异思迁给予了无情的暴露。"小团圆"在此也表达了作者对坚贞爱情的向往。一个如此专心去爱的女人却遭遇到一个如此见异思迁的男人，悲剧就在所难免了。这是一个注定不能团圆的故事，是一个历经沧桑的女人的情殇之痛，然而却曲折地表达出张爱玲内心对相互忠诚的不渝爱情的泣血守望！

　　如果我们不愿自己的生活成为悲剧，那么就理应在悲剧中汲取教训。《小团圆》的价值就在于它真诚地记录了一个沉溺于爱情难以自拔的女人的爱情历程，让读者从中读出自己的感慨。小说的魅力正在于对爱情的百回千折的抒写，将一个恋爱中的女人写得传神生动、引人入胜。张爱玲的叙述手法非常老道，她把最擅长的心理描写又外在场景化、意象化了。而且她似乎也喜欢将时空转变为一些意象"化入化出"，让人一读就有种苍茫的感觉。很显然这是张爱玲吸取电影表现元素的结果。此外张爱玲以一种前所未有的笔触暴露了恋爱女人的内心的情欲的波澜，使得爱情的灵肉合一性得到了最好的表达。可以说，《小团圆》是一部精彩的情色小说。

　　张爱玲的另一英文自传小说《易经》尚未面世，我们不得而知，但就目前张爱玲的小说来看，《小团圆》并不像不少人所评论的那样差。在其作品中结构如此规模人物如此众多也首屈一指；对情感的渲染如此到位，主人公对爱情如此投入，在其作品中也是绝无仅有的。此外，小说对情欲的大胆而又富有诗意、趣味的描摹，也是此前作品中所没有的。《小团圆》孤苦而绝望的人生书写，让每一个读者无限动容，心添伤悲，其艺术感染力也并不比《半生缘》等张爱玲的其他长篇小说要逊色。毫无疑问，《小团圆》在张爱玲的作品中占有着重要的地位，它也必将会得到越来越多的有识之士一轮又一轮的重新评价。

童话与挽歌：《小团圆》《霍乱时期的爱情》

马尔克斯（1927—）魔幻文学作家，1982 年获诺贝尔文学奖，代表作：《百年孤独》《霍乱时期的爱情》《苦妓追忆录》。

《霍乱时期的爱情》是马尔克斯荣获诺贝尔文学奖之后在 1985 发表的爱情经典，包罗万象地描绘了各种各样的爱情。它对人类情欲的展示和对无望爱情的守望，都令人叹为观止。《小团圆》是张爱玲写于 1975 年的自传体小说，2009 年才在大陆首次出版。在书的背面评论中，《小团圆》被誉为是"张爱玲浓缩毕生心血的巅峰之作"。乍一看，两部小说似乎不具有可比性，但是深入阅读之后，我们发现它们又具有非常多的可比点。下面我们从思想内涵与艺术形式两大方面进行一番比较，希望能有助于人们更好地全面理解这两部作品。当然，我们的比较不是学院式的借助于某个理论，再嫁接到文本的那种理论主义的评论模式。我们相信梭罗的话："书本是谨慎地、含蓄地写作的，也应该谨慎地、含蓄地阅读。"① 从文字的表层细致玩味，逐渐潜入到作者所借以建立的心灵世界，给心灵以温暖，使认识得以提升，这就是我们比较作品的终极目的。

爱情主义的人生书写

阿里萨与九莉，一男一女，但在爱情的态度上何其相似，我名之曰"爱情主义"。他们都是以爱情为核心，生活的天空中，爱情永远是高悬的启明星。阿里萨二十二岁时爱情遭到拒绝，但仍然心怀对费尔米纳的爱，纵然被误解也毫不在乎。在漫长的五十三年里，为了不至于内心

---

① ［美］梭罗：《瓦尔登湖》，徐迟译，长春：吉林人民出版社，1997 年，第 95 页。

垮掉，阿里萨同一个个女人交往，借助于肉体的狂欢来消弭因爱不得的悲伤。同时为了真正配得上费尔米纳，阿里萨决心要出人头地，他主动向叔叔求助。最终他成了叔叔航运事业的继承人，也赢得了费尔米纳由衷的爱。九莉就没这么幸运了。香港读书因为遭遇太平洋战争回到上海，邂逅之雍，不顾他汉奸的身份，不顾他已经结婚生子，迅速坠入爱河不能自拔。虽然爱人像云一样飘来飘去，但每一次的相会都会给九莉无尽的幸福。直到战争结束，之雍逃亡，相约四年后重聚。但九莉的痴情换来的却是之雍不断地寻花问柳。小说结束时，九莉仍然孤苦无依在人海里漂泊。如果说《霍乱时期的爱情》是一部爱情的童话，那么《小团圆》给人的感觉则是一曲对逝去爱情无限追念的挽歌。如果说童话是对一种纯净的东西的守望，那么挽歌则更多的是俗世的无奈了。

无论对阿里萨还是九莉，肉体的快感刺激都暂时解脱了精神的痛苦。阿里萨的肉体是开放的，但精神之门却始终向着费尔米纳敞开。小说最后两个年逾古稀的老人在"新忠诚号"上结合时，肉体的欢娱已经微不足道。"他们像被生活伤害了的一对老年夫妻那样，不声不响地超脱了激情的陷阱，超脱了幻想和醒悟的粗鲁的嘲弄，到达了爱情的彼岸。"① 很显然作者是想表达：精神之爱高于肉体之爱，真正永恒的爱情超越肉体之上。与阿里萨的身体开放不同，九莉在与之雍分手之前，守身如玉静静等待之雍的到来。而九莉所爱的之雍倒是与阿里萨有些臭味相投，可是之雍却没有阿里萨对爱情的坚贞。如果说《霍乱时期的爱情》通过纵欲间接表达爱欲，而《小团圆》则是以爱欲直接抑制自己封闭自己。阿里萨的灵肉是分离的，即便与六百多女人同床交欢，也同样消除不了内心深处的爱情。九莉的灵肉是统一的，她像月亮，永远是围绕着太阳一般的之雍旋转。而肉欲的狂欢带来的却是别离后刻骨铭心的思念。

两部小说都是乱世之中的情爱。一是单纯的战乱，另一是战乱与霍乱交融。天灾人祸往往会深刻地影响到人类的行为。恐怖事件后美国离

---

① ［哥伦比亚］马尔克斯：《霍乱时期的爱情》，蒋宗曹、姜风光译，海口：南海出版公司，2008 年，第 307 页。

婚率下降，就是明证。在乱世，人们普遍感触到生命的脆弱，财产和权力的易逝，往往堕入灯红酒绿，在声色犬马之中打发日子。我想这是两部小说写了那么多沉迷欲望的人的背景吧。在这些迷乱的破碎的欲望世界里，两部小说都给我们演绎了一曲爱情的赞歌，摄人魂灵，耐人寻味。这都是以迷乱写坚贞的爱情笔法。

对爱情无限痴迷的阿里萨与九莉又是如何战胜情敌的呢？阿里萨决心通过努力来拥有财富与地位，好与费尔米纳高贵的身份相配，同时在内心默默祈祷费尔米纳的丈夫乌尔比诺医生死去。在争取名望和财富的时候，阿里萨尽管显得非常笨拙，但他始终心怀坚强的信念，积极主动，甚至不择手段。而他等待乌尔比诺的死去则是一种被动的守望，守株待兔一般等待着奇迹的降临。这样写就把一个文弱的似乎百无一用的书生的一种内在秉性暴露无遗：这是一个柔中带刚的人物。他与情敌的较量不是欧洲一度流行的决斗，而是暗中较劲：一是在身份地位上，一是在寿命上。小说最后童话般地让阿里萨在上述两个方面全面胜出。至于九莉，她争取的不是现实的财富与名望，而是名分，往往名存实亡的名分。一开始之雍求婚，九莉因为他有妻子而不愿意，但仍欣然与之交往。相比较阿里萨的对手只有乌尔比诺一人，九莉的对手是不固定的，先是之雍的两个妻子，后是之雍的几个情人，小康、辛巧玉甚至秀男等等。对于前者，九莉成功地让之雍解除了与她们的婚姻，并赢得了他的一纸婚书。对于后者，九莉始终力不从心，被动又无助，"他是这么个人，有什么办法？如果真爱一个人，能砍掉他一个枝干？"[①] 面对情敌，九莉表现出了与阿里萨等待医生死去一样的被动，但她又没有像阿里萨那样去增强自己的实力，而只是一味地旁敲侧击要求爱人离开她们，不能不说是一厢情愿的虚妄之想罢了。然而九莉的可圈可点在于她最终迷途知返，毅然决然地离开了这个花心大萝卜。的确，对一个不爱自己的男人，爱情已经没有意义。阿里萨从来没有想到罢手，即使费尔米纳与乌尔比诺结婚，他也一如既往爱着她。阿里萨一味地遵守自己曾经对费尔米纳所说的誓言，而不管世界怎么变化，爱人怎么变化。他活着的意

---

① 张爱玲：《小团圆》，北京：中国电影出版社，2009 年，第 163 页。

义就是去爱，他认为世上最荣耀的事情莫过于为爱而死。这是何等的不可思议，何等的震撼人心，甚至让人觉得非常极端。

人类婚姻的积极反思

两部小说中的没有爱情的婚姻触目惊心。先看《霍乱时期的爱情》，费尔米纳就是无爱的婚姻的结果，费尔米纳的表姐最后也没能和私下相爱的人走到一起。费尔米纳和乌尔比诺的结合也不是爱情的结果。医生虽然迷恋玫瑰花一般的费尔米纳，实际上"他心里明白，他并不爱她。他娶她是因为他喜欢她那般傲劲儿，喜欢她的沉着，喜欢她的力量，同时也是因为他的一点虚荣心"。[①] 可是他们的恋爱却遭到了母亲的反对，费尔米纳也不断地收到恐吓信。他们结婚后也似乎并不幸福。首先是婆媳不合，接着夫妻为了家庭琐事不断争吵，等到两人似乎已经磨平了所有的棱角能够和平相处的时候，又出现了第三者插足。费尔米纳之所以选择医生，除了父亲和表姐的从中怂恿，恐怕医生的身份地位也是一种潜在的因素。谁不希望自己过上高贵的生活呢？如果当初费尔米纳坚守了自己的诺言嫁给阿里萨，会如何呢？阿里萨会一如既往地爱着她吗？恐怕也很难。婚姻毕竟不同于爱情。如果说婚姻是现实主义的，那么爱情则是浪漫主义。马尔克斯通过两个男人与一个女人的情感纠葛意在提醒读者：长久地爱一个人，如同长久地恨一个人一样，都是很难的。长久地与一个人生活在一起，又能永葆爱情更是难能可贵，似乎是不可能达到的一个理想。这也再次印证了一个常识：人们往往怀念那不曾拥有的爱人，而又往往并不珍惜身边的拥有。道理很简单，生活永远在变化，人也在不断变化。这山望到那山高，正如爱美之心人皆有之。在诱惑面前，更是让人有时难以抵挡。小说中医生的婚姻生活读来真让人感到心情复杂。这么两个不断矛盾冲突的人，怎么能够在一起生活了五十多年？正如费尔米纳在"新忠诚号"上对阿里萨所感叹的："真是无法相信，这么多年，发生了那么多口角和令人不悦的事，居然

---

① ［哥伦比亚］马尔克斯：《霍乱时期的爱情》，蒋宗曹、姜风光译，海口：南海出版公司，2008年，第139页。

还能如此幸福，天哪，实际上连这是不是爱情也不晓得！"①

环顾现实世界，有多少人是因为爱情而结婚？人们往往因为金钱、美貌、地位等虚荣之心，而走到一起，嬉笑怒骂分分合合之中一辈子就没了。这就是医生的婚姻生活，也是大多数人的婚姻生活的形象写照。我认为马尔克斯是在借助医生的婚姻来解剖人类的婚姻。医生的婚姻就是人类婚姻的一个原型。要不然通过医生夫妻之口的许多话语怎么那么的具有普遍性又引人深思呢？医生认为"夫妻之间的疙瘩每天晚上消失了，但每天吃早饭之前又必须重新制造"。② 他还曾对抱怨不幸的费尔米纳郑重地说："一对恩爱夫妻最重要的不是幸福，而是稳定的关系。"③ 他们两人关系中最为荒谬的事情，莫过于在那些不幸的年头里，两人在公众场合仍能表现的无比和睦与美满。费尔米纳为此得出的结论是："社会生活的症结在于学会控制胆怯，夫妻生活的症结在于学会控制反感。"④ 马尔克斯通过医生的婚姻暴露了人性的脆弱以及可鄙之处的同时，也通过与阿里萨的坚守相对照从而突出了人性深处顽强的一面。然而这份顽强，很不幸是建立在没有结合的前提之下的。即便如此，能够经历半个世纪风霜的爱情，就不仅仅是坚贞，更可以说得上是伟大了。

《小团圆》中的婚姻与爱情也同样如此令人心悲。九莉是没有爱情的婚姻的产物，九莉本人也总是做着等待团圆却无法实现的梦。九莉的母亲勇敢地冲破了无爱的婚姻，但却找不到自己的归宿，只能在欲望的河中漂着自己的日子。九莉的母亲与阿里萨都是一样的"滥交"，但是给人的感觉截然不同，一个是为了生活、为了找寻爱情而不能不投入的交易，一个是为了消除因爱不得的伤悲。九莉的三姑同样在孤苦地找寻

---

① ［哥伦比亚］马尔克斯：《霍乱时期的爱情》，蒋宗曹、姜风光译，海口：南海出版公司，2008 年，第 293 页。

② ［哥伦比亚］马尔克斯：《霍乱时期的爱情》，蒋宗曹、姜风光译，海口：南海出版公司，2008 年，第 183 页。

③ ［哥伦比亚］马尔克斯：《霍乱时期的爱情》，蒋宗曹、姜风光译，海口：南海出版公司，2008 年，第 267 页。

④ ［哥伦比亚］马尔克斯：《霍乱时期的爱情》，蒋宗曹、姜风光译，海口：南海出版公司，2008 年，第 185 页。

着爱情。

两部小说给人的生活印象真实得有些令人沮丧。难道"天下有情人皆成眷属"真的是如此艰难吗，非要在童话中才能实现吗？难道人类的婚姻真的如同"围城"吗？也许这正是两部小说所能给予我们的警醒。艺术家都是为生命请命的人，"他（指一个艺人）使人类的心魂更增富丽。因为，以他的理想去染色物质的世界之时，他在观众的心中，唤起万千的情绪。他使他们在自己心中，发现从未觉察到的精神的宝藏。他教他们以新的理由去爱人生，以新的内在的光明去烛照他们立身行道的大路。"① 九莉与阿里萨给了我们常人的心灵一种前所未有的温暖，那就是：纵然暂时得不到爱情，也要不断地守望！两部小说唤醒了曾经被生活折磨而委曲求全的常人内心一种美好的情感或尊贵的精神。

各有千秋的艺术形式

从形式上看，我们主要考察两部小说的叙述，它牵涉到小说的布局、小说的语言风格以及表现方法等等。在此，我们将非常鲜明地领略到两位作家各有千秋的艺术表现才能。

先来看两部小说的结构布局。《霍乱时期的爱情》开头颇为匠心。小说第一章依次写了两个人的死：跟乌尔比诺医生交情甚笃的国际象棋对手、残废军人阿莫乌尔的自杀，以及医生乌尔比诺上树抓鹦鹉不幸摔死。阿莫乌尔实践了曾经对恋人"我决定到 70 岁就离开人间"的许诺。他和恋人下了最后一局棋，然后独自悄然离开这个世界。他的情人并没有阻止，相反因为太爱他而让他结束了生命。小说开篇读来有些怪怪的，哪有爱一个人还忍心让他自杀呢？紧接着医生的死亡更是有些荒谬的味道。年轻时就自认为是"宿命论的人文主义者"的医生，上了岁数还每天偷偷补充许多药品养生，却在毫无准备的情况下死去，纯属偶然意外。作者写残废军人的自杀旨在与后面章节中阿里萨的人生形成对比。同样是对恋人的诺言，同样都是倾心去实践诺言，但结果大相径

---

① ［法］罗丹述，葛赛尔著：《罗丹艺术论》，傅雷译，天津：天津社会科学院出版社，2006 年，第 189 页。

庭，一个是去死，一个却是要战胜死亡去爱，去积极地活。写医生的死很显然是在激起读者的阅读愿望。第一章末尾，那等了半个世纪的阿里萨在乌尔比诺医生的丧礼上再次大胆表白爱的誓言，这是多么激动人心啊。读者迫不及待地想知道结果如何。然而接下来的第二章却故意吊人胃口（一直吊到小说的最后一章），写阿里萨和费尔米纳年少时的爱情，这也是读者所渴望的文字。可见马尔克斯非常善于布局故事，知道如何不断地提起读者的兴趣。相比较而言，《小团圆》的开头三章却让人失望，占全篇的三分之一篇幅的内容，张爱玲絮絮叨叨地写九莉在香港的读书生活以及来港之前的大家庭的纷纷扰攘，人名一个接着一个，无怪乎张爱玲的友人宋淇说"有点像点名簿"，"可能吸引不住读者'追'下去读"。[①] 总起来看《小团圆》，有些头重脚轻之感，开头的人物繁多，架子铺得太大，却又并不怎么有助于编制后面的故事。

昆德拉说："一部作品的价值和意义只有在国际的大背景中才能得到珍视。"[②]《小团圆》在张爱玲的作品中无疑会占有一席之地，但如果放到世界文学的舞台上，就相形见绌了。《小团圆》人物众多，据不完全统计有名有姓者有七十多个，而《霍乱时期的爱情》只有三十多个。从字数看，前者十八万，后者二十八万。可见《小团圆》人物多一倍，字数却少十万字。从时间的跨度来说，《霍乱时期的爱情》更具有史诗性，有理由塑造更多的人物形象，但却没有，小说中的人物塑造都显得比较恰当，好像是建筑物的固有组成部分似的发挥着作用。而《小团圆》中很多人物似乎与小说的主要故事关系不大，比如关于大家庭中的一些人物以及在香港读书期间的一些人物等等。《小团圆》给人的印象，如同建筑师建造的一座大楼，大楼造好了而外边的脚手架也还都保存着供人观赏。虽然《小团圆》中涉及大家庭的历史，也给人一些沧桑之感，但就主人公的"故事时间"来说，却不长，而与爱情相关的时间就更短了，只有区区几年的时光。我们对张爱玲如此布局，即大背景小故事，也许还有待进一步的分析理解，但有一点是肯定的：《小团

---

① 张爱玲：《小团圆》，北京：中国电影出版社，2009 年，第 7 页。

② ［捷克］昆德拉：《被背叛的遗嘱》，余中先译，上海：上海译文出版社，2003 年，第 263 页。

圆》前三章,文风繁琐甚至拖沓,着实让人生厌。而《霍乱时期的爱情》则自始至终没有给人阅读的疲乏之感,相反,却有叫人不一口气读完就不肯善罢甘休的魅力。看来好小说有时候并不在乎人物之多寡,而关键是营造故事本身的魔力。

两部小说都可以当作情色小说来读。对爱情的渲染自不必说,对色欲的描摹也各有千秋。张爱玲比较单纯,善用形象的比喻,对色欲的描写颇具诗趣化。她以一种前所未有的笔触暴露了恋爱女人的内心的情欲波澜,使得爱情的灵肉合一得到了最好的表达。相形之下,马尔克斯对性爱的描写更是多姿多彩,展示了人类性事的复杂面貌。既有闪电般的疯狂,如阿里萨第一次被强暴,也有春风细雨般的温柔,如费尔米纳与乌尔比诺的新婚燕尔最为典型。至于阿里萨记载的六百多个女人与他做爱时的言行,可谓是性爱画廊,可惜小说中只具体描写了数十位。与张爱玲的含蓄相比,马尔克斯的情色描写更加直接,更加充分,更加夺人眼球。

在心理描写方面,两部小说都对时间与空间的变换有种深切的体悟。张爱玲的心理描写是意象化、场景化的。九莉与之雍的最初相爱的心理描写最令人回味无穷:

> 她觉得过了童年就没有这样平安过。时间变得悠长,无穷无尽,是个金色的沙漠,浩浩荡荡一无所有,只有嘹亮的音乐,过去未来重门洞开,永生大概只能是这样。这一段时间与生命里无论什么别的事都不一样,因此与任何别的事都不相干。她不过陪他多走一段路。在金色梦的河上划船,随时可以上岸。①

而马尔克斯则是直接的细致剖析,仿佛钻进了人物的内心深处在用放大镜观察似的。对阿里萨内心的痛苦的渲染,对费尔米纳丈夫去世之后的内心独白,对医生的心灵世界的解剖等等,无不显示出马尔克斯卓越的透视人心的才能。他也像张爱玲一样通过人物的行动来暗示心理,

---

① 张爱玲:《小团圆》,北京:中国电影出版社,2009 年,第 121 – 122 页。

以下一段文字令人称绝地表现了一个信奉基督教的男人与情人幽会时的矛盾自责心理：

> 林奇小姐一看见他惊慌失措地进来，二话没说，就赶快进入自己的卧室。……他气喘吁吁地跟着她走进卧室，汗珠像黄豆粒似的从脸上滚下来。进屋时，他把手杖、药箱、巴拿马草帽等一股脑儿地扔在地上，弄得叮当作响，然后便脱着裤子，连上衣的扣子都来不及解开，鞋都来不及脱就心惊胆战地做起爱来，没有尽兴就悄着离开。当他重新系上衣扣的时候，她还觉得只是刚刚开了个头。然而，他恪守给自己规定的框框：做完一切，不超过做一次静脉注射的时间。然后他便回家去。在路上，他为自己的软弱感到羞愧，恨不得死去，他诅咒自己缺乏勇气，不敢向费尔米纳吐露隐情，和这种偷鸡摸狗的行为决裂。①

两部小说的艺术表现都不浮华，都是比较写实的作风，行文中也都间或流露一些戏谑的风味，仿佛君临人间看破世事般的超脱似的。张爱玲依然保持着自己所特有的心理活动的传神描摹。《小团圆》相对她先前的作品，在情色方面作出了进步，更大胆更千回百折。而马尔克斯则彻底抛弃了为世人称道的《百年孤独》中的魔幻现实主义手法，而倾向于一种试图表现人物心灵的现实主义，借用普鲁斯特的用语就叫"心理现实主义"。很显然这与小说的爱情主题是一致的，因为爱情本来就是心灵的事业。于是，马尔克斯在关注外界现实的同时，更加投入地发掘人物的内在的现实，"这种现实比之于其他现实更有生命力，永远复现在我们心中"。② 这也透露出作者想严肃地全面深入探讨爱情的决心，而不让读者有玄乎其玄的魔法印象。如果说《百年孤独》表现的是拉丁美洲百年来的孤独命运，那么《霍乱时期的爱情》则表现的是一个

---

① ［哥伦比亚］马尔克斯：《霍乱时期的爱情》，蒋宗曹、姜风光译，海口：南海出版公司，2008 年，第 185 页。

② ［法］普鲁斯特：《一天上午的回忆》，王道乾译，上海：上海文化出版社，2000 年，第 259 页。

平凡人的半个世纪的孤独的爱情马拉松。如果前者具有很强的地域色彩，那么后部则拥有了更普遍的人间意义，更加深入人心。

两部作品都是映照彼此的镜子。通过比较可以帮我们更好地理解作品。读罢《小团圆》，我们为九莉的爱情所动容，但读完《霍乱时期的爱情》，我们则为阿里萨的爱情所震撼。对九莉那般痴情于一个寻花问柳成性的男人，我们觉得有些不值，甚至觉得有些窝囊。相比之下，阿里萨的相貌与言行，也让人有窝囊的感觉。但小说最终毫无疑问地让阿里萨赢得了所有读者的崇敬。同样是爱情主义，阿里萨表现得更为彻底与绝对，因为他的爱情超越了性，超越了空间和时间。如果说《小团圆》是江河，那么《霍乱时期的爱情》则是海洋，因为它不仅仅是关于形形色色的爱情的小说，更是关于婚姻家庭，关于老人心理，关于人性的善恶等等的人文专著。

【延伸阅读】

帕斯《双重火焰》：诗人的爱情学。

索洛维约夫《爱的意义》：俄国新宗教哲学之父的爱情哲思。由性爱入手，最后达到爱的最高层次，由浅入深，深刻地揭示了人类爱情中的崇高意义。

米切尔《飘》（1936）：通过女主人公斯佳丽的婚姻悲剧意在呼唤纯粹的爱情，小说形象地揭示了幻象在爱情中的巨大作用，告诫我们不能让幻象遮蔽了自己的眼睛，而应把心中理想的幻象作为生活的动力。小说还启示我们思考爱情中的缺憾。也许只有等到失去才明白，"人生不如意事常八九"，珍惜身边的爱人才是最重要的。

鲁迅《伤逝》（1925）：一个现代人（涓生）盲目的爱情悲剧。一是不能深入了解爱情："爱情必须时时更新，生长，创造。"二是不能深入了解生活："回忆从前，这才觉得大半年来，只为了爱，——盲目的爱，——而将人生的要义全盘疏忽了。第一，便是生活。人必生活着，爱才有所附丽。"

张洁《爱，是不能忘记的》（1979）：提出了一个至今仍然存在的值得我们关注的现实问题：婚姻与爱情的分离。作者呼唤婚姻与爱情的统一的理想状态。小说也充分显示了爱情的本质乃是精神性。爱情即精神同居、精神共振。

　　铁凝《永远有多远》（1998）：现代化进程中似乎一切都在流变。小说通过城市变迁中一个老胡同中的女人（白大省）的爱情变奏曲，意图守望一种永远的东西，也许就是胡同中的那种老北京精神。但又流露出一种困惑：永远有多远呢？现代社会，正如马克思所云"一切坚固的东西都烟消云散了"。

第三章　工　作

【理论向导】

　　工作是人的一种内在需要，而不仅仅是谋生手段。什么是工作？莫洛亚定义如下："工作也者：便是我们人类想把世界万物改造得更加美丽而有用，并想知道其中演变之规律，以资创造或适应之。"① 这个定义有人类中心主义之嫌。叔本华提醒世人："痛苦和无聊是人类幸福的两个死敌。……人的内在空虚就是无聊的真正根源，它无时无刻不在寻求外在刺激……"② 没有工作的人就像漂浮的羽毛，虽然轻盈，却没有方向，久而久之便会成为难以承受的生命之轻。人们为了减少生活的痛苦与无聊，便会投入到工作中去。可以说正当的工作是幸福生活必不可少的要素。

　　工作的可变性。现代生活是快节奏的，时空变化不定的。因而生活中的人的工作也不是"一锤定音"，终生不变。生存的压力往往迫使人们从事自己不愿做的工作。但这是暂时的，只要有机会，没有人会放弃自己喜欢的工作。把工作仅仅作为谋生的手段，必然注重工作的轻重及其所带来的福利的多少。理想与现实的差距势必导致抱怨满天。其实生活能迫使人极不情愿地工作，但未来生活的不确定也是一扇敞开的大门，只要努力去改变自己，抓住机会，每个人都可以一步步接近自己所想要的工作。这是因为："人对于未来是敞开的，这就不仅意味着：人

---

　　① ［法］莫洛亚：《生活的智慧》，傅雷等译，西安：陕西师范大学出版社，2003 年，第200 页。

　　② ［德］叔本华：《人生的智慧》，韦启昌译，上海：上海人民出版社，2001 年，第21 - 22页。

是一页白纸，他可以在随意的自我—发明中做他想做的事。毋宁说：敞开的，未来的'空'已经规定了现在。所以，人现在的现实并不简单地由自身构成，由可以涂抹的当下存在—状态构成，而是亦已由不—可规定、不—可定义却又蕴含意义的未来构成。"①

要有敬业精神。现代社会的工作充满可变性，并不意味着工作者就可以漫不经心应付任务。工作不能没有远景规划，也不能好高骛远这山望到那山高。所以对于工作者来说，一个可贵的精神便是爱岗敬业，即便是短暂的不喜欢的职位。敬业就是尊敬工作，为工作本身而工作，就是全身心投入工作而不顾结果如何。"一个伟大艰巨的工作，你不妨把它分成几个阶段来做，每个阶段都全力以赴之。假如我们不肯定现实的工作，一味胡思乱想，那便很像一个爬山的人，他一望到那崇高的山巅与险峻的深谷，便会头晕目眩而无所措手足了。"②

工作的价值在于成己利人。虽然人们总会在意工作的贵贱，但就工作本身对工作者以及对社会的意义来说，所有正当的工作都应该值得尊重。"重要的不在于你正在做什么，而在于你是如何做的。"③ 从每件工作本身来说，社会各行各业都是紧密联系在一起的，社会中的每一种工作都是为社会的和谐作着自己应有的贡献。从工作者来说，一切工作都可以磨练人，都可以在工作中获得经验和智慧。"三百六十行，行行出状元。"工作是展示才能的竞技场，是实现自我价值的舞台。一个人生命的价值和意义往往要通过工作体现出来。"从工作里爱了生命，就是通彻了生命最深的秘密。"④ 热爱工作某种意义上也是热爱生活的表现。生活如同演戏，"分配我们担任什么角色是我们无法控制的，尽可能演好自己被赋予的角色且毫无怨言才是我们的事。无论在何处，只要你发

---

① ［瑞］奥特：《不可言说的言说》，北京：生活·读书·新知三联书店，1994 年，第 93－94 页。

② ［法］莫洛亚：《生活的智慧》，傅雷等译，西安：陕西师范大学出版社，2003 年，第 203 页。

③ ［古罗马］爱比克泰德：《生活的艺术：通往幸福、快乐和美德之路》，沈小钧译，天津：天津社会科学院出版社，2008 年，第 9 页。

④ ［黎巴嫩］纪伯伦：《纪伯伦散文诗全集》，伊宏编，杭州：浙江文艺出版社，1993 年，第 277 页。

现了自己的特长或所能胜任的工作，无论什么情况下，都要好好干，把这出戏演得尽善尽美。"①

工作与快乐。虽然我们都希望做自己想做、爱自己所做的，但往往事与愿违，干一行怨一行是常有的事。毛泽东说得好："牢骚太盛防肠断，风物长宜放眼量。"为此，我们要在工作中保持一种良好的心态，须知："人要有出世的精神才可以做入世的事业。"② 无论从事何种工作，我们都应当快乐地工作。雪莱说："灵魂深处的快乐在工作中。"歌德说："一个有真正大才能的人却在工作过程中感到最高度的快乐。"③ 纪伯伦则用诗的语言写道："在你工作的时候，你是一管笛，从你心中吹出时光的微语，变成音乐。"④ 工作之所以给人带来快乐，乃是因为工作能让人的才能得以施展、价值得以实现。其实，快乐是工作对于人的最大回报。

工作作风与方式。一旦进入一个工作环境，每个人便会处于一个中间位置，上有领导，下有属员或是人民群众的利益。如何处置两者的关系就会显示出不同的工作作风和方式来。要是眼睛总盯着上级领导，久而久之便会以领导的意愿行事，从而失去自我，蜕为一个教条式的以官为本位的"奴仆"。如果心里想着工作本身、想着工作对他人的福利，那么工作者因为投入往往会发挥巨大的主观能动性，进而使自己成为一个创造性地开展工作的以人（民）为本位的"公仆"。

【作品研读】

单纯对抗官僚：《组织部新来的青年人》《剪辑错了的故事》

王蒙（1934—）中国当代著名作家，代表作：短篇小说

---

① ［古罗马］爱比克泰德：《生活的艺术：通往幸福、快乐和美德之路》，沈小钧译，天津：天津社会科学院出版社，2008 年，第 25 页。
② 朱光潜：《谈美》，合肥：安徽教育出版社，1997 年，第 10 页。
③ ［德］爱克曼辑录：《歌德谈话录》，朱光潜译，北京：人民文学出版社，1978 年，第 36 页。
④ ［黎巴嫩］纪伯伦：《纪伯伦散文诗全集》，伊宏编，杭州：浙江文艺出版社，1993 年，第 277 页。

《组织部新来的青年人》，长篇小说《活动变人形》《季节四部曲》《青狐》。

　　茹志鹃（1925—1998）中国当代著名女作家，代表作：《百合花》《剪辑错了的故事》《草原上的小路》《儿女情》。

　　王蒙的《组织部新来的青年人》（下文简称《组》）发表于《人民文学》1956 年第 9 期，当时反响强烈，作者后来也因此小说被划为右派，付出了沉重的代价。隔了半个多世纪，回头再读，我们不禁佩服王蒙当年的勇气和干劲。《组》对新生的社会主义国家的官僚体制进行了由表入里的批判，这些批判至今仍然具有巨大的启示意义。茹志鹃《剪辑错了的故事》（下文简称《剪》）发表于《人民文学》1979 年第 2 期，小说重新估量和思考了 1958 年的"大跃进"，引发了新时期"反思文学"的思潮，也标志着作者风格从早期"清新俊逸"到后期"冷峻沉思"的转变。上述两部小说，写于不同时期，但都涉及相同的时代问题。从工作的角度来说，两部小说都体现出一个共同的主题：以单纯对抗官僚。

工作作风的蜕变

　　从宽泛的意义来说，人一出生就开始工作。小孩玩耍就是工作，学生学习就是工作。而只有从学校毕业走进社会，一个人才开始真正的工作。工作是一个人活在世界的存在方式之一。工作无贵贱，任何正当的工作都是为了保持整个社会大厦各个系统得以和谐运转。工作者的态度也往往深受外在工作环境的影响。通过工作态度的转变，我们可以窥视工作环境对工作者心灵的影响，以及工作者个人生活的转变。揭示这些转变，作家往往将自己的思想融入其中，或褒扬或批判，其主旨都是为了更好的明天。

　　王蒙《组》的批判性历来被定位于刘世吾的官僚主义，不能不说这只看到小说的表层批判，那深层的批判却隐而不见。一旦我们意识到刘世吾在革命前后工作态度的转变，那么便接触到了小说最深处的批判了。小说第九节，处理完麻袋厂王清泉的官僚主义问题后，刘世吾与林震一起吃晚饭，向林吐露心声。从中我们知道，刘世吾1947年在北大做自治会主席，参加游行被流氓打坏了腿。他颇有感慨地说："那时候……我是多么热情，多么年轻啊！"可是解放后，他忙得不可开交，从来没睡够过八个小时，处理这个人处理那个人，却没有时间处理自己。为此，他自我反省地说："我们党工作者，我们创造了生活，结果，生活反倒不能激励我们。"①

在小说的其他部分，我们也明显感觉到刘世吾在解放之后对工作的"可怕的冷漠"。据赵慧文介绍，"他看透了一切，以为一切就那么回事……他不再操心，不再爱也不再恨……"他的口头禅"就那么回事"是其工作心态的标志。② 可以说麻袋厂的问题其实就是他一手拖延造成的。可悲之处在于，处理官僚主义者王清泉的刘世吾自己也是一个地地道道的官僚主义者。小说揭示了建国后我国一些单位官僚主义成风的现实。这些官僚主义作风的形成有各种各样的因素，但是通过组织部长刘世吾的解放前后的转变，王蒙实际上揭示了一个更深层的原因，那就是体制本身的问题。体制中的一些痼疾是如此强大，使得体制中的工作者深受束缚，施展不开，进而退避内心，对外则消极麻木，刘世吾不过是其中的一个典型罢了。

《剪》反思大跃进，与《组》一样揭示了那个时代的官僚主义问题。不同之处在于，《组》中组织部长刘世吾其实对自己的问题有所觉醒但又无能为力，而《剪》中的领导老甘则对自己的问题似乎毫无意识，反而通过一个看守梨园的农民老寿将解放前后的工作作风变化说了出来。解放战争时，军民情如鱼水，革命者事事想着人民，而现在所谓的"革命"，不像过去那样真刀真枪，干群关系也没有过去那样实心实意，"现在好像掺了假，革命有点像变戏法"，以前是一心为民，现在是专心为了领导，"做工作不是真心为了老百姓，反要老百姓花了功夫，

---

① 王蒙：《组织部新来的青年人》，见谢昭新、吴尚华主编：《中国现当代文学作品选（下）》，合肥：安徽教育出版社，2003年，第183－184页。
② 王蒙：《组织部新来的青年人》，见谢昭新、吴尚华主编：《中国现当代文学作品选（下）》，合肥：安徽教育出版社，2003年，第177页。

变着法儿让领导听着开心，看着满意"。① 《剪》不仅将现在和过去对比，更有甚者，还涉及假想的未来侵略战争，意在惊醒世人：如果不能抑制现在的弊端，而是让其滋生蔓延，那么不久的将来必然遭遇失败的命运。

综上所述，两篇小说都写到革命前后一些干部工作作风的蜕变，旨在引领读者思考：为什么解放前那么艰难恶劣的环境下，我们党工作者能如此踏实工作，解放后有些人却反而官僚成风？为什么解放前一心为民，解放后却两眼紧盯着官位？

官僚主义的工作作风

两篇小说都形象地揭示了机关干部官僚主义的工作作风，其核心就是官本位，以自我为中心，处处想着保持自己的"乌纱帽"或是想着更大的升迁。官僚主义脱离实际问题，脱离群众，不关心国计民生，频频发号施令却不能进行实地调查研究。结合两部作品可以从以下几方面具体地体现出来。

官话连篇。官话可谓政治意识形态的表现形式之一，最常见于各种会议中。巴金在《三论讲真话》中所说的会场中的假话、空话其实就是官话。巴金感慨地说："在会议的中间，在会场里，我总觉得时光带着叹息在门外跑过，我拉不住时光，却只听见那些没完没了的空话、假话，我心里多烦。"其实谁也不会相信这些假话，大家只是把它当作"护身符"。② 官僚主义者最常阅览的是红头文件，必须要吃透上级的指示和意图，看得多了，说的就多了，久而久之，习惯成自然，那些冠冕堂皇的具有普遍意义的大话套话也逐渐渗透进他们的工作，甚至在家庭生活之中。有时候，他们都不知道自己是在打官腔。《组》中的刘世吾就是这么个打官腔成了家常便饭的人。林震第一次到组织部报到，刘世吾就对其进行说教，满目的文字让我们就像是在阅读宣传文件；当林震去麻袋厂调研工作发现了王清泉的问题后向刘世吾汇报时，他再次打官

---

① 茹志鹃：《剪辑错了的故事》，见《草原上的小说》，天津：百花文艺出版社，1982年，第68页。

② 巴金：《随想录》，北京：作家出版社，2005年，第223页。

腔拖延问题；林震因为同意魏鹤鸣召开座谈会而挨批评时，他依然是满口官话文过饰非。小说中不仅仅刘世吾如此，通过魏鹤鸣之口，我们也能感觉到王清泉作为麻袋厂的厂长也是如此。而在小说最后的区委常委会上，我们更是见识了李宗秦、周润祥同样以官话和官位压人的丑陋嘴脸。

在《剪》之中，甘书记作为党的基层干部，也是常常把官话当作"令牌"来开辟道路开展工作的。当老寿去县里对上交那么多粮食讨说法的时候，甘书记一见面就语重心长地说道："不是我一见面就批评你们。你们的眼光太浅了，整天盯着几颗粮食。现在的形势是一天等于二十年，要跑步进入共产主义的时候，一步差劲，就要落后。你们老同志更应该听党的话，想想过去战争年代，那时候，咱算过七大两、八大两吗？……"当甘书记要砍掉梨园扩大水稻种植，老寿坚决要求甘书记再等二十天，等梨子成熟后再扩大生产，作者写道："'不行!'甘书记面容严肃，说道：'我们现在不是闹生产，这是闹革命！需要的时候，命都要豁上，你还是梨呀，梨呀！还是一个党员，像话吗？'"试想，在这样的气势下，谁还敢抵抗上级的命令呢？官话之下，造成了多少悲剧结局啊！

数字崇拜。荷兰作家伊登 1895 年发表的小说《小约翰》中，小约翰在随博士学习和研究的时候，就发现了一个现象："每一样东西都转变成了数字"。[①] 我们不能不说，小约翰的发现其实是人类现代社会的一个寓言——人类进入现代社会以来，越来越数字化了。的确，当今世界已经被尼葛洛庞帝称为"数字化生存"的时代。但数字化还意味着一种功利主义的思维方式，即越多越好！这种数字崇拜已经渗透进现代社会生活的每一个领域。王蒙的《组》则让我们见识了行政工作中的数字崇拜。韩常新是林震的直接领导，他给林震的印象是"比领导干部还像领导干部"，除了打官腔外，还对数字非常敏感。韩常新打电话数落麻袋厂的组织委员没有花足够的时间做工作时说："为什么你们只谈了半小时？我在电话里告诉你，至少要用两小时发展计划！"当魏鹤鸣对韩常新说发展了一个半党员时，他很不高兴地纠正道："不是一个半，

---

① ［荷兰］伊登：《小约翰》，胡剑虹译，北京：华夏出版社，2004 年，第 173 页。

是两个，我是检查你们的发展情况，不是检查区委批没批。"韩常新在麻袋厂调查时特别感兴趣的是一些数字和具体事例（事后被他写进工作简况之中），至于先进工人克服困难钻研创造的过程，他听都不想听。

的确，数字是反映出工作成绩的一大工具，但是数字并非唯一有效的手段。作为领导干部来说，用数字向上级汇报表功，极为有效而显目。但过于追求数字，甚至弄虚作假，谎报瞒报，就失去了数字本身的意义，甚至会导致祸国殃民。《剪》可谓恰当的例子。1958 年大跃进时期，浮夸成风，数字满天飞，到处"放卫星"争第一。甘书记所在地区就放了一个"亩产一万六"大卫星，结果引来各界人士纷纷前来取经，荒谬至极令人啼笑皆非。

拖延问题，推卸责任。《剪》中放卫星谎报产量，谁都知道是假的。可是基层领导们却仍然乐此不疲，甚至还要继续砍掉要成熟的梨园进行扩大生产。在那个荒谬的时代，似乎谁都不愿意做那个童话中说真话的小孩子，于是只有拖延问题了。《组》中王清泉的官僚作风由来已久，魏鹤鸣也曾经写信给纺织工业部和区委反映，上级调查后找到王清泉"批评"了一下就了事。王清泉认真了一个来月就又故态复发。对于王清泉的问题，刘世吾可以说是了如指掌。当林震去找他汇报工作时从刘世吾口中，我们知道了王清泉"也是个特殊人物，不太简单"，是个呱呱叫的情报人员，一个英勇的老同志。之所以他的问题拖了这么久没有解决，按刘世吾的说法是因为"从各方面看，解决这个问题的时机目前还不成熟"。很显然拖延问题的不是别人正是刘世吾。等到《北京日报》登出揭发王清泉的群众来信，刘世吾一派清官作风，雷厉风行，只用了两个星期就处理了麻袋厂的问题。不能不说刘世吾精通"领导艺术"，他深知王清泉资格老人脉广，搞不好就会自找麻烦危及自己。可是媒体曝光，上级过问之时，他就可以放开手脚"拉大旗扯虎皮"了。

官僚主义除了拖延处理存在的问题，还往往在问题上面推卸责任。《组》第十节中，涉世未深的林震居然在区委常委会议上点名指出，韩常新和刘世吾应对王清泉问题负责。韩常新讽刺林震是"事后诸葛亮"。刘世吾则老练地将责任归结为"我们的干部太少，建党还抓不过来"。当林震又对组织部长李宗秦的意见进行反驳时，被区委书记当即横刀制止。本来开会之前还各自焦虑不知道如何为自己洗刷过错的领导们，一下子把矛头对准了林震，很快转移了话题。结果导致的结局是：人是处理了，可问题依然存在。的确应了韩常新的话："组织部并不能保证第二、第三个王清泉不会出现。"众所周知，党工作者应当惩前毖后治病救人，可是官僚主义者却为了各自的职位，不敢做"出头鸟"，敷衍问题，等到"娄子"被捅了，就又互相推诿，寻找"替罪羊"。

呼唤单纯朴实的工作作风

两篇小说在让我们全面认识官僚主义者的真实面目的同时，也相应地塑造了另一批普通而又敢于较真的"小人物"，他们不是什么领导，但他们的身上却寄托了作者的理想：呼唤单纯朴实的"严肃主义"工作作风。

与官僚主义人浮于事专注自我的官本位不同，"严肃主义"的工作作风则以人为本，关注他人的利益，实事求是。《组》中林震刚刚参加组织部工作，富于热情，有自己的主见而不是看上级领导的意图行事，结果不断遭到批评。但林震仍然一如既往，甚至在区委常务会上点名批评顶头上司。这样的人如今是多么的缺乏啊！潜规则流行的社会，工作者也往往会当面一套背后一套，性格的分裂在所难免。比如刘世吾，他是个谙熟世故的领导，但他的内心还仍然有着对单纯的向往。小说中写到他也和林震一样爱小说、诗歌，还有童话。他深情而又忧伤地对林震说："当我读一本好小说的时候，我梦想一种单纯的、美妙的、透明的生活。"① 令人遗憾的是，单纯对刘世吾来说只是一个内心的梦想，现实中却永远"就那么回事"。

赵慧文从部队文工团转业来到组织部，一开始也是看不惯许多东西，提了好多意见，还和韩常新大吵，可是后来，她渐渐地发现自己的力量单薄，便转而私下里独自与他们较真。她将三年来看到的组织部工作中的一些问题和自己的意见写了一个草稿。不仅如此，她也与自己较

---

① 王蒙：《组织部新来的青年人》，见谢昭新、吴尚华主编：《中国现当代文学作品选（下）》，合肥：安徽教育出版社，2003 年，第 180 页。

真，画了张表，自己工作有了失误就划一个黑叉子。如果一天没有错，就划一个小红旗，连续一月小红旗，她就给自己买点礼物奖励自己。与赵慧文不同，林震因为刚刚走上工作岗位，因而充满斗志。他坚持认为"人要在斗争中使自己变正确，而不能等到正确了才去斗争。"① 他也的确是这样做的。经历了麻袋厂事件，通过与赵慧文的倾心交流，在小说结尾林震逐渐认识到一个道理："人，是多么复杂啊！一切一切事情，决不会像刘世吾所说的：'就那么回事'。……正因为不是就那么回事，所以人应该用正直的感情严肃认真地去对待一切。……"② 在赵慧文和林震的身上，让我们感动的是一种与官僚主义者截然不同的责任意识，正应了韦伯的如下思想："能够深深打动人心的，是一个成熟的人（无论年龄大小），他意识到了对自己行为后果的责任，真正发自内心地感受着这一责任。然后他遵照责任伦理采取行动，在做到一定的时候，他说：'这就是我的立场，我只能如此。'这才是真正符合人性的、令人感动的表现。"③

与赵慧文、林震不同，《剪》中的老寿，只是普通的群众，但也是一个敢于较真的老党员。公社放卫星后支书老韩严格按指示办事，吹吹打打上交公粮，老寿偏要上访讨说法，结果在甘书记那里碰了一鼻子灰。甘书记凭借放出的卫星步步高升，还想更大的"政绩"，准备砍掉就要成熟的梨园。老寿再次据理力争，可在甘书记的官腔里，他像只伤痕累累的豹子，再也没有往日的威风，只得发出最后的哀号："拿去吧！为革命我没怕死过。把我这块石头搬了吧！我是块石头，绊脚的石头，我赶不了这形势，我闹不来这革命，我想不通，把我搬掉吧！搬掉吧！"一种不理解而又不甘心的孤苦溢于言表，读来令人心酸不已。

综上所述，两篇小说在揭示官僚主义工作作风的同时，着重歌颂的

---

① 王蒙：《组织部新来的青年人》，见谢昭新、吴尚华主编：《中国现当代文学作品选（下）》，合肥：安徽教育出版社，2003 年，第 179 页。

② 王蒙：《组织部新来的青年人》，见谢昭新、吴尚华主编：《中国现当代文学作品选（下）》，合肥：安徽教育出版社，2003 年，第 191 页。

③ ［德］韦伯：《学术与政治》，冯克利译，北京：生活·读书·新知三联书店，2005 年，第 116 页。

是以林震、老寿为代表的严肃主义的工作作风。两相对比，反差强烈。官僚主义者冷淡、麻木，不干实事，两眼盯着上级；严肃主义者则为了工作不计个人得失，关心他人，关注民生，敢说真话。虽然两篇小说写的都是20世纪50年代的事情，但在今天，环顾我们的工作环境，官僚主义的工作作风依然屡见不鲜，而那些严肃主义者也往往像赵慧文那样退避忍让。由此可见，在几千年来官本位思想盛行的国家，让工作走向一条良善的大道，还有待于每个人长期的坚守和努力！最后，让所有着眼于和谐社会的工作者一起重温林震的宣言吧："我要更积极，更热情，但是一定要更坚强"！①

【延伸阅读】

1. **德波顿《工作颂歌》**（2009）："德波顿给我们的最好的礼物，他让我们更好地思考我们如何生活，如何去改变周遭事物。"——《泰晤士报》

2. **谌容《人到中年》**（1980）：忘我的工作（陆文婷）；马列主义老太太（副部长夫人秦波，满口马列主义其实自私自利）。

3. **鲁彦周《天云山传奇》**（1979）：工作作为使命（罗群，冯晴岚、宋薇）；官僚作风（吴遥）。

---

① 王蒙：《组织部新来的青年人》，见谢昭新、吴尚华主编：《中国现当代文学作品选（下）》，合肥：安徽教育出版社，2003年，第191页。

第四章　欲　望

【理论向导】

全面认识欲望。 印度 20 世纪伟大的哲学家、心灵导师克里希那穆提说："对欲望不理解，人就永远不能从桎梏和恐惧中解脱出来。如果你摧毁了你的欲望，可能你也摧毁了你的生活。如果你扭曲它，压制它，你摧毁的可能是非凡之美。"一讲到欲望，人们往往会想到性欲或情欲。其实欲望的内涵极其丰富，它既可以指人身上的基于本能的食欲与色欲等等，也可以指与身外社会密切相关的权欲、利欲、求知欲、出名欲等等。在宽泛的意义上，欲望可以指每个人内心所感到的任何强烈的需要。欲望是人存在的一种证明，因而也可以说人是一种欲望的社会动物。

欲望的创造性与毁灭性。 欲壑难平，欲望的满足都是暂时的相对的，总有新的欲望会无休止地产生出来。由于欲望这种不知餍足的特性，欲望的过度释放会造成破坏的力量。禁锢欲望，欲望会成为枷锁；放纵欲望，欲望会堕为魔鬼。欲望可能会在不断的刺激下极度膨胀，所谓"人心不足蛇吞象"。叔本华说："财富犹如海水：一个人海水喝得越多，他就越口渴。这一道理同样适用于名声。"① 所以无论什么欲望，都需要理智的调控与节制。林则徐自勉联云："海纳百川，有容乃大；壁立千仞，无欲则刚"。此处无欲不是说不要，而是要控制欲望的意思。

控制欲望。 人不能也不会没有欲望，但人也不应该成为欲望的奴

---

① ［德］叔本华：《人生的智慧》，韦启昌译，上海：上海人民出版社，2001 年，第 45 页。

隶。如果我们把那些有助于个体全面健康发展、推动社会文明进步的欲望称为善的欲望，那么使个体颓弱、败坏社会风气的欲望就是一种恶的欲望。善的欲望具有创造性，恶的欲望则充满毁灭性。善的欲望，如果不注意节制，也会蜕化为恶的欲望。古罗马哲学家塞涅卡告诫我们："要把欲望控制在安全的限度以内，要清洗掉性格中的每一丝邪恶。"①

【作品研读】

欲望变奏曲：《卢布林的魔术师》《冤家，一个爱情故事》

艾萨克·巴什维斯·辛格（Isaac Bashevis Singer, 1904—1991）美国著名犹太裔作家，1978 年诺贝尔文学奖获得者。代表作：《庄园》《卢布林的魔术师》。

辛格的小说魅力，正如 1978 年诺贝尔文学奖委员会授奖词所云："他的充满了激情的叙事艺术不仅扎根于犹太血统的波兰人的文化传统中，而且反映和描绘了人类的普遍的处境。"②《卢布林的魔术师》（以下简称《卢》）（1960）是西方评论家公认的辛格最佳长篇小说。《冤家，一个爱情故事》（以下简称《冤》）（1966）则是辛格生前最后一部成功之作，曾被改编成电影而广受欢迎。在上述两篇小说中，辛格的确名不虚传，像个老练的蜘蛛，不紧不慢地编织着故事之网，一方面让主人公一步步陷入繁乱的网线之中，不能自拔，最后破网而出；另一方面也让读者慢慢沉入其叙事之网，欲罢不能，随着他的网线的波动而感慨万千。读者一会儿进入主人公的内心世界，感受其灵魂在矛盾之中的煎熬；一会儿随叙述者清醒地反省主人公的生活状态，并不时地对其所处时代的丑恶现象进行挞伐。本文对其叙事艺术及其扎根其中的文化传统不做深入分析，而着重揭示其小说中所反映的人类普遍处境，其核心便

① ［古罗马］塞涅卡：《面包里的幸福人生》，赵又春、张建军译，西安：陕西师范大学出版社，2003 年，第 242 页。
② ［美］辛格：《卢布林的魔术师；冤家，一个爱情故事》，鹿金等译，上海：上海译文出版社，2001 年，第 8 页。

是对人类内在欲望的书写。两部小说都展示了一种欲望的变奏曲，即从纵欲到禁欲，进而引发如何超脱欲望的救赎问题。在当今这样一个伊格尔顿所谓"吸引人的是性"① 的后理论时代，重读两部小说将有着非同寻常的意义。

纵 欲

史铁生在《我与地坛》中颇有感触地写道："人真正的名字叫做：欲望。"② 的确，某种意义上，人就是欲望的动物。欲望是生命力的象征。当一个人没有欲望，就意味着衰老的到来。正常情况下，人都能安顿好其内心的本能欲望，使其处于社会伦理的范围之内。可是当自己不能控制好自己的激情，就会受到本能的指使，从而走上永远不满足的险恶之途，甚至酿造祸端，害人害己。

《卢》中的魔术师雅夏总是处于情欲激荡之中，内心斗争不息，但最终总是肉体战胜精神，情欲总是走上前台表演其永不变更的游戏。他有一个忠诚的妻子埃丝特，可是他常年不在家，在外地演出的日子里，陪伴身边的是女助手，其实是情人玛格达，她像仆人一样专心地伺候雅夏。他还与一个小偷的妻子泽莉特尔勾搭，此外他还有许多情人。他凭借自己的魔术才能在这些女人之间穿梭着，各得其乐，相安无事。可是当他邂逅了教授未亡人埃米利亚，一切都变了。如果说从前他都是对其他人"催眠"，这一次仿佛颠倒了，他自己被"催眠"了。他变得魂不守舍，身不由己，内心的煎熬达到极致，因为如果选择埃米利亚，他就会失去眼前的一切，妻子、情人以及自己的宗教信仰。

"奴在身者，其人可怜；奴在心者，其人可鄙。"③ 雅夏既可怜又可鄙。可怜在于他的身体总是受到"他者"的控制。除了属于妻子和情人，雅夏的身体还受到经理人沃尔斯基的摆布。虽然在家乡他在人们心目中是个有钱人，可是作为魔术师他却被人瞧不起。每一次演出表演，他自己所得的钱往往最少，从剧场老板到经理人，每个人都在抽他的油

---

① ［英］伊格尔顿：《理论之后》，商正译，北京：商务印书馆，2009 年，第 4 页。
② 史铁生：《我与地坛》，见《对话练习》，长春：时代文艺出版社，2000 年，第 37 页。
③ 转引自巴金：《随想录》，北京：作家出版社，2005 年，第 192 页。

水。"人人都占他便宜。"被剥削，可又无法脱身，只得被人牵着鼻子走。可鄙之处则在于雅夏的思想也受到方方面面的奴役。他对自然界一些神秘的现象无法理解，坚信有种控制命运的神秘力量，并且认为自己的所作所为皆是受到这种命运力量的引导。由此他成了这种神秘力量的奴隶，并不断地堕落下去。

雅夏虽然在外与许多女人有染，但他却是一个本性善良的人，乐善好施。可他为什么最终竟堕落到背叛十诫中的每一条呢？他是一个绝顶聪明的人，小时候看到别人魔术表演，他就心领神会，并能模仿出来。他心灵手巧，世上没有他打不开的锁。他还学会了催眠术、心灵感应术等等。他会想各种新奇的玩意儿。可是一旦闲下来，他就感到空虚，感到恐惧。一言以蔽之，"他最大的对头是：无聊。……无聊像许多鞭子似的抽打着他。"① 看来导致他堕落的直接原因就是空虚无聊。

综上所述，雅夏是个有着各种各样欲望的魔术师，一旦无事可干，便会无聊，一旦无聊，便会寻求刺激，放纵自己的欲望。与雅夏一样，《冤》中的赫尔曼也是在女人之间来回穿梭，总是矛盾丛生。与雅夏生活在魔术和催眠术之中不同，赫尔曼则生活在自己刻意编造的谎言中。赫尔曼本是波兰人，德国法西斯侵占波兰时，他躲在草料堆里幸免于难，靠女佣人雅德维加存活下来，后来与她来到美国并结了婚。赫尔曼靠拉比写文章混饭吃，但经常借口外出推销书籍而去与情人玛莎幽会。这种局面随着本来以为已经去世的原配妻子塔玛拉的忽然出现而掀起波澜。赫尔曼必须用谎言打通道路，在三个女人之间周旋，因为这三个女人，他都想要。

张爱玲在《红玫瑰与白玫瑰》中把"圣洁的妻"比作白玫瑰，把"热烈的情妇"比作红玫瑰，并指出"也许每一个男子全都有过这样的两个女人，至少两个"。② 张爱玲说至少两个女人，也未尝不是三个女人：妻、妾、情人。妻子明媒正娶，往往态度高傲，不肯委屈自己。妾

---

① ［美］辛格：《卢布林的魔术师；冤家，一个爱情故事》，鹿金等译，上海：上海译文出版社，2001 年，第 123 页。

② 张爱玲：《红玫瑰与白玫瑰》，见《张爱玲文集（第二卷）》，合肥：安徽文艺出版社，1995 年，第 125 页。

则逆来顺受，是忠诚的奴仆。情人则如烈火般燃烧着男人的心，使其激荡起来，享受到生命中最极端的高峰体验。《冤》便在赫尔曼身边安排了这样三个女人。虽然她们都曾与他结过婚，都可以称作妻子，但是做过他佣人的雅德维加永远像小妾一般，原配塔玛拉则是高高在上的妻子，而玛莎充其量也不过是情人。与此相类，《卢》中的魔术师身边的四个女人担当的角色也各不相同，原配埃丝特已沦为保姆，但妻子的地位却很稳固；女助手玛格达则是地地道道的妾；埃米利亚是可望不可即的情人，泽莃特尔则是露水情人。

上述两篇小说都在一个男人周围安排了好几个女人，折射出人类社会中的男性中心主义。其实站在女性的角度来看，她们也何尝不希望身边有几个男人爱上他：忠贞的丈夫、热烈的情人、勤勤恳恳的男仆等等。以此观之，辛格的上述两部小说其实是从男性角度透视了人类本性中的一种普遍状况：人是欲望的动物，而且渴望拥有不同类型的对象。此外，如果将欲望从单纯的情欲引申到广义的欲求，那么也意味着人总是渴望拥有更多的东西，金钱、名望、美女等等。魔术师雅夏和"骗子"赫尔曼都是欲望的奴隶，最终都走向害人害己的死胡同。两部小说中除了他们俩，还有其他的一些人物也是如此。《卢》中把钱藏在保险箱中的查鲁斯基、不守妇道的泽莃特尔、因嫉妒而绝望的玛格达等等。《冤》中的拉比是名望、钱财和女人的奴隶，玛莎则是占有欲的奴仆，等等。

欲望可以是美好的，穆旦的诗歌《春》就写出了那种青春时代朦胧欲望的美丽。但是像雅夏、赫尔曼这样让自己完全听从于欲望的指使，为非作歹那就是做人的一大悲哀了。

禁 欲

普鲁斯特说："不满足是欲望的实质。"[①] 伊格尔顿说："我们是尚未，而不是现在。我们的生活是由欲望组成的生活。"[②] 由此我们可以说，人永远都处于不满足的状态之中，内心总有这样那样的没有满足的

---

① ［法］普鲁斯特：《一天上午的回忆》，王道乾译，上海：上海文化出版社，2000年，第69页。

② ［英］伊格尔顿：《理论之后》，商正译，北京：商务印书馆，2009年，第201页。

欲望，而且欲望总是一个连着一个，一个欲望滋生另一个欲望，永无尽头。那么，当一个非分的欲望充填内心的时候，该如何是好？拉罗什福科告诫我们："根除第一个欲望远比满足所有随后的欲望容易。"① 言下之意，如果耽溺于欲望的满足，必将招致永无休止的追逐。

事实上，人之所以不同于动物，在于人具有反省意识。当人成为自身欲望的奴隶的时候，便堕为靠本能生活的动物。但人如果能以自己的意志节制欲望，他便是欲望的主人。作为文明社会的一员，我们绝不能如《洛丽塔》中的那位亨伯特一样放纵自己的欲望，破坏他人的生活。中国古人非常讲究节制的原则，也即孔子所谓"乐而不淫，哀而不伤"。拿什么来节制呢？礼便是一种约束的力量，所谓"发乎情止于礼"。此外，荀子在《乐论》中指出"以道制欲"的观点，他说："乐者乐也。君子乐得其道，小人乐得其欲。以道制欲，则乐而不乱；以欲忘道，则惑而不乐。"② 节制原则也可运用于处理人的欲望，一方面，人有七情六欲；另一方面，人又要使之受制于社会伦理和礼仪。上述两部小说中，我们看到男主人公都沉浸于欲望之河不能自拔，最后也走上了禁欲或逃避的道路。而其中的一些女主人公则如圣女一般超然于欲望之上。从一个极端走向了另一个极端，人类的欲望变奏出截然不同的旋律。男女主人公用来节制各自欲望的手段各有不同。

《卢》中的教授夫人埃米利亚，在丈夫去世以后，独自带着身体不佳的女儿，靠着救济金勉强度日。当她们遇到魔术师之后，被他的慷慨、善良而又有着精湛的表演才能所折服，由此产生恋情，也是情理之中的事情。然而出乎意料的是，埃米利亚并不像其他女人那样轻易地就投怀送抱委身于雅夏，而是能在关键时刻坚守住自己的最后防线。小说把一个既受到情欲煎熬又能成功控制自己欲望的女人写得入木三分，读来令人心酸不已：

写她与雅夏重逢的喜悦：

> 他们像两只鸟似的摇摇摆摆走着，站停了，又走起来，走

---

① ［法］拉罗什福科：《道德箴言录》，何怀宏译，北京：西苑出版社，2003 年，第 90 页。
② 转引自叶朗：《中国美学史大纲》，上海：上海人民出版社，1985 年，第 142 页。

来走去总是在那地方，互相望望，互相闻闻，玩着只有情人们懂的游戏。①

写他们内心情欲的激荡：

　　他们两人似乎在留神听着情欲从他的膝盖移动到她的膝盖，接着又移动回来。他们的肉体在用它们无声的语言谈话。"我一定要得到你！"一个膝盖同另一个膝盖说。②

写她无所依托的内心苦闷：

　　每一回咱们说再见和我关上门，那会儿我的痛苦就开始了。我感到这种情况完全靠不住，好像我是待在一片浮冰上，随时冰都可能裂开，我就会掉进水去了。……③

埃米利亚是如何做到在丈夫去世之后仍能守身如玉呢？她认为"活受罪总比人尽可夫好"，"上帝能洞察一切。死人的灵魂永远在场，观察亲人的所作所为。"④ 因此，在丈夫去世后他的几个同事向她求婚，但丈夫在她梦中出现并叮嘱她拒绝他们。而她之所以爱雅夏乃是因为雅夏性格与已故丈夫相像，而且也有迹象表明，已故丈夫赞成他俩结合。他们有着不少共同的话题。她经常与雅夏谈论通天眼、预兆、心灵感应术，还有同死人灵魂的交往等等。那她又为什么迟迟不与雅夏同床共枕呢？乃是因为她希望在教堂里结婚，"在纯洁的基础上开始夫妇生活"。⑤ 可以说，埃米利亚用来抑制自己欲望的手段比较复杂，有宗教的、有社会习俗的甚至神乎其神的灵异现象。

---

　　① ［美］辛格：《卢布林的魔术师；冤家，一个爱情故事》，鹿金等译，上海：上海译文出版社，2001年，第80页。

　　② ［美］辛格：《卢布林的魔术师；冤家，一个爱情故事》，鹿金等译，上海：上海译文出版社，2001年，第99页。

　　③ ［美］辛格：《卢布林的魔术师；冤家，一个爱情故事》，鹿金等译，上海：上海译文出版社，2001年，第168页。

　　④ ［美］辛格：《卢布林的魔术师；冤家，一个爱情故事》，鹿金等译，上海：上海译文出版社，2001年，第77页。

　　⑤ ［美］辛格：《卢布林的魔术师；冤家，一个爱情故事》，鹿金等译，上海：上海译文出版社，2001年，第76页。

无独有偶，在《冤》中也有一个压抑情欲的典型人物，即赫尔曼的原配妻子塔玛拉。她饱受法西斯集中营生活的摧残，但却始终坚守着自己的纯真，不愿同流合污。她羡慕那些把爱情当游戏的人，可她自己却又异常坚定地恪守情感防线，不愿越雷池一步。她相信爱情，相信没有爱情的人身体是不应该在一起的。她对赫尔曼说："我早就告诉过你，我认为爱情不是儿戏。""我不能跟一个我不爱的男人一起生活。"① 虽然进集中营之前，赫尔曼与塔玛拉之间争吵不断，彼此都受尽折磨，但塔玛拉却仍在内心只爱着赫尔曼，这是她这么多年对其忠诚的最大原因。可见，她就是凭借着内心对赫尔曼的爱情而战胜了自己身上的欲望。在小说最后，赫尔曼已经不知去向，当拉比通知塔玛拉，说拉比们已经放松规定允许被抛弃的妻子可以再婚时，塔玛拉仍然若有所思地回答："也许，在另一个世界——跟赫尔曼。"毫无疑问，塔玛拉就是对爱情忠贞的象征，即使爱人远在天边，也要抵挡一切诱惑在内心为他守候一片爱的天空！

上述两位女主人公禁欲与他们身边的男主人公形成了鲜明的对比。富有意味的是两篇小说的男主人公的结局。他们最终也走向压抑和逃避欲望的道路。雅夏在偷钱失败的那天，亲历了玛格达的自杀与泽弗特尔的纵欲场景，他忽然脱胎换骨，回到家乡用石头砌了间小屋将自己关在里面，一心研读宗教典籍。用墙壁和宗教将自己的欲望拘留起来。而谎话大王赫尔曼则自惭形秽觉得自己就是垃圾，进而要"离开任何人"，最终不知其所去。

在辛格的笔下，欲望从一个极端走向另一个极端或者逃避，难道就没有一条大道来让人类的欲望行走吗？欲望的变奏带给了我们什么样的启示呢？一旦我们考虑到这些问题，两部小说的现实意义和价值就近在眼前了。

渡　欲

如前所述，两篇小说既有对欲望的放纵书写，又有对欲望的病态压

---

① ［美］辛格：《卢布林的魔术师；冤家，一个爱情故事》，鹿金等译，上海：上海译文出版社，2001 年，第 361 页。

抑的描摹。辛格形象地展示了人身上存在的欲望的悖论：一方面人是拥有许多欲望的生物，另一方面人既不能放纵又不能压抑这些欲望。何去何从？由此，通过两个周旋于女人之间的男人的情欲悲剧，辛格的确引发了一个普遍问题：如何超度或摆渡我们的永不餍足的欲望？

雅夏所走的道路是兽—人—神。当他沉湎于七情六欲毫无节制之时，他是兽；当他周旋于三个情人之间被人间琐事烦扰不堪时，他是人；而当他置身小屋，静心研修，他则是神的化身了。雅夏的人生轨迹印证了梭罗如下思想："我们的整个生命是惊人的精神性的。善恶之间，从无一瞬休战。……自知身体之内的兽性在一天天地消失，而神性一天天地生长的人是有福的，当人和劣等的兽性结合时，便只有羞辱。"①或者用弗洛伊德的理论解释就是：由完美原则支配属于人格结构中的道德部分的"超我"，最终战胜了遵守快乐原则的"本我"和遵守现实原则的"自我"。②

雅夏虽然独自生活在小屋里，置妻子不顾，却也享受着妻子的爱护，不能不说这是一种自私又不人道的行径。而且纵然把自己关起来一心念经，雅夏也还是不能禁止内心情欲偶然的萌动。"每过一个钟头雅夏都要受到七情六欲困扰。他只要一时忘掉他自己，种种胡思乱想、白日梦、可恶的欲念就会来包围他。"③ 他只要一时放松警惕，"幻想便像老鼠或者妖精似的乘虚而入"④。可见，在《卢》中辛格已经明白宗教苦修并不能解决雅夏的欲望问题。

辛格认为"肉体和痛苦是同义词"，通过禁欲苦修，现在看来只是救赎欲望的暂时之法。雅夏的悲剧在于他有太多的生命激情，对这个世界有太多的疑问却得不到解释，因而对"为什么生和为什么死""人生的目的是什么"非常迷茫。这些无法解释的空虚留下的巨大的空洞更加

---

① ［美］梭罗：《瓦尔登湖》，徐迟译，长春：吉林人民出版社，1997 年，第 206－207 页。

② 自我、本我与超我，参见维基百科 http：//zh. wikipedia. org/wiki/% E6% 9C% AC% E6% 88% 91

③ ［美］辛格：《卢布林的魔术师；冤家，一个爱情故事》，鹿金等译，上海：上海译文出版社，2001 年，第 217 页。

④ ［美］辛格：《卢布林的魔术师；冤家，一个爱情故事》，鹿金等译，上海：上海译文出版社，2001 年，第 224 页。

助长了雅夏的不安和对死亡的恐惧。于是"只要他一丧失编新戏法和追求新情人的热情,怀疑马上就像蝗虫那样向他袭击。"① 雅夏其实是在借助纵欲妄图超越日常生活中的怀疑、孤独和恐惧,获得短暂的安宁,就如同吸毒,只能越来越沉陷其中而不能自拔。这也就是为什么雅夏被欲望摆布及时行乐的最大原因。某种意义上,它也是辛格如下思想的一个注脚:"世界是一座巨大的屠场,一个庞大的地狱……世界上有这么许多苦难,唯一的补偿是生活中的小小的欢乐,小小的悬念。"②

诚然,欲望可以带来快乐,但并不能因此就可以恣情欢乐。我们"应当培养一些骨气,成为我们欲望的掌门人,承认并按其中一些欲望行动,但要拒斥大多数欲望。然后,我们能够过一种自己选择的生活……"③ 雅夏可悲之处在于他从纵欲的极端走向禁欲的极端。众所周知,宗教的力量朝向彼岸世界,长期处于其中必将削弱此岸日常生活的勇气。而宗教所能给予的安宁和平静也只是暂时的。一旦我们进入日常生活,我们就得与各种各样的人和物打交道,我们就会处于无数的网络之中。活着就意味着带着欲望生活在世俗的世界之中,而不是像神一样不食人间烟火地生活在虚幻的王国中。凡是人,皆有欲望,有欲望就会有欲望得不到满足的痛苦和烦恼。宗教妄图根除人生的欲望和烦恼,无非是自取失败。宗教的真正功效当在于以超脱的心态去看待红尘之中的纷纷扰扰,而不要太过于痴情与迷恋。

直到最后一部小说《冤》,辛格似乎也没有找到恰当的救赎之道。《冤》中的赫尔曼认为哲学无法将自己从越陷越深的泥坑中救出,因为那些哲学家们虽然"宣扬某种道德,但是这种道德不能帮助抵制诱惑"。④ 赫尔曼也试图通过犹太法典来控制自己的欲望。可是在玛莎的爱情的呼唤面前,所有的犹太法典都无济于事。然而当他知道玛莎并非

---

① [美]辛格:《卢布林的魔术师;冤家,一个爱情故事》,鹿金等译,上海:上海译文出版社,2001年,第93页。
② [美]辛格:《卢布林的魔术师;冤家,一个爱情故事》,鹿金等译,上海:上海译文出版社,2001年,第1页。
③ [美]艾尔文:《欲望》,董美珍译,北京:中国青年出版社,2008年,第94页。
④ [美]辛格:《卢布林的魔术师;冤家,一个爱情故事》,鹿金等译,上海:上海译文出版社,2001年,第391页。

他心目中那样的忠诚，甚至作出通过卖淫换取与前夫离婚的事情，他彻底失望了。赫尔曼不像雅夏那样敢于正视自己，他不敢面对自己、面对周围的人，唯一的出路只能是逃跑并躲起来，就像他在法西斯高压统治时期那样。可以说，赫尔曼代表着另一种类型的人——戴着面具生活的人。对他来说"生存本身就是靠狡诈"，无论在哪里他都无法找到"真的"事情。"他整个一生是一场偷偷行动的游戏"。① 他不像雅夏那样已经意识到人生的目的和意义的问题，赫尔曼则处处在逃避，在把生活中的问题不断地往未来推，直到无路可退时，然后一跑了之。

综上所述，两篇小说的男主人公一开始都有妻子，可是他们都遇到了令他们着魔的女人，由此他们的生活开始了偏离。雅夏开始为了能与埃米利亚出走不惜铤而走险，赫尔曼则是为了玛莎开始了不断说谎的生活。这两个女人难道就是他们生命中最爱的女人吗？与她们走到一起就真的能够幸福吗？未必！心理学家发现，我们具有一种"错想"的不幸倾向，即想要那些我们一旦得到就不再喜欢的东西。② 而那些得不到的，将会永远充满魔力。欲望无穷无尽，却又压制不了，所以重要的就只有节制并善于调控。"如果将欲望控制到可以达到的程度，我们就不再厌恶我们必须过的生活，也不会梦想过别人的生活，我们将拥抱自己的生活，让它丰富多彩。"③

辛格遗留给我们的问题是：既然我们不能通过宗教方式来控制欲望，也不能逃避欲望，那究竟什么才是摆渡欲望的诺亚方舟呢？乔伊斯1916 年出版的自传体小说《艺术家青年时期的画像》中主人公最终抛弃宗教走向艺术创作的故事或许给了我们另一个启示：以艺术来控制欲望。这种想法其实也是弗洛伊德对人类的贡献之一。弗洛伊德认为人类的欲望根本无法在现实中都能得到满足。每个人的欲望都会受到压抑。这些压抑的欲望可以通过转移、升华等方式得到疏解，也可能走向利于人类文明的大路。艺术可以将欲望解放出来，使压抑的欲望有了疏解或

---

① ［美］辛格：《卢布林的魔术师；冤家，一个爱情故事》，鹿金等译，上海：上海译文出版社，2001 年，第 465 页。

② ［美］艾尔文：《欲望》，董美珍译，北京：中国青年出版社，2008 年，第 82 页。

③ ［美］艾尔文：《欲望》，董美珍译，北京：中国青年出版社，2008 年，第 5 页。

升华的通道。为此他还分析了不少艺术家的成功实践。艺术史家里德也认为艺术"是情感宣泄过程，但却是情感振奋或升华过程。"① 此处的情感当然包括人的各种欲望。如此看来，上述两部小说中，雅夏作为一个魔术师，赫尔曼作为一个写作者，本来都可以使自己走上真正的艺术道路，但却在欲望的洪流之中半途而废，着实可惜！

尼采坚持只有艺术才能拯救人类的求知欲，甚至认为艺术是人类的唯一救星。他说："我们现在用艺术来反对知识：回到生命！控制知识冲动！加强道德和美学本能！"② "只有艺术能够拯救我们。"③ 虽然尼采在此有审美主义之嫌，但他用艺术来控制求知欲的建议，是否也可以启示我们用艺术来解放其他欲望呢？

【延伸阅读】

1. 艾尔文《欲望》：关于人类欲望的专题研究。

2. 王安忆《小城之恋》（1986）：畸形年代的畸形爱恋，是两个小动物似的男女主人公之间的"欲情"变奏曲，意在通过把人置身于生命的内在矛盾之中，展开对生命本体的终极追问。

3. 米勒《北回归线》（1934）：孤独的漂泊者。令人忧愤的情色文字。

4. 纳博科夫《洛丽塔》（1955）：一个变态的中年男人，实际是在为全体人献祭。作者想告诉人类："人性中道德感是义务，我们必须向灵魂付出美感"。人是伦理—审美的存在。

5. 杜拉斯《情人》（1984）：异国他乡，别样情怀。心有所属，超越时空。

---

① ［英］里德：《艺术的真谛》，王柯平译，北京：中国人民大学出版社，2004年，第19页。

② ［德］尼采：《哲学与真理》，田立年译，上海：上海社会科学院出版社，1993年，第49页。

③ ［德］尼采：《哲学与真理》，田立年译，上海：上海社会科学院出版社，1993年，第184页。

第五章　栖　居

【理论向导】

家园情结。 此处的"栖居"同时具有双重含义，既是客观层面上的物质实体的房屋，也是主观层面上的精神家园。《诗经》中有"狐死首丘"的说法，狐狸死了都要面向自己的居所。动物对自己的家这样情有独钟，更何况我们人类呢！这种对家园的倾心与向往，凝结在日常生活中的一些语言中，诸如"在家千日好，出门一时难"、"金窝银窝不如咱的狗窝"、"叶落归根"等等。有一首叫《台湾海峡》的诗，只有两句："再宽/也宽不过一片落叶"。此诗即是借用"叶落归根"的思想观念，表达了台湾回归祖国的美好愿望。借用弗洛伊德的"情结"概念，我们把这种人心深处对于自己的家的迷恋情怀叫做"家园情结"。

四海为家。 为了使生命充满意味，我们必须突破时空与经验的束缚，勇敢地走出去。这正是《庄子·秋水》的启示。北海若对秋水说："井蛙不可以语于海者，拘于虚也；夏虫不可以语于冰者，笃于时也；曲士不可以语于道者，束于教也。今尔出于崖涘，观于大海，乃知尔丑，尔将可与语大理矣。"井蛙、夏虫、曲士根本不理解大道理，因为他们受制于时间、空间与教育的单一。而秋水走了出来，看到了大海，知道了自己的缺陷。这也是电影《天堂电影院》中阿尔夫莱多竭力促使托托离开家乡到外面的世界去闯荡的道理。他对托托的告诫也具有深刻的人生哲理："日复一日地生活在这里，你以为这里就是世界中心"，"你如此年轻，世界是你的"。托托不负众望，在外面的世界从事着自己喜欢的事业，不断努力进取，最后成为举世闻名的电影大师。只有走出去，才能拓展我们的时空经验，才能接受更多的教育。日本明治维新时期政治家军事家西乡隆盛说得好："埋骨何须桑梓地，人生何处不青山。"

精神还乡。 人不仅身心都向往回归家园，更重要的是灵魂能够充实与安宁的精神还乡。借用电影《马语者》中的一句台词就是："有时候人们对于内心的家的渴望要大于实际的家"。这种"内心的家"就是人的精神家园。精神家园是人类永远的追求。没有精神家园的人是痛苦的，这是现代人类的最典型的病症。正如圣埃克苏佩里在《小王子》中所说的："他们没有根，活得很辛苦。"海德格尔也说："无家可归状态成了世界的命运。"① 他们所说的根和家其实就是精神性的家园。它是沙漠中的绿洲，是大海上的灯塔，是荒原上的启明星……它是我们人类灵魂的栖息之地。生活中人们需要的不仅仅是身体的家，更是精神的家。人们渴望家园不仅仅是身体的安顿，更是灵魂的安宁。尤其是漂泊不定的现代人，更是渴望拥有一处灵魂的居所。

诗意栖居。 后期海德格尔哲学通过神性的尺度，将诗与栖居贯通，提出"人诗意地栖居大地"的命题。在他那里，人类栖居大地的尺度是神性。而诗就是对神性的采集。此命题使得传统知识论的诗论兴味索然，它具有极大的理论冲击力。它要求我们的理论不能仅仅服务于人类的认识（知识），更应着眼于人类的生活（实践）。然而海氏"人诗意地栖居"又不能不说是一种宗教气息浓厚的幻想乌托邦。作为"按照美的规律来建造"的人来说，诗意地栖居的真正尺度只能是美学尺度。为此，我们必须对"诗意"作出美学的诠释。人诗意地栖居，就是现实的人，怀抱"诗意的情感"（瓦莱里语），筑造诗意的生活。② 所谓诗意，首先意味一种氛围，它与众不同（歌德："不要说现实生活没有诗意。诗人的本领，正在于他有足够的智慧，能从惯见的平凡事物中见出引人入胜的一个侧面。"③）；其次它必然带来情感的愉悦体验，而且回

---

① ［德］海德格尔：《关于人道主义的书信》，见孙周兴选编：《海德格尔选集》，上海：生活·读书·新知三联书店，1996 年，第 395 页。

② 张公善：《批判与救赎：从存在美论到生活诗学》，合肥：安徽人民出版社，2006 年，第 57－59 页。

③ ［德］爱克曼辑录：《歌德谈话录》，朱光潜译，北京：人民文学出版社，1978 年，第 6 页。

味悠长，因为这些情感内蕴生活世界的鲜活形象（纪伯伦："欢乐是更好的诗"，"诗是迷醉心怀的智慧。智慧是心思里歌唱的诗。"① 考德威尔："诗人给我们看世界的一个片断，我们看到那图景因有一种奇妙的感情之火而熠熠生辉。……现实的那一片断从此以后永远带着余辉，洋溢着感情生命的芬芳。诗为我们把外部现实变得更丰富多彩。"②）。诗意是时空中的感情的交响，它让我们热爱生活、崇敬生活、美化生活。诗意地栖居，是我们现实生活中的绿洲！虽然常常被现实风雨冲断，但只要拥有一颗诗心，我们的生活就会充满诗意！

【作品研读】

祭奠与呼唤：《十三月》

查尔斯·弗雷泽（Charles Frazier, 1950—）美国当代作家。代表作：《冷山》《十三月》。

在"快枪手"盛行的时代，查尔斯·弗雷泽是个另类。他的第一部长篇小说《冷山》耗费了他七年心血，一出版便好评如潮，1997年荣获美国国家图书奖和美国文学艺术院颁发的小说处女作苏·考夫曼奖。十年后，弗雷泽第二部长篇《十三月》再次点亮了无数读者的眼睛。我们可以在中文版所附录的"媒介评论"中管中窥豹，感知新一轮弗雷泽旋风的魅力。纯熟的语言，传奇的人生，荡气回肠的爱情，这些都颇有《冷山》风味。但《十三月》给人的冲击力更大，思考的问题也超越了人与土地的关系，弗雷泽将天长日久所累积的生活经验，以及对印第安人历史甚至人类文明史的反省，通过一种更讲究叙述技艺的娴熟而又富有质地的语言表达出来，字里行间充溢着悲情与蛮性。《丹佛邮报》的如下评论可谓击中肯綮："阅读弗雷泽的小说就像听一场优

---

① ［黎巴嫩］纪伯伦：《纪伯伦散文诗全集》，伊宏编，杭州：浙江文艺出版社，1993年，第319页。

② ［英］考德威尔：《考德威尔文学论文集》，陆建德、黄梅、薛鸿时等译，南昌：百花洲文艺出版社，1995年，第216页。

雅的交响乐。他是乐队指挥，笔便是他的指挥棒，指挥着每个句子发挥最佳意境。"① 让我们一起聆听弗雷泽给我们演奏的交响乐吧！

自然本真生活的挽歌

《十三月》是切诺基人的血泪史，是一曲献给古老印第安文明的挽歌。标题"十三月"（古代切诺基人根据月亮的周期将一年分为十三个月）与现行的一年十二个月相抵触，透露出一种对往昔岁月的留念。全书共五卷，但首末两卷皆以"骨月"为标题，均为 17 页左右，篇幅作为卷来说极不对称，只是相当于其他各卷的一个章节。首末两卷主要写叙述者威尔垂暮之年的当下生活，夹杂一些其他主角的故事，另外三卷则是回忆他如何从一个包身工成为一个异族的印第安酋长，以及又如何到头来被身边的人冷落抛弃的人生故事。过去与现在的异常悬殊的结构安排，显示了叙述者对当下的不满和对过去的怀念。这也是作者的用心所在。"骨月"是祭祀亡灵斋戒的月份，首末两卷都用它作标题给读者造成了如下印象：作者意在用文字祭奠那些如风的岁月。

《十三月》有两个大的故事场景，前景是印第安人的世代栖居的茫茫山林，背景则是以华盛顿为中心的现代城市。故事在两个场景之间变换，前景的风云变幻无一例外来自于背景的美国政府。小说将印第安人自然本真生活的全面崩溃过程细致地描绘出来，让每一个现代人读来无不扼腕叹息，感慨历史的荒谬与无情。因为这种自然生活的溃败也正是人类的一大悲剧所在，而不仅仅是印第安人的悲剧。某种意义上，印第安人的生活是人类先民生活的一个形象代码。他们当中的优秀代表体现了人类祖先所具有的朴素的自然本性和纯真情怀，虽然蛮性却充满野性之美，虽然血腥却又不乏公正和良知，虽然外表粗犷却又内心情意绵绵而且热爱读书和说故事。他们爱憎分明，心地纯洁，与山林一体，与神灵相伴。然而所有的一切美好东西都随着华盛顿刮来的强风而消失殆尽！从文明国度开来的火车，既开拓了人类的美丽新世界，同时又带来了令人难以目睹的垃圾。

---

① ［美］弗雷泽：《十三月》，黄觉译，南宁：接力出版社，2010 年，媒体评论第 6 页。

小说中的切诺基人对山林神兽有着血脉相连的亲缘关系，长期以来，他们亦敌亦友地生活在一起，服从着大自然的规律：优胜劣汰。可是随着历史的火车头一起到来的是越来越大的生存压力，环境越来越恶劣，猎物越来越少。尽管如此，他们仍然一如既往地热爱世代栖居的家园，也许这正如电影《亚瑟王》中的一句台词所说的："人的本能就是在自己的家乡自由自在地生活。"所以当北方佬军队迫使他们"大西迁"的时候，很多人以死抵抗。小说中的查理一家即是代表。但结局不啻螳臂当车，被无情地碾死。查理的死换取了所属的熊部落的留守。熊满怀希望在自己的领地上大张旗鼓重建家园，妄图复兴逝去的繁荣。然而好景不长，随着熊的去世，熊所属的那个时代也一去不返。作为熊的后继者，威尔为抵抗重又伸来的华盛顿"魔爪"，愤然组织"溺熊义勇军"与北方佬战斗。怎奈无异于以卵击石，一败涂地。威尔也被族人所唾弃，到处被人追杀索债。与此不同，另一些部落酋长比如羽石则主动让出自己的家园，西迁进驻政府圈定的印第安居留地。于是，"文明人"像蚂蚁一般蜂拥而至，拍卖土地开矿修建铁路……切诺基人从此失去家园，踏上伤心之路。

小说除了写切诺基人与家园的分离之外，还极尽笔触地叙述了三个印第安酋长失落的爱情。羽石是个放荡不羁的酋长，在老婆死后不久的一个傍晚，经过克莱尔家的农场时，被克莱尔姐姐安吉丽娜的美貌打动。在迎娶安吉丽娜的同时，作为搭卖品，也娶回了她的妹妹克莱尔。虽然羽石对安吉丽娜一往情深，但好景不长两年后安吉丽娜病死。羽石孤独地守着偌大的庄园，和克莱尔像父女一样地生活在一起。威尔本是孤儿，作为包身工第一次离家远去切诺基国管理一家商栈，途中遇羽石，赌博时从羽石手里赢得了克莱尔；后来又在羽石的舞会上邂逅克莱尔，直至山林狂欢难解难分。然而法律不容许他们结婚。几十年来，克莱尔宛如一个梦，时时萦绕在威尔心间，纵然年华老去，心底的爱情依旧，但命运就是不让他圆满。再来看看熊，熊结过好多次婚。他的第一个妻子野麻结婚一年就被塞维尔人的枪弹打死。几十年他一想到野麻就会心痛。后来熊爱上了一个寡妇萨拉。他娶回了她，外加她的两个妹妹。可是萨拉是个母夜叉，而且和别的男人胡来，还生了孩子。为此熊备受煎熬，和威尔一起上山找松鼠奶奶疗治爱情带给他们的创伤。

上述三个酋长，尤其是熊和威尔终生为情所困。羽石是典型粗犷的印第安人，放浪形骸无拘无束，但情感似乎无枝可依，喜欢到处游荡。熊是另一类酋长，渴望拥有永恒的东西，但在现实中也是一步步遭遇挫折。最让我们感伤的是威尔，他用一生在坚守爱情和家园，但却没有成功：虽然从羽石那里赢得了克莱尔却不能长相守，即便羽石去世克莱尔也没有和他走到一起；虽然作为酋长继承人为了本族利益鞠躬尽瘁，到头来却被人追杀起诉。

从叙述者威尔的角度来看，小说揭示了印第安人对土地和爱情的坚守与挫败。与世代栖居的土地分离，使得印第安人失去了根基，生活在破碎而流变的世界之中。在这个大背景中的爱情成为悲剧也在情理之中。然而到此为止，这还是小说表面所呈现给我们的故事。如果我们把故事放到美国的历史中，进而放到人类社会的发展进程中去审视，则就另有意蕴了。不难看出，小说其实写的是美国建国不久后的西进运动。众所周知，美国西进运动是一次大规模移民拓殖运动，是美国人对西部的开发过程，也是美国城市化、工业化和美利坚民族大融合的过程。不可否认，这场西进运动对美国的经济、政治和社会都产生了重大而深远的影响。西进运动对于印第安人来说也是一场翻天覆地的变化，最大的变化可能就是他们被迫过早地成了现代人。以此观之，小说中以切诺基人为代表的印第安人可以被看作一个代码，它意味着落后地区向现代社会转型时原住居民的生存状况。他们的土地被人占有，房屋被人毁坏，被迫迁移到固定的居所，成了"异乡人"，同时他们的精神，尤其是情感也没有归宿感。他们成了典型的"无家可归"的"无根"的现代人。可见，《十三月》透露出人类社会发展过程中的一个悲剧：自然本真生活的坚守与挫败。坚守方显悲壮，挫败带来感伤。弗雷泽也许是在献祭，祭奠那些逝去的美丽，并祈祷一个有所更新的未来。

文明与野蛮的变奏曲

如果文明意味着人在社会中受到良好的教育，遵纪守法且品行端正，那么野蛮则表示未受教育，目无法纪，行为恶劣，没有道德意识等等。如果文明显示人性中的善，那么野蛮则往往张扬人性中的恶。但在《十三月》中，文明和野蛮可没有如此单纯的表现，它们往往交织在一起，让我们看到了人性的复杂。《十三月》不啻为文明与野蛮的一首变奏曲。

《十三月》并不掩饰印第安土著的野性与暴力，小说中津津乐道的印第安人在丛林之中与野兽交锋的狩猎故事，年少的羽石以一敌五将杀手打得稀巴烂的故事，查理一家残杀北方士兵的现场描绘，以及羽石和威尔决斗的现场描写等等，叙述中无不充满暴力，它们仿佛都在细说着印第安人身上的血性和不屈服的精神。但书中却又清晰可见其民族中的朴素的文明因素。拿两个酋长来说，羽石外表彪悍出手凶残，可是他又是一个热爱读书的人。熊这一族是血统最纯正的印第安人，他在自己的领地上妄图重建一个"君子国"，他虽不愿意认字，但他喜欢说故事，而且在感情上用心专一。

与印第安人相对，以华盛顿为政治中心的现代文明人，却在书中被表现得非常野蛮，有一次熊家里举办的化装舞会便是缩影。那晚舞会一开始是老人们和女人们跳传统的砂囊舞和采摘舞。忽然几个女人开始摇响器，鼓手敲出不和谐的快节奏，原来门口突然出现一群化装妖怪，穿长袍戴面具，全是丑化的外国人模样，有鬼魂和妖魔。鬼舞反映的是这些危险可怕的外邦人出现之后切诺基人所遭受的恐怖和损失。这群妖怪的舞蹈举止荒唐可笑粗俗不堪，放响屁，露出歪脖葫芦假扮的生殖器，等等。当熊质问他们是谁来干什么时，其中一人回答说"干人加干架"，还说他的名字叫"巨鸟"。很显然，这次化装舞会是一个隐射，暗示了外来者对印第安民族的侵略，他们是欲望的化身，从不满足，"永远没个够"。

上述化装舞会在小说中也的确是一次预演。当杰克逊扬言并定好日子将所有的印第安人赶到西部之时，印第安人表现出了极大的恐惧。一些切诺基国首领代表到华盛顿去游说政府，但最终还是为了各自的利益私下与政府签订条约，出卖整体印第安人的利益。威尔作为律师代表熊的部族也远去华盛顿游说。然而在这个金钱和欲望的城市中，威尔无疑是个柔弱的另类，谁也不把他当回事，"他们个个是忽悠人的大师，和用三枚贝壳一颗干豆行骗的人没什么两样"。① 最终熊部族以牺牲同胞查理一家为代价，换得留守故地。可是熊去世不久，政府便派来了特使，妄图斩草除根，将这群残留的印第安人赶走。当听到特使数落他们："除了刁蛮的习性什么都不出产，和文明背道而驰，这还不是荒蛮之地吗？这么大片的土地控制在你手里，文明还能进化吗？"威尔怒不可遏，用反讽的语气控诉所谓的文明人"招募廉价工人，往死里使唤。……孩子刚能走路干活，他们就开始使唤。这就是自由的劳动和资本，多么强大，多么仁慈，多么值得赞颂。这就是他们这号人所谓的文明。"② 威尔道出了资本主义发展过程中的残酷事实。何止资本主义社会，整个人类文明的发展史，其实也是一部野蛮史。朝代的更替，制度的变换，无不以牺牲无数人的血肉之躯为代价。只要回顾一下法国1789 年的大革命就知道文明的人类有时候是多么的野蛮。在自由、平等、博爱等等旗号之下，有多少无辜的生命如蝼蚁一般在历史的车轮下被无情碾死！

看完小说，我们再也不能说印第安人一定是野蛮人，而来自华盛顿的这些现代人一定就是文明人。但有一点确定无疑：在这群现代人眼里，印第安人是弱势群体，他们被残酷地拖进了人类现代化的进程当中去。《十三月》充满着对所谓的文明人的野蛮行径的鄙弃，甚至是愤恨。小说结尾处威尔对着火车带来的游客漫无目的地开枪，曲折地表达出了威尔内心对华盛顿政府的怒火：他们动用军队，非法而又粗暴地驱赶印第安人远离故土家园，然后拍卖土地，开发山林，修建铁路……拦腰切断了印第安的土著历史，使得印第安人踏上了漂泊无依的现代化进程。

这不能不说是人类文明发展的可悲之处！伯曼曾经指出，人类进入现代社会以来，有一种"发展欲望"所导致的社会行动模型，它"是以受害者的鲜血和尸骨支撑起来的"。③ 虽说旧时代的消亡不可逆转，难道人类文明的进程注定是在阵痛中前进？难道历史的进步注定要付出

---

① ［美］弗雷泽：《十三月》，黄觉译，南宁：接力出版社，2010 年，第 137 页。

② ［美］弗雷泽：《十三月》，黄觉译，南宁：接力出版社，2010 年，第 248 页。

③ ［美］伯曼：《一切坚固的东西都烟消云散了——现代性体验》，徐大建、张辑译，北京：商务印书馆，2003 年，第 97 页。

惨重的代价，甚至是牺牲人性中的良善吗？小说从一个白人印第安酋长威尔的视角，控诉了华盛顿政府对印第安人的赤裸裸的野蛮行径，并引领读者反思这段历史；同时以一种温情的笔调告慰那些无奈却又柔弱的灵魂，让正义在读者的内心油然滋生。

环顾当今世界，现代化的进程仍然在风风火火地进行着。从发达国家对发展中国家的经济援助与政治渗透，到发展中国家自己的经济建设与开发，甚至小到城市的规划发展，无不透露出"发达"对"落后"的"强制"，无不洒遍了被迫迁徙者的泪水。美国电影《阿凡达》很好地说明了所谓的文明人对落后地区的野蛮侵略，而中国电影《三峡好人》以及印度电影《贫民窟的百万富翁》则展示了发展中国家的建设所带来的拆迁之痛以及隐含的暴力问题。虽说发展必然是硬道理，但人类文明的发展是否应该探索一种新的模式呢？至少，《十三月》从一个侧面揭示了移民拓殖发展模式的残酷野蛮甚至血腥暴力。弗雷泽通过文明与野蛮的变奏，意在唤醒人心之中的良知，并播下善根，让人类远离野蛮，走向更加文明的未来。历史已经不可回头，但未来的人类理应生活得更加美好更加人道。一言以蔽之，《十三月》骨子里透露出作者对人类未来的一种期待：用文明的方式促进人类文明的发展！这也是《十三月》给予我们的最有意义的人文启示。

充满悲情的反省叙述

从艺术形式看，《十三月》的叙述是从一个衰老的切诺基酋长威尔的视角进行的。威尔原本是个外乡人，孤儿，受叔婶所托成为一个包身工来到印第安人的居住区，后来被酋长熊看中成了他的义子，最终也成了酋长继承人。威尔的双重身份使得他既能从外邦白人的眼光审视印第安人，又能从印第安人的立场去审视外邦文明人。不仅身份奠定了叙述的反省性，老年人对自己一生的回忆本身就带有反省性质。正如威尔自己所说："每个人都应该在晚年反躬自省一下。把一辈子的经历亮出来，永远记下来。"① 某种意义上，《十三月》便是一个印第安酋长垂暮之年

---

① ［美］弗雷泽：《十三月》，黄觉译，南宁：接力出版社，2010年，第297页。

的回忆录，作者意在从一个人物的自我反省，进而引领读者去反省那个时代，甚至是反省一下人类的文明史。

小说一开头的几句话便定下了悲情的叙述基调："天底下没有什么十全十美。爱情加时间磨成了现在的我。我已经快去长夜国了。……这是最后一片地图上没有标出的国度，一条黑路通向那里。伤心之路。……"从开始到结尾，小说到处撒播着此类悲情的种子，它们随你的眼光而钻进你的心灵土壤，等到你读完，掩卷沉思，那些悲伤的句子忽然间已经发芽疯长，堵塞心灵的甬道，让你情不自禁，扼腕叹息，唏嘘不已。也许这就是小说整体氛围的效力所在吧。让我们体验一下从不同的章节摘录的一些悲情叙述：

> 你所爱的都离你而去，或者被夺走。你的一切都纷纷凋落，唯有记忆冷不丁从黑暗中杀出，刹那间把你淹没，令你心碎。①

> 短暂的生命转瞬即逝，我们从土地上悠忽而过，跟水流过我们的身体一样，再没有人能说自己拥有什么。②

> 他（查理）什么都没有了。先是房子，牲畜，庄稼，邻居，然后是家人。现在说白人话的和说印第安语的都在追捕他。自己人把他当野猪，追得他满林子跑。③

> 每天下午影子拉长时，我便感到这世界没有我的家。流浪，凄惶。④

> 你钟爱的人和事都离你而去。只有你有福气活了下来。你会发现世界变了，人都不认识了，而你是一个流放者，迷失在你了如指掌的地方，只有永恒的河流和山峦与你为伍。⑤

《十三月》中这种悲情和反省往往水乳交融。比如威尔对自己那超越时空的爱情的清醒认识："有些东西是不变的。心愿永存。人只有这

---

① ［美］弗雷泽：《十三月》，黄觉译，南宁：接力出版社，2010年，第4页。
② ［美］弗雷泽：《十三月》，黄觉译，南宁：接力出版社，2010年，第54页。
③ ［美］弗雷泽：《十三月》，黄觉译，南宁：接力出版社，2010年，第193页。
④ ［美］弗雷泽：《十三月》，黄觉译，南宁：接力出版社，2010年，第218页。
⑤ ［美］弗雷泽：《十三月》，黄觉译，南宁：接力出版社，2010年，第218页。

个可以抵挡时间。其他一切都会朽烂。"① 威尔对自己在熊死后组织义军与北方佬打仗的反思："如今我认为领着印第安人参战是我一生最大的败笔，至少是很多败笔中非常突出的一次。那场战争本来和印第安人无关，他们应该踏踏实实待家里，我们都应该踏踏实实待家里。"② 威尔甚至认为印第安人的抵抗史就是一连串的惨败。更让我们感到可悲的是白人不仅在战场上打败了印第安人，而且在生活中也打败了他们："白人的生活方式让他们吃尽苦头，但他们很多人现在忙着向白人学习。……他们被打垮了，和其他所有人一样，活在一个破碎的世界里。"③

弗雷泽毫无一些后现代小说家的那些哗众取宠的叙述实验，却又并不古板守旧，而是精心策划，步步为营，将故事叙述得张弛有度波澜起伏。小说的叙述非常讲究技巧。举例来说，威尔借用印第安特派员的日记，以及借用作家朗韩的游记片段写自己（叙述视角从第一人称转至第三人称）；借用史密斯中尉给哈登上校的信件，叙述搜捕遣送印第安难民的苦难与困惑；借用联邦政府军威廉姆斯上尉"关于北卡罗来纳州境内及周边切诺基国的报告"，揭示政府的险恶用心……这些间接叙述技巧的运用效果非常明显：既可以从多个视角补充第一人称叙述，避免纯粹的个人叙述的主观性，使得叙述的内容丰富全面，同时让所谓的文明人的野蛮行径"不打自招"，触目惊心。

此外，小说中还对一件事做几种版本来进行叙述（如威尔与羽石的决斗的三个版本；查理故事的五个版本等等），这些可能受到电影《公民凯恩》以及《罗生门》多重视角叙述的影响。不仅如此，小说还对叙述本身有着较强的反省意识。小说中说熊"很了解书写历史的作用，他和老负鼠（即杰克逊总统）面对面打过交道，所以明白故事通常是由胜者讲述，还明白胜者在讲故事的时候往往游刃有余地拼接事实，特好随意解释，弥天大谎就更不用提了"。④ 具有讽刺意味的是，威尔和熊为了应付纷至沓来的记者，也重新编造被他们搜捕进而交由北方佬处

① ［美］弗雷泽：《十三月》，黄觉译，南宁：接力出版社，2010 年，第 43 页。
② ［美］弗雷泽：《十三月》，黄觉译，南宁：接力出版社，2010 年，第 259 页。
③ ［美］弗雷泽：《十三月》，黄觉译，南宁：接力出版社，2010 年，第 53 页。
④ ［美］弗雷泽：《十三月》，黄觉译，南宁：接力出版社，2010 年，第 209 页。

死的查理的故事，他们"大肆渲染其中的尊严和悲壮，给故事蒙上了一层高尚的光芒"。① 弗雷泽仿佛有意引导读者去反思历史的真实性，尤其是胜利者记录的印第安人的历史。谁都明白，历史都是被叙述的，而叙述的主观性不可避免。正如作者所云："情感里总会有些虚账，就像账本里总要刨除损耗或者小偷小摸。历史、新闻、做香肠，没一件干净事。"②

我们有理由相信，弗雷泽的《十三月》其实是有意在主流历史之外，为弱势的印第安人树碑立传，谴责侵略，伸张正义，同情良善。小说中弥漫的悲天悯人之心，使得整篇小说笼罩了一层人性的光芒。更有甚者，作者借由一个饱经沧桑的酋长之口，对现代社会以来人类"天翻地覆的变化"也提出了忧思："我只能说，如此割裂历史是个错误，老年人的知识变得百无一用，根本不值得传给孙辈。"③ 也许作者真正想说的是：老人的话虽然不能全信，但老人所拥有的一些传统精神理应一代代传承下去。《十三月》作为一个印第安酋长的回忆录，也当如此看待！往事随风而逝，但除了从过去那里汲取力量之源，人类又如何能够在如流沙变幻的现实中站稳脚跟？但愿弗雷泽能够把一些读者的眼光移向曾经的苦难历史！美国著名历史学家小阿瑟·梅尔·施莱辛格说得好，历史是"纠正愚行的解毒剂"。④ 正是在此意义上，我们说弗雷泽是一个具有"历史意识"的"传统"作家。借用艾略特的话来说就是："这种历史意识既意识到什么是超时间的，也意识到什么是时间性的，而且还意识到超时间的和有时间性的东西是结合在一起的。有了这个历史意识，一个作家便成为传统了。这种历史意识也使一个作家最强烈地意识到他自己的历史地位和他自己的当代价值。"⑤

综上所述，《十三月》无论从思想内容还是从叙述形式，都渗透着

① ［美］弗雷泽：《十三月》，黄觉译，南宁：接力出版社，2010年，第209页。
② ［美］弗雷泽：《十三月》，黄觉译，南宁：接力出版社，2010年，第88页。
③ ［美］弗雷泽：《十三月》，黄觉译，南宁：接力出版社，2010年，第300页。
④ ［美］小阿瑟·梅尔·施莱辛格：《纠正愚行的解毒剂》，见《英语世界》，2007年第10期，第17页。
⑤ ［英］艾略特：《艾略特文学论文集》，李赋宁译注，南昌：百花洲文艺出版社，1994年，第3页。

一种反省的"历史意识",它既是印第安人自然本真生活的挽歌,也是现代人无根生活的复调展示,更是人类文明与野蛮的变奏曲。弗雷泽通过一个外来的白人印第安酋长的人生遭遇,曲折地表达了其内心对人类文明发展的隐忧和悲情。从中我们深切地感受到一个作家的良苦用心:祭奠本真,反思历史,呼唤更文明的人类发展模式!即便是普通读者,也可以从这位饱经沧桑的叙述者之口,体验波澜壮阔的人生风云,分享血泪结晶的生活智慧。无论你是谁,无论你是研究还是娱乐,《十三月》都不失为一部亲历历史体味人生的杰作,让你读罢无限动容,心存感激!

【延伸阅读】

1. **海德格尔《"……人诗意地栖居……"》**(1951):在对荷尔德林诗句的解读中,海德格尔表达了对诗意栖居在大地上的向往。

2. **摩尔《心灵书》**(1994):一部灵魂的教科书,旨在重建我们的精神家园。

3. **鲍姆《绿野仙踪》**(1900):从出走到返乡,也许是每个人尤其是现代人都必须要经历的过程。

4. **王安忆《本次列车终点》**(1981):小说以一个知青陈信的故事,表达着一种普遍的人性渴望,即人不仅向往身心都回归家园,更重要的是灵魂能够充实与安宁的精神还乡。

第六章　幸　福

【理论向导】

幸福是个人内心的事业。 在悲观主义哲学家叔本华看来，"人生是在痛苦和无聊之间像钟摆一样的来回摆动着"，"从愿望到满足又到新的愿望这一不停的过程，如果辗转快，就叫作幸福，慢，就叫作痛苦；如果限于停顿，那就表现为可怕的，使生命僵化的空虚无聊，表现为没有一定的对象，模糊无力的想望，表现为致命的苦闷。"① 叔本华把生活的本质定性为痛苦，想要幸福的关键在于每个人自己："人的内在拥有对于人的幸福才是最关键的"，"每个人都要充分发挥自己的所能，努力做到最好。一个人越能够做到这一点，那他在自己的身上就越能够发现快乐的源泉，那他也就越幸福。"② 卢梭也说："人们自身其实就是他自己真正的幸福之源；对于一个善于寻找幸福的人，无论谁也不能使他真正潦倒。"③ 古罗马哲学家爱比克泰德也同样认为"真正的幸福总是与外部状况无关"，他说："幸福取决于三件事，这三件事都是你力所能及的：你的愿望、你对与你有关的事情的想法，还有就是如何利用你的想法使之发挥作用。"④ 但是长期以来，我们常常过多地受到外在

---

① ［德］叔本华：《作为意志和表象的世界》，石冲白译，北京：商务印书馆，1982 年，第 236 页。

② ［德］叔本华：《人生的智慧》，韦启昌译，上海：上海人民出版社，2001 年，第 12、27 页。

③ ［法］卢梭：《漫步遐想录》，廖灯明译，北京：中国社会科学出版社，2003 年，第 20 页。

④ ［古罗马］爱比克泰德：《生活的艺术：通往幸福、快乐和美德之路》，沈小钧译，天津：天津社会科学院出版社，2008 年，第 27－28 页。

环境的影响，把自己的不幸福归结为环境。诚然，环境的确可以造就人，但是我们不要忘记马克思的睿见：所有的外因都必须通过内因起作用。所以，在不放弃外在因素的同时，锤炼内心将是幸福的法门。

幸福与满足。现实中幸福常常堕为物质欲望的满足，这是经济决定论在个人生活中的体现。对于常人来说，幸福生活的确需要一定的物质基础，但这个基础往往被过分地夸大。布热津斯基曾经谴责电视在这方面往往起着消极作用，他说："电视……越来越把幸福生活的定义说成是更普遍地获得商品和立即得到满足。"① 如果幸福是一种满足，那也绝不是浅层次的物欲的满足，它是一种深度的身心愉悦状态。幸福更多的是一种不满足，一种对未来的渴望。"满足并不是幸福追求的理想，幸福是一种连续不断的渴望，满足则是一种安慰，伴随着遗忘。永垂不朽的心灵不会满足，因为完美才是它的理想，而完美则是不可限量。"② 索雷尔从男性的角度指出："幸福属于这些人——拥有一位挚爱的妻子，充满活力并以其妻子的爱为自豪，永葆青春，其灵魂永远不会得到满足，总会意识到自己担负的责任，并且将经常展示出自己的天才。"③

幸福与痛苦。长期以来，我们一直受到二元对立思维的影响，把幸福与痛苦对立起来。殊不知，幸福不是痛苦的反面，正如恨有时是爱的表现，为了追求幸福的痛苦本身也是一种幸福的回忆。回忆让汗水开花。亚里斯多德说："回忆的事是愉快的事。"④ 这就是为什么我们回忆曾经的苦难反而感到无限留恋的原因。我们一定要认识到幸福的状态是极其短暂的，而为了得到幸福的过程往往道路漫长，充满荆棘。"痛并快乐着"是常有的事情。幸福本身"若将幸福分析成基本原子时，亦可见它是有斗争与苦恼形成的，惟此斗争与苦恼永远被希望所挽救而已。"⑤ 可见，痛苦，尤其是为了理想而所受到的苦难，不但不是幸福

---

① ［美］布热津斯基：《大失控与大混乱》；潘嘉玢、刘瑞祥译，北京：中国社会科学出版社，1995 年，第 82 页。

② ［黎巴嫩］纪伯伦：《纪伯伦散文诗全集》，伊宏编，杭州：浙江文艺出版社，1993 年，第 50 页。

③ ［法］索雷尔：《论暴力》，乐启良译，上海：上海人民出版社，2005 年，第 248 页。

④ ［古希腊］亚里斯多德：《修辞学》，罗念生译，北京：生活·读书·新知三联书店，1991 年，第 50 页。

⑤ ［法］莫洛亚：《生活的智慧》，傅雷等译，西安：陕西师范大学出版社，2003 年，第 170 页。

的障碍，相反却是通向幸福的桥梁。"一个精神生活充实的人势必会发现，受苦能够缩短他与幸福之间的距离。"①

幸福的要素。亚里斯多德对幸福的定义也是对幸福要素的揭示，他说："幸福的定义可以这样下：与美德结合在一起的顺境；或自足的生活；或与安全结合在一起的最愉快的生活；或财产丰富，奴隶众多，并能加以保护和利用。"② 亚里斯多德不但看到幸福内涵外在的东西而且含有内在的东西，认为一个人具有了这些内在和外在的好东西，他就是完全自足的幸福的人。但在物质欲望膨胀的当今社会，我们在此更重视的是内心的因素。

结合上述诸多方面，如果我们能同时在如下三方面行有成效，那么幸福就会叩响我们的大门。其一是充实内心。空虚是幸福生活的最大杀手。为了充实内心，可以通过爱把自己同别人或外在的事物联系起来，可以通过信仰把自己同宇宙联系起来，可以通过工作把自己同日常生活联系起来。其二是控制好自己的身心。身心都如野马一样充满着野性与狂妄，为此我们在按照自然本性生活的同时必须要控制非分的欲望。这样我们才能获得身心的解放与自由。其三是为理想而工作。罗素说："始终一致的目标不足以使生活幸福，但几乎是幸福生活的必要条件。"③ 叶赛宁则说："生活应该有追求和企望，否则无异于死亡和腐烂。"④ 可见，拥有理想，并为之投入地工作，是实现自我价值的最大途径。感到自己的生活有意义和价值是幸福的源泉之一。所以那种把自己同别人的幸福联系起来的理想，将会带来更大的幸福。一言以蔽之，幸福的三要素是：充实、自由和价值。

幸福的障碍。现代社会以来，我们尤其要警惕两种流毒：一是以成败论英雄。这就是罗素如下一段话的启示："在竞争的社会里，幸福的

---

① ［俄］托尔斯泰：《生活值得过吗——托尔斯泰智慧日历》，李旭大译，北京：中国发展出版社，2006 年，第 106 页。

② ［古希腊］亚里斯多德：《修辞学》，罗念生译，北京：生活·读书·新知三联书店，1991 年，第 33 页。

③ ［英］罗素：《罗素思想小品》，庄敏、江涛编，上海：上海社会科学院出版社，1996 年，第 102 页。

④ ［俄］叶赛宁：《玛丽亚的钥匙》，吴泽霖译，北京：东方出版社，2000 年，第 147 页。

最大障碍是追求在社会上获得成功，无论追求名望还是追求权力，或者两者兼有。……为在社会取得成功而生活是按理论生活的一种形式，而所有按理论而生活的生活都是枯燥无聊的。"① 心理学家阿德勒也指出："历史和经验都表明，幸福并不在于名列第一或成为最好的人。"② 二是按照理论或逻辑来生活。莫洛亚对现代人的生活方式非常不满，他说："阻止你达到幸福的最严重的障碍之一是，现代人士中了主义与抽象公式的毒，不知和真实的情操重复亲接。"③ 勒克莱奇奥在小说《诉讼笔录》中对现代生活作出深刻的批判，并提醒世人"生活不是逻辑"。叔本华甚至极端地指出"逻辑从来不能对实际生活有什么用处，而只是在哲学上有理论的兴趣罢了。"④ 之所以不应该完全按照逻辑来生活，是因为逻辑往往会简化生活，把活生生的世界概念化。生活本身是流动的，拒绝一切定义。"生活就是行动。"⑤

【作品研读】

通往幸福之旅：《小王子》

安东尼·德·圣-埃克苏佩里（Antoine de Saint-Exupéry，1900—1944，又译圣艾修伯里）法国作家，飞行家。代表作：《小王子》。

一翻开《小王子》，就被这个美丽而又忧伤的故事所感动，仅仅两万多字，犹如作者的灵魂自白书，用喷涌的诗意将成人重新拉入孩子的

---

① ［英］罗素：《罗素思想小品》，庄敏、江涛编，上海：上海社会科学院出版社，1996年，第 13 – 14 页。

② ［奥］阿德勒：《理解人性》，陈太胜、陈文颖译，北京：国际文化出版公司，2000年，第 112 页。

③ ［法］莫洛亚：《生活的智慧》，傅雷等译，西安：陕西师范大学出版社，2003 年，第166 页。

④ ［德］叔本华：《作为意志和表象的世界》，石冲白译，北京：商务印书馆，1982 年，第 81 页。

⑤ ［法］伯格森：《笑与滑稽》，乐爱国译，广州：广东人民出版社，2000 年，第 107 页。

世界，让漂泊无依的现代人回归简单，重新感悟自己的存在。你会觉得自己的心仿佛被一种莫名的温柔和忧伤所触动，然而这股忧伤又是那样温暖。小王子——这个来自 B－612 星球的神秘而又忧郁的小人儿，路过了一个又一个的星球，见到了一个又一个奇怪的大人……后来踏上了地球，遇到了"我"——因飞机故障而迫降在撒哈拉大沙漠的飞行员。他一路风尘而来，最终又以死亡的形式残酷地离去，故事结尾巨大的冲击力给了读者无限的思考。某种意义上《小王子》是一部幸福之书，作者、叙述者"我"、读者以及童话里的小王子都行走在寻求幸福的大路上。

不幸的根源

海德格尔认为人是一种被抛的存在。的确，我们每个人都像童话里的"我"一样被抛入"撒哈拉大沙漠"里，遭遇生存磨难，孤独无援，进而通过认识世界开始了新的生活。小王子也是如此，从自己的星球上被抛入一段寻找幸福的旅途。"这些大人真奇怪。"① 每到一个星球，小王子总会发出这样的感叹。通过小王子的游历，作者旨在揭示现代社会人类生活不幸的根源所在。

英国哲学家罗素将现代人不幸福的原因归结为"自我沉溺"。其中有三种最普通的典型："畏罪狂"、"自溺狂"、"自大狂"。② 在第一颗星球上住着一位国王，其权力欲使自己陷入一种虚假的支配状态，这是一种"自大狂"的形象。在现实的生活之中我们又何尝不是陷入这样的圈套？一旦周围的人或物被打上了自己的烙印，让自己的占有欲膨胀，必然会产生患得患失的心态。其实，你支配的是谁呢？不过做了欲望的玩偶罢了，从而离生活的本真越来越远，在幸福的对岸嗟叹。第二颗行星上住着的爱慕虚荣的人是典型的"自溺狂"形象，同样以对自己的沉溺代替对社会的关注。然而，当周围的人都同样沉浸在虚荣的世界里时，彼此互相得到的，只有失望和失败。而世上的"畏罪

① ［法］圣埃克苏佩里：《小王子》，周克希译，上海：上海译文出版社，2009 年，第34 页。

② ［英］罗素：《罗素论幸福》，傅雷译，北京：团结出版社，2005 年，第 7 页。

狂"——第三颗星球上的"酒鬼"也并不比他们高明,对于自己真实的状态不能真实地面对,用"酒"这样的精神麻醉药来麻醉自己,蜷缩在自我矛盾的境地。第四颗星球是一个忙碌的商人,他总是强调自己是在"干正事"——一遍一遍地数着永远不可能属于他的星星。商人的形象总让人想起生活中的守财奴,让钱财支配着自己,而更多的人也为钱、权、名而活。庄子说"物物而不物于物",可是商人就是典型的"物于物",沉沦在功利的漩涡中。第五颗星球上的点灯人习惯于把自己拘泥于矛盾的境地:乐于一成不变,但也苦于一成不变。生活的环境在改变,但点灯人所"恪守"的规则没有改变。星球速度的加快,他依旧日出而作,日落而息。"一成不变"影射了现代生活的单调乏味,而日益加快的星球速度则预示着现代社会快节奏的生活。点灯人把一分钟当作一天来使用,时间在这颗星球上被无限压缩,人们也在忙忙碌碌中丧失了发现美的机会。再看看第六颗行星上的地理学家,他只记录而不去实地考察,只是用抽象的理论去填补真相的空缺。他说"花儿是转瞬即逝的","我们写的都是永恒的事物"。[①]"转瞬即逝"和"永恒"是一组对立的词,但同时也是相伴相生的两个状态。生活中谁都想追求永恒,但是,永恒往往只是一个幻象,而转瞬的美丽才是构成真实生活的重要部分。生活本已给予人们很多美好,但人们却执意要那彼岸的永恒,一路走来,才会发现自己原来早已错过了生活,而彼岸呢?也许就是镜花水月。

六颗星球六种人,很明显是现实生活中六种不幸福的代表。这六颗星球有一个共同的特征:每个星球上只有一个人。这又未尝不能看作是圣埃克苏佩里设下的一个暗喻——孤独的现代人。"我孤独地生活着,没有一个真正谈得来的人。"[②] 在充满不确定性和隔阂的现代社会,当孤独成为一种自溺,这种孤独变成了一道坚硬的墙,而隔绝又阻碍了人与人的交流、人与生活本真的交流,从而在人和幸福之间形成了一道屏障。

---

① [法]圣埃克苏佩里:《小王子》,周克希译,上海:上海译文出版社,2009年,第50页。
② [法]圣埃克苏佩里:《小王子》,周克希译,上海:上海译文出版社,2009年,第4页。

　　小王子来到的第七颗星球便是地球，满溢在地球各个角落的孤独感就和小王子撞了个满怀。在无人的地方是孤独的，在人群里也是孤独的。"风把他们一会吹到这儿，一会吹到那儿。他们没有根，活得很辛苦。"① 现代人处于一种无根的状态，无根性表现在人的肉体虽然有所寄居，但精神却无家可归。既如此，小王子又怎么可能接近他深爱的玫瑰花呢？

狐狸的智慧

　　当小王子说："你知道……一个人感到非常忧伤的时候，他就喜欢看日落……"② 他内心念念不忘的是一朵玫瑰花。这朵玫瑰花让小王子挣扎在爱与痛的边缘。两个相爱的人，朦朦胧胧的情感像幽暗的沼泽，身在咫尺，心却远在天边。玫瑰，只是象征爱情？还是一个象征一切幸福的符号？也许在《小王子》中，作者借玫瑰花表达的既是爱情，也是更广意义的幸福，同时还暗示着爱情之于幸福的意义。

　　"就像我的花儿一样，如果你爱上了某个星球上的一朵花，那么，只要在夜晚仰望星空，就会觉得所有的星星都开出花朵来了。"③ 纷繁的世界，熙熙攘攘的人群，偶尔停住脚步，抬抬头，看看无尽的苍穹那一眨一眨的星光，内心仿佛被源源不断地充盈着，就像郭沫若的那首《天上的街灯》一样，星星总有一种点亮人心的力量。在小王子的星球上，一切东西都那么小，连小王子的心也小小的，只能装下一朵玫瑰和一轮夕阳。小王子对玫瑰花的爱，是整个世界，哪怕抬头看看星空，就会觉得幸福，好像每一颗星星上都有着玫瑰的笑颜。一只小绵羊吃掉一朵花儿，实在是一件不值一提的小事，然而对于小王子而言，就如同所有星星顷刻间都熄灭。

　　毋庸置疑，小王子与玫瑰花彼此相爱。小王子为他的玫瑰花竖起屏风，除掉毛毛虫，为她浇水。即使来到了地球，小王子也时常为他的玫

---

① [法]圣埃克苏佩里：《小王子》，周克希译，上海：上海译文出版社，2009 年，第 56 页。
② [法]圣埃克苏佩里：《小王子》，周克希译，上海：上海译文出版社，2009 年，第 18 页。
③ [法]圣埃克苏佩里：《小王子》，姚文雀（中国台湾）译，北京：新世界出版社，2007 年，第 117 页。

瑰花担心，为小绵羊可能会吃掉玫瑰花而苦恼——爱因责任而凝聚，同时爱又因责任而升华，冉冉上升起一种幸福。守护一朵玫瑰花，这是小王子的爱与责任，也是小王子的幸福。

然而玫瑰和小王子之间的爱却显得那样小心翼翼。彼此都非常在乎对方外在的表达，而忽视了用心去体会。毫无疑问玫瑰是爱他的，她羞怯的温柔隐藏在不合时宜的表达之下，并最终因此而失去了小王子。当小王子来到地球，在一个花园里看见了几千朵玫瑰，他是那么伤心，为玫瑰，也为自己。

这时候狐狸出现了。狐狸是整部小说里面最美的一个角色。小王子试图与狐狸交往时，狐狸向他提出了第一个条件，也是第一条真理——驯养。在中文里，"驯养"的对象一般限于人对动物，是安抚和驯服的意思。而在作者笔下，"驯养"的意思多了几分人情味：建立感情联系。"驯养"所包含的情感联系是一种将冷漠的外在物质关系，转化为熟悉的内在情感的过程。狐狸告诉小王子："首先，你必须在稍远的地方坐下来——像那样——在草地上。我会从眼角瞄你，而你不能说话，言语可是会导致误解的。之后的每一天，你可以做得靠我更近一点……"① 可以说驯养是相互灵魂的渐渐融合。与小王子的邂逅，狐狸拥有了麦子的颜色，有了天空的云彩，还有小王子一步步渐渐接近的爱与关怀。同样的，小王子在离开后的很多时间里，望着金色的麦田，他也会静静回想与狐狸在一起的日日夜夜。人们在主动与周围的人和物建立真正的联系时，便形成一种深刻的关注，逐渐与对象融为一体。比如欣赏美景的同时倾注你真实的个人情感，那么美景对于你就是独一无二的，因为其中有你自己独特的情感映射。生活和工作同样如此：生活不等于简单地活着，工作不等于谋生手段，同样需要灌注你独有的感情。

拥有时不珍惜，失去时便会后悔。这是一种普遍的现象。对此狐狸告诫小王子："对你驯养过的东西，你永远负有责任。你必须对你的玫瑰负责……"② 责任让人在生活中找到了真切的自己，不至于虚无缥

① ［法］圣埃克苏佩里：《小王子》，姚文雀（中国台湾）译，北京：新世界出版社，2007年，第95页。
② ［法］圣埃克苏佩里：《小王子》，周克希译，上海：上海译文出版社，2009年，第65页。

缈，像无根的浮萍一般游荡。最后，小王子从狐狸再三叮嘱的话语里获得了终极的幸福密码——"只有用心才能看见。本质的东西，用眼是看不见的。"① 这是人与世界沟通的基础，同时也是通往幸福之路的基础。

毫无疑问，狐狸是小王子的人生导师，是狐狸让小王子学会了用心灵去感悟世界，是狐狸让小王子真正认识到幸福的难得，认识到爱与责任之于幸福的意义。此时此刻的小王子已经变得非常富有智慧了。从此小王子成了狐狸的替身，向"我"、向读者、向忙忙碌碌的现代人传达着幸福生活的密码。

小王子再见到地球上的人时，已经不再发出"这些大人真奇怪"这样的感叹了。他遇到了扳道工，看见人们忙忙碌碌却没有方向地生活着。在此，很容易让人联想起美国现代派诗人艾兹拉·庞德的一首短诗——《在地铁站》："人群中的面孔幽灵般时隐时现，湿漉漉的黑色枝条上片片花瓣。"② 短短两句，意味深长，与圣埃克苏佩里的心思也不谋而合。人群中的"幽灵面孔"正契合了扳道工所分送的旅客。这"人群"、这"旅客"共同折射出现代都市人的快节奏生活、物欲膨胀、人情冷漠。但是，两位作家也不约而同地为幸福留了一扇门。《小王子》里，还有幸运的孩子"知道自己在找什么"。《在地铁站》中，代表"真、善、美"的花瓣与湿漉漉的黑色枝条共生着。这样的反差，是作者的无奈，也是作者对生活强烈而深情的呼唤。

小王子又遇到一位商人，他向人们兜售着"止渴丸"来缩短喝水的时间，可是节约下来的时间用来做什么呢？大人们都不知道，但他们都在忙忙碌碌。事实上，水在《小王子》中有着非同寻常的意味。小王子在广袤的沙漠中遇到了"我"，二人同样处于极度口渴的状态，需要"找一口井"。在宗教中，水，往往是圣洁之物，它代表了洗礼。而在此，干涸的并不是肉体，而是现代人疲惫的心。沙漠之于"我"来说"什么也看不见。什么也听不见。然而有什么东西在寂静中发出光

---

① ［法］圣埃克苏佩里：《小王子》，周克希译，上海：上海译文出版社，2009 年，第 65 页。

② ［美］艾兹拉·庞德：《在地铁站》，见李顺春、王维倩：《美国现代派诗歌鉴赏》，南京：南京师范大学出版社，2007 年，第 37 页。

芒……"小王子一语点破："是因为有个地方藏着一口井。"① 井，在这变成了一种生活美德的承载物。井中的水对于"我"而言，是维持生命的物质，是生存斗争中必要的资本。而对于小王子来说水成为心灵之源，成为流浪的终点。不管是对肉体的浇灌还是精神上的洗礼，沙漠中隐藏的水都是有关生命的象征物。井在心中，源泉不断，"我"突然发现了沙漠发光的奥秘，这等于在宣布："我"发现了生活幸福的奥秘。在喝水的过程中，小王子和"我"一同接受了"真、善、美"的洗礼，求得灵魂的净化。在生活的沙漠中"唤醒"一眼井，便是对生活的唤醒，也是对自己的唤醒。

不论是"驯养"，还是亲自去体验生活的本真，当你开始辨别出花儿的不同、星星的不一样时，你就得到了真正的幸福。小王子就是这样一步步真正地接近他的玫瑰花。

幸福与痛苦

幸福和不幸都是自己对自我内心的个性化解读。小王子在离开地球前说："人们眼里的星星，并不是一样的。对旅行的人来说，星星是向导。对有些人来说，他们只不过是天空微弱的亮光……而你，你的那些星星是谁也不曾见过的……"② 同样的，对于幸福，每个人的标准是不同的。就像小王子在前六颗星球一路走来，从没觉得那些人幸福一样。我想，这里有个原因，一是他们真的处于不幸福的状态，另一方面就是小王子以自己的幸福标准去衡量他们。而故事的结尾，作者向人们热切呼唤的并不是公共的幸福感，而是个人独特的幸福体会。

小王子来地球寻找幸福前，每天悠闲地清理着 B-612 上的火山和猴面包树，完全没有幸福与不幸福的意识。我们不能说他是麻木的，只能说他尚未觉醒。但自从那棵美丽天真的玫瑰"驯养"了小王子后，他的痛苦开始像破土的幼苗一样生长，这也同样"逼迫"着他去寻找

① ［法］圣埃克苏佩里：《小王子》，周克希译，上海：上海译文出版社，2009 年，第 70－71 页。

② ［法］圣埃克苏佩里：《小王子》，周克希译，上海：上海译文出版社，2009 年，第 79－80 页。

解决痛苦的办法。这就是小王子流浪的原因，也是他领悟幸福的最初动力。所以，痛苦不一定是消极的，它在一定的条件下，可以转化为寻找幸福的动力。只有懂得痛苦的人，才能看见幸福的所在。在游历了众多人的幸与不幸之后，幸福变成了一种心态，一种淡然、超乎己外的状态。欲望无止尽，只有掌握好自己的坐标系，选择合理的参照物才能在自己的天空里看到最完美的星星。

小王子流浪了一圈后，并没有选择去所谓的彼岸。而是借助毒蛇的毒液回到了原来的地方。他意识到他的牵挂和幸福其实一直就在心中。所以，他丢下了重重的躯壳，让灵魂飞回了 B - 612 星球——他的玫瑰花身边。而故事的结尾却要在故事的开头寻找，"我当时什么也不懂！看她这个人，应该看她做什么，而不是听她说什么。她给了我芬芳，给了我光彩……可惜我当时太年轻，还不懂得怎么去爱她。"[①] 这段深情的独白让人联想到另一部关于幸福的童话作品，英国作家塞缪尔·约翰生的《幸福谷》。这是另一个王子的故事——拉塞拉斯王子。他住在一个谷里，在家中过着奢华的生活，家庭和睦、父母富有、地位崇高。但是他仍然觉得不够幸福。于是，他做出了和小王子一样的选择，离家出走，寻找幸福。他经历了炎热、贫穷、饥饿种种痛苦后，还是回到了他的谷里。重新回到他的家人身边。转了一圈，回到原点，他也终于找到了幸福，才发现原来幸福一直就在身边。许多人将这个现象叫做"幸福围城"。的确，不论是小王子还是现代人都会经历许多个"围城"，幸福也是其中之一。平淡的生活中，我们意识不到幸福的存在，一旦消失或者在痛苦来临之际，我们才会蓦然发现，幸福对于每个人都是公平的，它就在那里，只要你用心去体会。

死亡，是一件很沉重的事情，仿佛堕入暗无天日永远深不见底的地狱，所有的欢乐与温暖会被遗弃。因而死亡往往与痛苦紧密相随。然而，小王子却说，那是一副老旧的空壳而已，你没必要为它哀伤。向死而生，欢乐归阴。这是小王子告别地球的最独特也是最直接的方法，蛇

---

① ［法］圣埃克苏佩里：《小王子》，周克希译，上海：上海译文出版社，2009 年，第 25－26 页。

的恐怖与毒液为这个美丽的童话带来了残酷的成分，小王子死去的凄凉场景更是让人忍不住落泪。然而，小王子的死，并不是告别，而是另一种开始，开始了新的旅行——回到老家的旅行。即使底色为黑，在不远的前方，我们终究会逢着那段一直以来坚守的幸福。

小王子的最终死去，并非暗示我们只有死去才能幸福地与相爱的人走到一起。在童话中，死亡往往是一件极其容易的事情，而且也是童话结局时经常出现的一种现象。我们相信：童话中小王子的灵魂必然回到了他的故土，或许在玫瑰花爱情的呼唤中又重现原形呢。而现实中任何一个人的死亡都会让其身边的人无比的痛苦。童话中小王子的死其实就是痛苦的代名词。它意味着幸福的最终获得是苦难之后的回报。

小王子在地球上出现，而后又消失。人类在地球上出现，也许也将消失。在短暂的生命旅程中，人们就像小王子一样，其实都是在幸福的边缘追寻着幸福。《小王子》，这部给成人世界的献礼，意味深长地将简单的形式和深刻的哲理捆绑在一起。作者传达给读者的是对幸福、对生活的终极思考。也许，面对现代性带给人们的种种痛苦和麻木，他并没有在一部纯净的童话中给出具体可行的解决方案。但是，他却为一批批沉溺在都市繁忙、与本真隔绝的人们打开了一道通往幸福的天窗，剩下的，唯有亲自去体会。

幸福的障碍

小王子离别自己的星球和所爱的玫瑰花，从而开始的这趟旅行，可称之为寻找幸福之旅。小王子在来到地球一年之后，终于带着对幸福的彻悟，消失在这片土地之上。

如前所述，在来到地球之前，小王子到过六个星球，每个星球遇见了一个人，他们分别是国王、爱慕虚荣者、酒鬼、商人、灯夫和地理学家。他们有着不同的称号，听起来似乎是各司其职，实际上内心空虚。他们心里充满着权力、名望、享受、金币、规则和知识，却唯独没有他人。他们的生活像是一片荒漠，一眼望过去，几千里都没有人烟。小王子却不，他的心里不止是自己。他用最温柔的心思去对待一朵娇滴滴的花儿，直到疲惫不堪离家远走；他看到的每一颗星星都会微笑，都会发出清脆的笑声——因为他的玫瑰和沙漠中的那口井……

在追逐更多权力更多利益之时，你还愿意每天清晨跟初开放的花儿问好吗？对于你来说，内心最本真的东西是不是还很重要——重要到，失去了它就会觉得整个世界改变了模样？大概，生于纷繁错乱的当今，每个人都会迷茫，会无措，会走失在五千朵玫瑰包围的花园里，直到最后也不知道该选哪一朵。要怎样才能寻回属于自己的玫瑰？

圣埃苏佩里在献词中写道，所有的大人都曾是小孩子，虽然只有少数人记得这一点。①希望我们不再端着大人的架子、看着天上闪闪星光想起小王子的时候，能回忆起天真无邪的童年，想起你愿意为之付出心力付出时间的那朵"玫瑰"，如今散落在何方？

如果说现代人普遍幸福感缺失，从社会文化道德修养各方面皆可以找出千百种缘由，那些无事空忙着的人们，就像小王子在来地球之前的六个星球遇上的六种人——"理性"而又孤独的独裁者，只沐浴在赞美声中的虚荣者，只为想忘记自己的自暴自弃者，整天只关心数字的商人，只知道一味遵循死规律的空付出者，整天埋头研究死知识的学者……这些人构成了现代社会的版图，暴露了一个最根本的问题——人文精神的缺失。

社会发展得越来越快，在五光十色、钢筋水泥的现代社会，人们被物质欲望驱使如风般奔驰。丰足的物质其实并非坏处，但对物质的无休止欲望让人几乎无法停下来想一想，什么是美，什么是生活的本质，什么是生命的价值……这种快节奏的现代物质生活对人文情怀造成了一种伤害，对所有关乎精神世界的东西也会慢慢造成危害。玫瑰花的美丽与骄傲，狐狸失去小王子却留恋星空与麦田。如果仅从计较得失，权衡利弊来看，这些美都不能成立。但在精神的世界里，它们是最本真的东西。

现代社会建立了一套强势的适者生存法则，所以人们都张牙舞爪铆足力气向前冲。千年前的陶渊明"既自以心为形役，奚惆怅而独悲"

---

① ［法］圣埃克苏佩里：《小王子》，姚文雀（中国台湾）译，北京：新世界出版社，2007年，第7页。

的精神早就被抛弃在历史的长河中了。圣埃克苏佩里却把目光放低，在喧闹功利化的现代社会中回首我们每个人都曾拥有过的童年时代，提醒世人如何浇灌一朵玫瑰，如何和一只狐狸交朋友，如何仰望一片星空……这些快乐的缘由都那么简单而又纯澈，虽然与现代社会那样格格不入。

现代人的幸福障碍，大多是因为过度的物质索求而蒙蔽，所以狐狸才说，"真正重要的东西是肉眼无法看见的"。自在的生活，抛下功利的真正快乐才是清除现代人幸福障碍的关键。像小王子一样活着，并非是拒绝长大。而是始终保持着一颗通彻的童心，充实，自由，幸福。这就是《小王子》的最终的希望所在。

【延伸阅读】

1. 叔本华《人生的智慧》（1850）：叔本华晚年代表作，其目的便是"教导人们如何才能享有一个幸福的生存"。

2. 莫洛亚《论幸福》：法国作家莫洛亚《人生五大问题》（1934）中对幸福问题的专论。世界文化史中对幸福问题最经典的论述之一。每一个追求幸福的现代人都可能从中汲取营养。

3. 罗素《通往幸福之途》：罗素对幸福的睿见，影响深远。

第二部分　生活的主题

引　言

"一个主题就是对存在的一种探询。"① 昆德拉从小说的角度指出，主题之于存在的价值所在。其实，我们也可以说，一个主题就是对生活的一种探询。一个个主题就是一扇扇窗口，从中我们可以观望生活田野的各种风景。

生活的主题有哪些呢？"生活诗学"主要方法论之一便是从诗学的角度来研究生活，由此我们可以从内容与形式两大诗学概念来划分生活的主题。首先是生活的内容。什么是人的生活的内容？"人的生活的内容即是人的活动，在人的一生中，活动愈多者，其生活却愈丰富，愈充实。"② 与人的活动相关联的主题有：生活的意义、境界、韵味、复杂、维度等等。

其次是生活的形式。什么是生活形式呢？维特根斯坦用此概念来界定语言的实践性，认为语言的意义只存在于生活中的运用。"想象一种语言就叫做想象一种生活形式"；"'语言游戏'这个用语在这里是要强调，用语言来说话是某种行为举止的一部分，或某种生活形式的一部分。"③ 在维特根斯坦那里，

---

① ［捷克］昆德拉：《小说的艺术》，董强译，上海：上海译文出版社，2004 年，第 105 页。
② 冯友兰：《新世训：生活方法新论》，北京：北京大学出版社，1996 年，第 124–125 页。
③ ［奥地利］维特根斯坦：《哲学研究》，上海：上海人民出版社，2001 年，第 13、19 页。

我们不清楚生活形式的具体内涵是什么，但有一点是明确的：生活形式也与生活活动（行为举止）密切相关，只不过是理性对生活活动的某种属性的一种逻辑化、秩序化、抽象化、概念化等等。与生活的形式密切相关，便有了生活的方式（风格）、惯性、艺术、韧性、轻重等等。

　　生活的形式与内容密不可分。形式本身就是"内容的一种积淀"。① 无论是生活的形式还是内容，都是我们建筑"生活诗学"的脚手架。我们要让人们重视的是生活本身，而不是关于生活的概念。我们要让人投入到生活中去，而不仅仅是投入地研究生活。

---

① ［德］阿多诺:《美学理论》，王柯平译，成都：四川人民出版社，1998 年，第253 页。

第一章　生活的方式

【理论向导】

生活与生活方式。维齐·米勒（Vickie Miller）提醒人们要注意生活与生活方式的区别。他认为"生活方式与品牌有关，与用金钱换得身份和声望相关。生活方式给人一种和睦和受欢迎的错觉，这种错觉来自他人对你所购之物的认可。"而"生活是在你明白什么对你最重要时所过的日子。生活非常简单，源自于你与你认为重要的事息息相关，愿意把它放在第一位，而不为他人想法所左右。当你创造了一种生活而非生活方式的时候，你的自尊就来自你的内心，而不是来自别人对你的看法。"① 他把生活与生活方式对立起来，认为生活方式主要涉及外在的物质和金钱，而生活则是个体内在思想的一种实践。其实生活方式（Life style）是一个内容相当广泛的概念，它既可以指人们的物质资料消费方式，也可指精神生活方式。它能折射出个人的情趣、爱好和价值取向，所以当一个人创造性地生活时，他也必然创造了一种生活方式。此外，生活方式也是一个历史范畴，随着社会的发展而变化，具有鲜明的时代性和民族性。不同社会、不同历史时期、不同阶层和不同职业的人，有着不同的生活方式。当今世界经济全球化，人们的生活方式也越来越国际化和多元化。一个极端是千篇一律的"单面人"，另一个极端是唯我是从的"另类"。

---

① 维齐·米勒：《选择生活还是选择生活方式》，见《英语世界》，2009 年第 3 期，第 19 页。

生活方式与生活态度。生活方式归根结底是一个人的生活态度。那些对于自己的生活毫无意识的人，生活方式就无从谈起。一个人是否在真正地生活，某种意义上与这个人对生活的意识有关。列夫·托尔斯泰说："如果许多人一辈子的生活都是在无意识中度过，那么这种生活如同没有过一样。"① 施勒格尔说："人们按照自己的理念生活，只有在这个程度上才称得上在生活。"② 梭罗言简意赅："清醒就是生活。"③ 一旦我们开始注意到自己在生活，并对生活有了自己的态度，那么我们的生活方式就会有所改变。在此意义上，态度决定一切，但态度的形成确非易事。维特根斯坦如下一段话说得语重心长耐人寻味："如果生活变得难以忍受，我们会想到改变我们的环境。但是，最重要的和最有效的改变，即改变我们自己的态度，我们甚至都几乎没有想到过。下决心采取这样一个步骤，这对我们来说是太难了。"④

生活方式与生活质量。任何一种生活方式都会有不同的质量。简朴的生活与奢华的生活并不意味着生活质量的分别。人们往往把生活质量与物质生活的水平联系在一起，而忽视了内在的精神质量。美国哲学家梭罗通过自己的亲身实践，告诉了我们一个生活道理："不论你的生命如何卑贱，你要面对它，生活它，不要躲避它，更别用恶言咒骂它。它不像你那样坏。你最富的时候，倒是最穷。……多余的财富只能够买多余的东西，人的灵魂必需的东西，是不需要花钱买的。"⑤ 在物质生活普遍提高的现代社会，生活质量的高低应该越来越与一个人的精神状况密切相关。品味与情调绝不是衣食住行的华贵。朴素与节俭也绝非守财吝啬。一个人的生活方式会随着时空的变化而不断变化。无论拮据还是宽裕，简单朴素自古以来就被人认为是最自然的一种生活方式。把"顺

---

① 转引自［俄］什克洛夫斯基：《散文理论》，刘宗次译，南昌：百花洲文艺出版社，1994年，第10页。

② ［德］施勒格尔：《雅典娜神殿断片集》，李伯杰译，北京：生活·读书·新知三联书店，2003年，第167页。

③ ［美］梭罗：《瓦尔登湖》，徐迟译，长春：吉林人民出版社，1997年，第84页。

④ ［奥地利］维特根斯坦：《文化与价值》，冯·赖特、海基·尼曼编，许志强译，杭州：浙江文艺出版社，2002年，第94页。

⑤ ［美］梭罗：《瓦尔登湖》，徐迟译，长春：吉林人民出版社，1997年，第306－307页。

应自然"作为座右铭的古罗马哲学家塞涅卡说："哲学所提倡的是质朴的生活，并非要人苦苦修行，而质朴的生活方式不必是粗鲁野蛮的。"①《弟子规》说得好："衣贵洁，不贵华；上循分，下称家。"穿衣简单朴素，最主要的是要与自己的身份地位和经济状况相适合，其最大的敌人就是铺张浪费和炫耀消费。教皇约翰·保罗二世曾经告诫人们："生活要过得好些并没有错，错的是一种生活方式，它设想过得好就要想方设法'占有'而不是改善'生存'；它要更多地占有，不是为了更富足，而是为了以享受为目的，在享受中消磨生命。"②

【作品研读】

现代社会的另类图谱：《胡利娅姨妈与作家》

马里奥·巴尔加斯·略萨（1936—）拥有秘鲁与西班牙双重国籍的作家及诗人。结构写实主义大师。2010年诺贝尔文学奖获得者。代表作：《城市与狗》《胡莉娅姨妈与作家》《绿房子》。

2010年诺贝尔文学奖授予早已闻名于世的世界小说大师——秘鲁作家马里奥·巴尔加斯·略萨，对于喜欢他的读者来说，可谓惊喜，盼了几十年了，终于峰回路转瓜熟蒂落。略萨被誉为"结构写实主义大师"和拉美"文学大爆炸"四大主将之一，其小说几乎每一部都散发着诱人的光芒，内容上新奇有趣不乏幽默讽喻，形式上结构独到新颖并富有象征意味。可以说，略萨的长篇小说充分展示了世界一流小说家说故事的高超本领。为此，瑞典学院秘书长彼得·恩格伦德将略萨称为"天赋如有神助的说故事者"，他表示："略萨的书结构庞杂，角度多

---

① ［古罗马］塞涅卡：《面包里的幸福人生》，赵又春、张建军译，西安：陕西师范大学出版社，2003年，第10页。

② ［美］布热津斯基：《大失控与大混乱》，潘嘉玢、刘瑞祥译，北京：中国社会科学出版社，1995年，第84页。

元，善于呈现不同的声音与不同的时空。他还擅长于以一种崭新的方式去写作，因此也推进了'叙述的艺术'之发展。"① 谁要想领略小说的建筑艺术，当今世界略萨的小说也许是最佳选择。

略萨的众多作品中《城市与狗》是成名作，还带有魔幻现实主义的烙印。第二部长篇小说《绿房子》则完全形成其个人艺术风格，现已公认为其代表作之一。这是从作家的艺术成就而言的。此外，一个作家的代表作还应具备的是：作家个人生活经验和艺术主张的激情投射。任何作品都不是横空出世，作家的作品只有牵连到自己的生活时才会有最丰富的人生体验，才会最吸引读者关注；此外，作家的作品也只有充分实现其艺术主张，才最能显示其个人风格。在上述双重意义上，我们认为到目前为止，《胡利娅姨妈与作家》（以下简称《胡》）也许最能代表略萨小说的成就。

作家的代表作是进入其心灵世界的一把金钥匙。对《胡》细致解读是我们领略略萨小说独特魅力的最佳手段之一。《胡》不仅是略萨年少爱情的生动摹写，也是其小说理论的形象铺排，对现行生活的反抗，对变态人性的呈现，以及融入生活意味的结构艺术，光芒四溢地演绎了病态社会的异样人生。小说时而嬉笑嘲讽，时而严肃沉思，时而低沉哀怨，时而高昂悲烈，作者如千手观音，为读者谱写出多声部的人性变奏曲，奇人奇事奇情奇闻纷至沓来，让人沉浸其中难以自拔。

反抗生活

略萨认为作家创作"起源于反抗情绪"，他坚信：

> 凡是废寝忘食地投入与现实生活不同生活的人们，就用这种间接的方式表示了对现实生活的拒绝和批评、对现实世界的拒绝和批评以及用自己的想象和理想制造出来的世界替代现实世界的愿望。②

---

① 彼得·恩格伦德于 2010 年诺贝尔文学奖颁奖礼上的致辞，转引自张王路诗等：《略萨获诺贝尔文学奖》，《新京报》，2010－10－08。

② ［秘鲁］略萨：《中国套盒：致一位青年小说家》，赵德明译，天津：百花文艺出版社，2000 年，第 4－5 页。

　　他说得有些绝对，作家与现实世界的关系其实很复杂，不同作家以及同一作家不同时期对现实的态度表现往往都会有所不同。但纵观略萨的众多小说，他的确实现了自己的上述主张，"反抗生活"是贯穿其中的核心主题之一。也许正因为此，瑞典学院在揭晓诺贝尔文学奖时表示，要向略萨文学作品中"对权力结构的制图般的描绘和对个人反抗的精致描写"致敬。

　　成名作《城市与狗》是作者根据自己少年时在军校学习的亲身经历写成。"城市"指秘鲁社会，"狗"指军校学员。主人公阿尔贝托是略萨的化身，为人不卑不亢，不欺负弱小，也不容强者欺负，在捍卫尊严和个人合法权利方面，绝对不放弃斗争。阿尔贝托时而生活在社会上层（豪华住宅区），时而与来自社会底层的黑人、混血种族学员住在同一宿舍；他既看到了上层社会的伪善、欺诈和糜烂的生活，也了解了贫苦阶层的悲惨处境。这两个极端他都不能接受，因此宁肯躲进文学天地，逃避"狗咬狗"的生活。这样，阿尔贝托就逐渐培养了一种能力：建造文学的城池，去抵挡"城市"喧嚣和"狗"们的狂吠。文学为阿尔贝托的反抗提供了武器，也提供了其文学才华施展的空间。《城市与狗》可谓一个军校学员用文学反抗生活的成功档案。略萨 2003 年出版的长篇小说《天堂在另外那个街角》，两位主人公都是历史上的真实人物，一位是法国著名画家保罗·高更，另一位是其外祖母伏罗拉·特里斯坦。小说单数各章讲述外祖母的故事；双数各章讲述画家的故事。外祖母是个社会活动家、工人运动的组织人和女权主义的推动者；外孙则是个艺术家，不过问政治，追求异国情调和世外桃源的生活，向往原始人的风俗习惯、神话与传说。从表面上看，祖孙二人生活的时代和活动的范围截然不同，但综观全书，读者可以发现二人追求的目标一致，那就是建造人间天堂。这是不同时代的两个家族成员，在各自的领域用行动一步步反抗现实生活的真实写照。

　　《胡》也不例外，作者也将一种"反抗情绪"融入到故事当中。小说共 20 章，单数章及最后一章叙述的是胡利娅姨妈与作家相识相恋直到结婚的故事，双数章叙述的是一系列各色人物的人生故事。单数章节中，作家恋爱故事之外还有广播剧作家卡玛乔盛极而衰的悲剧故事，两条线索平行发展，相得益彰。他们的结局一喜一悲，背后寄寓了作者的深刻用意：不同的结果乃是源于对生活的不同态度。先看作家与胡利娅姨妈，他们的恋爱按世俗的标准纯属大逆不道的乱伦行为，然而当他们意识到彼此真心相爱的时候，他们便大胆地冲撞现行世俗观念。亲人们的流言蜚语，尤其是作家父亲的"大义凛然"的粗暴干涉，并没有隔断这对恋人彼此间的热情，相反却加速了他们走向婚姻的殿堂。最后在既成事实面前，父亲也不得不妥协认可。他们的婚姻比所有的亲戚所预测的八年时间还要长久得多，甚至多年后作家与胡利娅离婚时，大家族里许多人都落了泪，因为所有的人（包括作家父母）都是那么爱她。小说中的作家是个骨子里就不愿照着别人指定的道路生活的人，他是一个特立独行依从内心行事的生活强者。除了上述与姨妈的不伦之恋外，还有一些事例可以印证：作家虽然攻读法律专业，但他实际上更想成为作家，业余坚持创作，还在泛美电台担任新闻部主任，最终没有读完律师专业。为了贴补家用和比较方便地维持生计，他也拿了个拉丁语言学系的大学文凭。他的第二次婚姻依然离经叛道，这次的新娘竟然是其表妹。可见，小说中的作家对生活并非一点儿妥协也没有，但都是为了和心爱的人一起生活，而且他始终没有妥协的是内心想成为作家的坚定信念。他清醒地意识到自己"绝不愿意成为一个半瓶醋和昙花一现的作家，而要成为一个真正的作家"。[1] 于是，他一方面为了生活疲于奔波，另一方面也不断地从自己的生活中汲取素材积极创作，同时广泛地阅读世界文学大师的作品。一言以蔽之，他不仅是生活的强者，更是一个有深刻角色意识的作家。

　　与作家形成鲜明对比的是卡玛乔。卡玛乔本来在玻利维亚为电台编写广播剧，因为收入难以维持生计，被秘鲁泛美电台老板趁机拉到利马来工作，从此成了别人手里的工作机器。随着他撰写并导演的广播剧越来越受听众欢迎，他的工作量也迅速增加，每日长达十三小时，终于积劳成疾不幸病倒，最后被送到精神病院。卡玛乔的悲剧不仅仅是社会造

---

　　① ［秘鲁］略萨：《胡利娅姨妈与作家》，赵德明等译，北京：人民文学出版社，2009年，第176页。

成的，更是其个人的生活悲剧。他才华横溢文笔高超，但却一直疲于应付生活，毫无图谋个人事业发展之心，从不读书充实自己。在作家眼里他"只不过比文盲稍好而已"。不仅如此，他的艺术创作也充满了个人情绪。他因为自己的阿根廷妻子离开他而将怒火转嫁到全体阿根廷人上，更有甚者，他将对阿根廷的怨气植入到自己的作品之中广泛传播。艺术成了他的发泄工具，严重践踏了他自己曾大言不惭地说过的话：艺术家的工作是"出于仁爱"。还有，他的所有剧作都是闭门造车的结果。性格孤僻的他不愿意深入现实生活，总是把自己封闭在狭小的私人空间，虽然也别出心裁地穿着各式各样人物的衣物进行写作，以便更加深入角色内心，但终归缺乏实实在在的生活经验，不免有隔靴搔痒之嫌。一个有着艺术天赋的剧作家，最终被生活耗竭的，不仅是其身体，更是其精神和灵魂。如果我们认同马克思"外因通过内因起作用"的说法，那么，卡玛乔的悲剧最大原因应是其对生活的逆来顺受的态度。

反抗生活的主题在许多作家的作品中都曾出现，如海明威《老人与海》、巴金《家》等等。但像略萨这样长期地用小说来演绎反抗生活主题的作家并不多见。略萨的高明之处在于：他将普通的主题织进丰富复杂的人世图景之中，使其小说散发出持久弥新的魅力。

颠覆霸权

如果说反抗生活立足个人的生活命运，那么颠覆霸权则着眼于社会层面的各种专制威权；如果反抗生活是对略萨小说的一种生活批评，那么颠覆霸权当属意识形态批评；如果反抗生活意在塑造更充实、更有意义的人生，那么颠覆霸权则旨在重建更多元、更人性、更人道的人类社会。二者在略萨的小说中骨肉相连彼此交融。

略萨第二部小说《绿房子》，概括了上世纪 70 年代以来整个秘鲁北部（从海边沙漠地区的皮乌拉市到远在亚马逊流域心脏地带的圣玛丽亚·德·聂瓦镇）长达四十年的社会生活。皮乌拉市由一个落后的小城发展成为一个现代化的城市，而森林地区仍处在原始状态中，仍然是国内外冒险家活动的舞台。勾结官府，占岛为王，杀人越货，对土著民族进行掠夺和剥削，通过《绿房子》我们看到了整个秘鲁北部社会生活的各个方面及各式各样的人物。作为享乐中心的妓院——绿房子，便是颠覆力量的象征。它的出现使得当地原有的生活逐渐变形。也许可以说，《绿房子》便是略萨投向秘鲁的一颗小说炸弹，意图炸毁一切不合理的社会制度。作者的另外一部备受瞩目也多次被搬上银幕的小说《潘达雷昂上尉与劳军女郎》，是其运用戏谑和幽默笔调揭露和讽刺秘鲁前军政权的著名长篇小说。秘鲁驻军某地，士兵强奸妇女的事件层出不穷，军方选派潘达雷昂上尉去那里秘密组织军中流动妓院以期缓解。由于揭露了秘鲁军队建立秘密流动妓院的内幕，本书在秘鲁曾一直被列为禁书。《公羊的节日》是作者又一部意图颠覆专制的力作。阔别祖国三十五年的乌拉尼娅回到了故乡多米尼加共和国。三十五年前整个多米尼加共和国处于冷血独裁者特鲁希略的统治下，乌拉尼娅的父亲卡布拉尔正是这位独裁者的得力助手。乌拉尼娅的姑妈不能理解为何乌拉尼娅从不曾探望自己父亲，面对质问，她缓缓诉说起三十五年前的往事。独裁者特鲁希略曾对三百多万多米尼加人施行了极端残酷的暴政，在他三十多年的专制统治下，整个国家成了人间地狱。小说通过虚构的一个女人的所见所闻，再现了拉美最血腥的独裁统治。略萨几乎每一部长篇小说都如上述三部一样涉及拉美地区（尤其是秘鲁）的腐朽与黑暗的社会。这是由他的写作立场所决定的。略萨认为秘鲁那个毒龙般的社会头上有三张血盆大口——军事独裁、反动教会和流氓政客，它们每时每刻都在吃人，为此文学的任务就是向它们开战。①

《胡》对霸权的颠覆最典型地体现在偶数章节的九个故事中。略萨使用的策略是以变态颠覆专制，甚至堕为颠覆一切禁区的"颠覆主义"。下面我们来看看略萨是如何通过一个个变态的人物表达颠覆主题的。第二章写的是一个医生在其侄女婚礼上发现了一个秘密：兄妹乱伦。故事颠覆了兄妹之间不可恋爱的伦理规范，促使读者反思爱情的界限。第四章写一个警长夜巡抓获一个裸体黑人的故事。黑人仿佛野人一样毫无意识地活着。黑人可谓自然人的象征。当局对动物一样的黑人宣

① ［秘鲁］略萨：《胡利娅姨妈与作家》，赵德明等译，北京：人民文学出版社，2009年，前言第3页。

判死刑，暴露出社会人的凶残，以及当权者对无辜者生死予夺的霸权。第六章写的是一桩强奸幼女案。受害者是十三岁的小学生，毫无羞耻感，脱口就能说出一篇淫秽的独白。被告则是宗教团体"耶和华的见证人"的一个成员。一个纵情，一个禁欲，作者在此颠覆的是对人类性本能的两种极端态度。第八章是一个专业捕鼠者的不幸下场。此人因为刚出世的妹妹被老鼠咬死而发誓灭绝天下老鼠。这项崇高的事业使得他不仅严于律己，而且对属下和妻子儿女也一样苛刻，最后的命运是像老鼠一样被妻子儿女追打。这是对家庭专制的颠覆，暗示专制者即使为善也不得人心，良好的愿望也往往通往地狱。第十章是一个车祸恐惧症者的治疗遭遇。女医生出奇制胜让他用玩具演习车祸，并要求他从理论到实践对小孩报复。结果车祸恐惧症好了，却又患上了幼稚病和潜在的杀婴症复发。故事无情嘲弄了一个获得许多证书和奖状的医生，告诫世人用变态的方式疗救病态往往滋生新的病态。第十二章记录"殖民公寓"夜间大悲剧始末。男主人贝瓜在一个夜里被其好心收留的教士连砍十几刀。该教士随后脱光衣服闯进年老丑陋的贝瓜太太（而不是其女儿）的房间图谋不轨。贝瓜女儿，一个风韵犹存的年轻处女，一个从小就整天唠叨别人试图对其性骚扰的迫害狂，案发后发疯了。故事揭示了恐惧迫害症对人心的摧残，同时颠覆了神职人员的神性外衣。第十四章是一个神父的一系列宗教创意实践，为此他遭到宗教法庭几百次的谴责。故事一方面试图颠覆宗教法庭的权威，一方面揭露了利马宗教内部混乱不堪鱼龙混杂泥沙俱下的局面。最后是两个情种的悲剧故事。一个是足球裁判，一个是侏儒诗人作曲家。故事结尾均为偶然性的灾难，出人意料之外，一个是人祸（赛场挤压酿造悲剧），一个是天灾（演出时遭遇大地震）。前面故事中出现的一些主角莫名其妙地挤进来，就像卡玛乔后期剧作中出现的错乱一样。乍一看，文本似乎是人物的大杂烩，灾难的狂欢，但仔细回味却发现作者似乎别有用心，请看这两个故事末尾的设问：

> 这个故事就这样像但丁式的惨案一样地结束了吗？还是像
> 凤凰（母鸡？）那样编出新的插曲和顽固不化的人物从灰烬里

重生？……①

　　……这个血、歌、火和神秘的故事已经结束了，还是要在人世以外的地方继续下去？②

　　犹如凤凰涅槃，作者希望有一个天翻地覆的大动荡，将那些变态畸形的人们、那些腐朽的生活埋葬掉，置于死地而后生。正如作者另一部小说标题所云：天堂在另外那个街角。但抵达人间天堂的关键是：我们必须反抗庸俗堕落的日常生活，颠覆现行不合理的流俗、腐朽与专制。

　　此外，上述九个故事的末尾一段无一例外均为一系列的问句，在高潮或悬念之处突然打断叙事流程。作者显然是受《拉奥孔》美学观念的影响。因为一件事在高潮之处最富有张力，读者可以自己去构想事件的结果、人物命运的发展以及故事中的弦外之音。这种用问句结束故事的写法也暗含对小说必然有结局的颠覆，使得结局扑朔迷离。

　　综上所述，《胡》骨子里有种颠覆的精神，不仅针对小说这种文体，更是直指一切人性禁区和社会霸权。如果说作家与胡利娅姨妈的恋爱是对固有伦理规范的颠覆，那么另外的九个颇为奇特的变态人生图谱，更是对一系列专制权威的颠覆，而在最后两个故事中又将这些变态的主角人为地集聚一起，让其遭遇天灾人祸而纷纷灭亡，而且所有的故事都在悬念中结束。这些都暗示作者对现行社会的反思和对未来生活的某种向往。也许作者真正的意图在于：踏进新社会的入口必须要对现行不公正不合理生活进行反思与颠覆。由此可以看出，作者写变态实乃呼唤健康人性状态的一种文学策略。

生活结构

　　略萨被誉为"结构写实主义大师"，不仅因为其每部小说都具有独特的结构，而且因为这种结构更全面丰富地揭示现实生活。更有甚者，其结构本身还具有让人不断回味的生活意味。我们完全可以将略萨的小

----

① ［秘鲁］略萨：《胡利娅姨妈与作家》，赵德明等译，北京：人民文学出版社，2009年，第269页。

② ［秘鲁］略萨：《胡利娅姨妈与作家》，赵德明等译，北京：人民文学出版社，2009年，第304页。

说结构称为"生活结构",意指其小说结构与现实生活的一种异质同构关系。

生活从来就不是独唱而是交响乐,也从来不是单调而是复调。略萨的小说结构也是如此,多用并行的两条或多条线索,如《公羊的节日》、《天堂在另外那个街角》两条线索并行交叉,《绿房子》中则是五条线索错落有致地展开。

每个人看似生活在零碎的当下,其实其生活都是一个整体。时间上看,过去、现在、未来都深深影响一个人的生活;空间上看,一个人的心灵世界与外在世界彼此呼应。略萨小说中也往往场景并置、时空交错,娴熟地运用电影的蒙太奇手法,将过去现在与外来、内心与外界常常融合在一起难解难分,不仔细辨析有时还真摸不着头脑,最典型的要数《绿房子》和《潘达雷昂上尉与劳军女郎》。《潘达雷昂上尉与劳军女郎》从头到尾几乎都是对话,而且不断发生场景跳跃,前后没有任何语言叙述和过渡。《绿房子》由四部分和一个尾声组成。每部分有一个"序言"和四章组成,每一章又包括五个场景。作者把五条线索的五个核心故事加以小块切割,然后打破时空巧妙地安排到各个场景中去。在叙述故事之时,多角度的转换自由敏捷。正如译者孙家孟所云:

> 对话与叙述混在一起,过去与现在混在一起,此地与彼地
> 混在一起,甚至对白与独白混在一起,幻想与现实混在一起,
> 所以读者不能像一般小说那样一行一行地去"读",而是要像
> 看多镜头电影画面,或是像看万花筒那样去"看"。[①]

如果我们像阿伦特那样认可"生活是故事",[②] 那么世界就是故事网。每个人的故事都不是一个人的故事,而必然与别人的故事相互缠连,形成故事链。不同的故事链编织成一个硕大无比的故事网。一个个的人便是故事网中的一只只蜘蛛,日夜不停地编织着自己的故事,同时也在编织着别人的故事。略萨小说中经常出现的故事套故事手法很好地

---

① [秘鲁] 略萨:《绿房子》,孙家孟译,北京:人民文学出版社,2009 年,前言第 7 页。

② Julia Kristeva. Hannah Arendt: life is a narrative, University of Toronto Press Incorporated, 2001: 5.

表达了上述意味。接下来我们以《胡》为例来具体分析其小说所特有的"生活结构"的魅力所在。

《胡》共二十章，偶数章节（最后一章除外）是九篇短篇小说构成的故事系列，奇数章节则是一部连贯的长篇小说，由作家与胡利娅姨妈的恋爱史和剧作家卡玛乔的兴衰史构成。我们似乎不能说小说是双线（奇数章和偶数章各为一条），因为奇数章节本身就有两条线索，而偶数章节的故事相互独立并无多少联系，只是在最后几章人为地置入前几章出现的一些人物。由此，《胡》结构上看当是一个长篇小说叙述流程（包括两条线索）不断被一些短篇小说打断，即：AB—C—AB—D—AB—E……AB—AB。我们也可以说小说是多线发展。第一条是作家与姨妈的故事，第二条是上述故事中所牵连出的卡玛乔的故事。卡玛乔是"我"的同事，是姨妈的同乡，而卡玛乔的广播剧经常成为他们散步谈论的话题，"这样，不知不觉地彼得罗·卡玛乔就成了我们罗曼史的组成部分。"① 以此观之，偶数章节的故事可以看作是卡玛乔所创作的一系列广播剧，最后几章出现的人物错乱也就不难理解了，它显然是奇数章节中卡玛乔后来剧作内容混乱的复现。于是，偶数章节又成了附属于第二条线索的故事集，此为一种变型的故事套故事手法：AB—B1—AB—B2—AB—B3……AB—AB。上述结构非常巧妙，不仅很好地与小说的主题相互配合，而且其本身也积淀着相当深刻的生活意味，具体可从以下三方面来分析：

首先，上述结构大大拓展了小说的生活容量。长篇小说与短篇小说融合一起，看似不伦不类，其实技艺高超，将各自的特长发挥尽致。其中长篇小说可以细致入微地呈现人物的生活历程，而短篇小说则可以快速地集中透视各色人物的命运。作者似乎真的像书中的卡玛乔一样，身边有一个利马地图，然后选定一个个特定的区域，将其中的"另类"人物故事一网打尽。每个短篇小说恰如窥视利马的一个窗口，再加上长篇小说的"聚光灯"，《胡》中利马世态百相尽收眼底。政界、宗教界、文艺界、新闻界、出版界、医药界、体育界、商界……可以说社会生活

①　[秘鲁]略萨：《胡利娅姨妈与作家》，赵德明等译，人民文学出版社，2009年，第82页。

的各个领域无不涉及。小说恰似一个透视利马的万花筒，让人眼花缭乱目不暇接，生活的广度与深度得到最大限度的揭示和挖掘。

其次，上述结构与小说反抗生活和颠覆专制的主题浑然一体。小说标题给人感觉好像整部小说都是写作家与胡利娅之间的恋爱史，这也往往是读者最想读的故事。可是读了几章就发现有被骗的感觉，略萨将一个读者热心关注的自传故事不停地打断。恋爱史的叙述被卡玛乔的兴衰史，被一个接一个的奇人奇事不断地切断。此为保持读者兴趣的一大法宝，同时九个故事连成一线也象征着一种颠覆力量，不断反抗着主流叙事。我们也可以说，长短篇小说杂糅一体是对长篇小说体例的颠覆，其间的长篇小说象征着主流意识形态，而一个个短篇小说则象征着主流生活中的个人，它们作为一股股反抗力量，不断冲击主流叙述的威权，纷纷幻想冲向前台意图取而代之。

最后，上述结构也凝聚着富有启迪的生活智慧：每个人的生活都不是孤立的，不管愿不愿意，每个人的生活都会随着时空的拓展而嵌入一系列别人的故事，它们不断地冲击着你的生活方向。如果你能像小说中的作家一样，始终坚持自己的理想，坚挺有力地勇往直前，那么你的生活便会道路宽广前途无量；如果你和卡玛乔一样，被生活挤压疲于奔命，毫无突围之心，那么你就永远匍匐在生活的底层不能自拔。

任何伟大的艺术作品都应是内容与形式的完美结合。对于略萨小说高超的结构形式与其丰富内容之间的契合关系，还有待于我们全面深入地研究。而这种研究也是非常有价值的，因为它不仅仅是对略萨小说的细致解读，更是对我们生活其中的世界的深切感悟。

略萨的小说可谓是现代人类社会的另类生活图谱。对于那些沉浸于自我狭小空间的卡玛乔们，"作家"身上所放射出来的光芒足以让其顾影自怜捉襟见肘。略萨通过创作小说来实践自己的人生信仰，或者说写作小说就是略萨独有的生活方式。略萨的事业是萨特"文学介入论"的具体展开，虽然他的很多书被禁止被烧毁，但最终获得了世人的瞩目与爱戴。这是人道的胜利，也是文学的荣耀。我们期望略萨的小说给越来越多的人带来生活的乐趣与勇气，让他们能充实而顽强地不断走向新的人生道路！

【延伸阅读】

1. **郁达夫《沉沦》**（1921）：一个走不出心灵沼泽的忧郁者。

2. **冰心《超人》**（1923）：一个封闭自我的超人终于在同情和爱中找到生活的意义。

3. **黑塞《荒原狼》**（1927）：一个现代世界中无处皈依的精神流浪汉。

4. **阿城《棋王》**（1984）：环境造就生活方式。出身不好的棋王在清贫的生活中却有着不一样的棋道，认为"人要知足，顿顿饱就是福"；而"我"追求精神生活的质量，对王一生的生活从不理解到理解，但仍然觉得"囿在其中，终于还不太像人"。

第二章　生活的惯性

【理论向导】

　　生活的惯性与创造性。惯性就是物体保持原来运动状态的一种作用，不论这种运动状态是静止还是平动，或是转动。人们最初是由惯性原理揭示出物体的惯性。牛顿的《自然哲学的数学原理》将惯性原理表述为：所有物体都将一直处于静止或者匀速直线运动状态，直到出现施加其上的力改变它的运动状态为止。将物理学的惯性概念引入生活，我们得到"生活的惯性"，它表明：每个人的生活常常是身不由己，被生活的洪流裹挟着毫无变化地一天天地过着。要想突破这种生活本身的惯性，要么主体改变自己的生活方式，要么有某种外在的因素改变主体的命运。创造性的生活从来不是完全听命于生活的惯性，而是在生活中既能保持既定的生活状态，又能主动突破不断塑造和创新自己的生活面貌。

　　生活惯性是社会化的表现。儿童在没有入学之前是极其自由的，每一天都会新奇的。随着入学、工作、结婚等等，每个人开始遭遇到无数的规章制度和传统风俗习惯，这些东西使我们保持着一种稳定的生活，但同时也深深地束缚着自由的灵魂。"我们以为在想，我们以为在做，而实际上只是另一个或另一些东西在替我们想与做：远古的习惯，变成了神话的原型，经过一代又一代的延续，获得一种巨大的引诱力，从'往昔之井'（如托马斯·曼所言）遥控着我们。"[①] 人沉入生活的惯性，

---

　　① ［捷克］昆德拉：《被背叛的遗嘱》，余中先译，上海：上海译文出版社，2003年，第12页。

人成了机器，一天天做着千篇一律的事情。伯格森对生活的这种单调深有感触，他说："实际生活之所以会变得滑稽可笑，正是因为它变成了这样一台机器，像这一台机器那样运行"；"社会担心的是我们每个人只满足于把眼睛盯在对生活必需品有影响的方面，至于其他方面，只是服从于传统习惯，刻板机械地进行活动。社会担心的另一个方面是人们不想对意志作出更加细致的调整，去实现越来越完善的相互协调，而只是满足于人与人之间机械的相互一致，不去通过不断的努力，实现相互的适应。"① 更有甚者，人也可能会堕落为动物，仅仅受制于本能的驱使。

生活惯性也是个人习惯的结果。"不日日自新的爱情，变成一种习惯，而终于变成奴役。"② 纪伯伦从爱情的角度提醒了我们习惯的消极作用。每个人都会有一些自己的生活习惯。同样也是双刃剑，既是稳定的力量也是束缚的枷锁。它使我们在社会生活中保持了自己的个性色彩。大江健三郎说："我认为一个人的'生活习惯'，就是那个人的人生写照。"③ 但是我们必须要警惕习惯的力量，因为"每种习惯和能力都通过其相应行动保持并因这些行动而得以加强。"④ 为此，养成良好的生活习惯将是必要的。

【作品研读】

超越日常：《巴比特》

辛克莱·刘易斯（Sinclair Lewis，1885—1951）美国作家，1930 年诺贝尔文学奖获得者。代表作：《大街》《巴比特》。

---

① ［法］伯格森：《笑与滑稽》，乐爱国译，广州：广东人民出版社，2000 年，第72、14 页。
② ［黎巴嫩］纪伯伦：《纪伯伦散文诗全集》，伊宏编，杭州：浙江文艺出版社，1993 年，第321 页。
③ ［日］大江健三郎：《大江健三郎自选随笔集》，王新新等译，北京：光明日报出版社，2000 年，第187 页。
④ ［古罗马］爱比克泰德：《生活的艺术：通往幸福、快乐和美德之路》，沈小钧译，天津：天津社会科学出版社，2008 年，第114 页。

《巴比特》是美国小说家、1930 年诺贝尔文学奖获得者刘易斯的代表作，历来被认为是"揭露了美国资产阶级的商业主义和市侩作风"。巴比特也成了美国家喻户晓的人物。一般字典都把"巴比特"作为新词收入，形容当代美国那种典型的自以为是、夸夸其谈、虚荣势利、偏颇狭隘的市侩实业家。①

刘易斯的小说常被借用来批判美国社会和资产阶级。毫无疑问，通过这部《巴比特》，我们的确对 20 世纪 20 年代的美国中西部城市泽尼斯的生活有了全面的了解：高度的商业化，一切似乎都成了商品。除此之外，我们也能发现一些普遍的人类状况：人类进入现代社会以来，生活节奏加快，人类饱尝日常生活之苦，从而试图突围，但却由于日常惯性过于强大，再加上其中的人也并没有清醒的生活意识，因而皆以失败告终。今天我们重读《巴比特》，对于整日疲于奔命的现代人士来说，有着超乎寻常的意义：既能了解日常生活惯性对现代人是怎样的压抑，又能看到现代人是如何突围的，而且更为重要的是，要汲取失败的经验与教训，从而善待日常生活，争取走向更加自由、解放又宁静、和谐的生活。

日常生活的惯性

只要我们稍微审视一下现代人的日常生活，就会发现一个现象：人们仿佛不是在生活，而只是顺应生活的洪流。如同节假日的著名旅游景点，人在大部队之中，身不由己，随大流地走马观花。那些自由自在的向往就像是天边的一朵白云，只偶尔飘荡在疲倦的内心。这就是惯性的力量。日常生活是惯性统领的一个大舞台。何谓日常生活？简言之，日常生活就是我们每天都要做的事情，以及所遭遇到的人与物的总和。日常生活天天如此地不断重复，而且现代生活节奏的不断加快，致使日常生活拥有了强大的惯性，让其中的人备受其苦。

生活恰似坐火车，什么时候到什么地方以及做什么事情，一切都被安排得好好的，人只顾往前赶就是了。沿途的风景，车内的见闻，往往

---

① [美]刘易斯：《巴比特》，王永年译，北京：作家出版社，2006 年，前言第 2 – 3 页。

都被无情的谋生意识所遮蔽或大打折扣。《巴比特》的前七章实即巴比特日常生活中一天的全记录，它对一个忙忙碌碌的房地产经纪人的一天生活进行聚焦式的描摹：从早晨起床、早餐到上班，然后是日常事务，接着是午餐、下午办公，最后写下班回家。行文之间，我们处处能体会到主人公巴比特对这种生活的矛盾心情，欣慰的同时又滋生不满和失望。巴比特的房子不可谓不豪华，也处处显示着现代化，但他的房子有一个毛病："它不能算是家"，① 而是像旅馆一样，没有个性、没有生机活力。早上醒来时他就"心里嫌恶房地产生意的苦差使，讨厌他的家里人，从而也讨厌自己"。② 可是当他看到窗前那座二十五层的第二国民大厦时，"城市的节律打动了他，又唤起了他的爱慕"。③ 驱车上班途中，春光醉人，他"对泽尼斯有一种诗情画意的几乎是忘我的爱慕"，可是一到办公室，那"沉闷的空气把春天早晨的兴致都打掉了"，因为"这里像是一个钢板小教堂，游荡和闹笑是大逆不道的罪孽"，以至于他出乎意料地嘟囔着"真想马上溜到树林子里去，游荡一整天"。④ 在巴比特与好友保罗共进午餐时的谈话中，我们可以非常清楚地了解到日常事务以及家庭琐事对现代人的困扰。它可以借助后文中巴比特的如下发现而体现出来："他发现，并且几乎可以承认自己发现他的生活方式机械得难以相信"，机械的生意、机械的宗教、机械的高尔夫球、宴会、桥牌游戏和谈话，除了和保罗交往之外，跟别人的友谊也是机械的。⑤ 但是正如保罗感叹的一样，谁也不敢反抗，因为"习惯势力太强大了"。⑥

　　通过对巴比特一天日常生活的横截面的透视，我们明白了：正是习惯势力让他不得不安于现状，按部就班地重复着每一个日子。那么这种习惯势力为什么能如此强大呢？在列斐伏尔看来，日常生活蕴含了连续

① ［美］刘易斯：《巴比特》，王永年译，北京：作家出版社，2006 年，第 12 页。
② ［美］刘易斯：《巴比特》，王永年译，北京：作家出版社，2006 年，第 3 页。
③ ［美］刘易斯：《巴比特》，王永年译，北京：作家出版社，2006 年，第 10 页。
④ ［美］刘易斯：《巴比特》，王永年译，北京：作家出版社，2006 年，第 24、26、27 页。
⑤ ［美］刘易斯：《巴比特》，王永年译，北京：作家出版社，2006 年，第 187 页。
⑥ ［美］刘易斯：《巴比特》，王永年译，北京：作家出版社，2006 年，第 51 页。

的重现，持续的重复。① 日常生活的这种可重复性滋生了厌倦，从审美的角度来看就会引发时下人们常说的"审美疲劳"。用海默尔的话来说就是："同一物的永恒轮回就是日常的时间的基本特征，日常的时间性被经验为使人筋疲力尽、虚弱不堪的百无聊赖。"② 由此，日常生活失去了曾经的神奇魅力。天长日久的可重复性使得人的生活呈现出线型的轮回。线型意味每一天的空间几乎雷同，很多人都是三点一线（家—办公室—餐厅），轮回意味着时间的重复，日复一日，生活永远在一个轨道上进行，容不得脱轨的行为。

上述轨道生活造成的后果，就是现代人的身不由己、心不在焉。因为不断重复的言行就会成为一种习惯，而习惯长久了就成了自然而然的事。日常生活中不少言行的自发进行，其实就是我们在无意识地重复着一再被重复的行为。《巴比特》中巴比特的言行不一经常被说成是夸夸其谈的市侩作风。其实不尽如此，因为他的很多行为都是不自觉之中去做的。比如小说中多次提到其戒烟，他总是想戒烟，可又总是莫名其妙地重蹈覆辙。刚刚作出的决定，一转眼就忘了。他的想法总是好的，可就是难以坚持做到。这种难以控制自己的状态，与我们坐车突然刹车时所遭遇到的惯性极其相似。在此意义上，巴比特本身就是一列火车，被生活的惯性逼迫着，疲于奔命行色匆匆。

不仅仅是巴比特，"他周围的人都在为赶紧而赶紧"。③ 他只有在回到事务所才能心安，其实也没有多少事可做，无非是看着他的雇员们表现出紧张忙碌的样子。他为工作极度操心，即便"在一个半小时的午餐时间里，事务所没有巴比特就会无所适从，所以他离去前的准备工作几乎像策划一次欧洲大战那么深思熟虑"。④ 话说的有些夸张戏谑，但的确再现了巴比特的操劳，且操劳已经融入了他的血液，根深蒂固。这就

① ［英］海默尔：《日常生活与文化理论导论》，王志宏译，北京：商务印书馆，2008年，第211页。
② ［英］海默尔：《日常生活与文化理论导论》，王志宏译，北京：商务印书馆，2008年，第16页。
③ ［美］刘易斯：《巴比特》，王永年译，北京：作家出版社，2006年，第122页。
④ ［美］刘易斯：《巴比特》，王永年译，北京：作家出版社，2006年，第40页。

是为什么巴比特不在办公室时经常会感到不适应，同样的道理巴比特外出旅行时也显示出无比的焦虑与心不在焉。毫无疑问，他的日常工作，就像一个幽灵一样总占据着巴比特的内心，拿着一个鞭子，催打着他，让他一刻也难以安定。现代日常生活的快节奏，就是这样由工作引发，逐渐渗透进日常生活的每一个角落，甚至是极其隐私的家庭生活之中。要想像古典时期牧歌般的悠闲与浪漫，就必须要打断现代生活的紧张忙碌的惯性。这就是巴比特一心要做的事情。

突围表演

　　巴比特对日常生活的单调枯燥深恶痛绝，内心不时滋生一种逆反的冲动，试图冲破日常的樊篱。他并不是一个浑浑噩噩的人，对生活有着较为清醒的意识，对自己的处境也非常清楚。他知道日常生活在压抑着他，也希望有所改变来解放自己。小说其实写的就是巴比特突破日常生活惯性最终失败的历程。某种意义上，小说展现的是一个饱受日常生活所苦的现代人士的突围表演。

　　第一次突围：巴比特与好友保罗相约先行到缅因州，而让双方家属数周后赶到。在他与保罗单独在一起的日子里，暂时摆脱了日常事务，身心得到了一定程度的休憩。但由于他仍牵挂着泽尼斯的事务所，因而心情时好时坏。在回家的路上，巴比特确信自己变了一个人，变得平静了。他打算不再在生意上多烦心，也计划扩大他的兴趣面——戏剧、公众事务、阅读等等。此后一段时间，他的确有意识地投入到工作以外的一些娱乐活动中去了。可是好景不长，因为他进入了他一生中最为繁忙的一年。他在州房联大会上的演讲使他脱颖而出，不断地参加聚会、宴饮，声名日上，最终成了促进者俱乐部的副主席。可正在他个人名望如日中天的时候，保罗因枪杀妻子而锒铛入狱。这一消息让巴比特一下子失去了生活的兴趣，因为他"发现少了保罗，他面前的世界失去了意义"。①

　　第二次突围在妻子带小女儿到亲戚家之后。他内心的反叛渴望逐渐

---

① ［美］刘易斯：《巴比特》，王永年译，北京：作家出版社，2006年，第217页。

抬头。独自一个人的时候，他坐卧不安，有一种模模糊糊的要求，想找一些比看报纸、连环画更有意思的消遣。他开始反省自己的生活，觉得自己使劲挣钱却没有获得乐趣。他不知道他究竟要什么，财富、社会地位、旅游、佣人，这些都不是主要的。他内心明白，他要的是保罗的陪伴，他要的是有一个像梦中一再出现的"小仙女"那样的情人来抚慰他疲倦的灵魂。他忽然发现"他已经同一切正派、正经的事物作了惊人的决裂"。① 这一次，巴比特没有像以往那样，仅仅停留在口头，而是真的实施了他的反叛活动，尤其是在去监狱探望好友保罗之后，他感到自己身上一些东西仿佛已随保罗而去。他开始与自己曾经向往的女人调情。但他并没有找到梦中的情人，也没有获得乐趣，收获的只是苦恼和羞辱。尽管如此，他仍然相信，"某个地方肯定有一个并非不可能存在的女人，她理解他，器重他，能使他感到幸福"。②

第三次突围发生在他追女人无果而终之后。在一年前与保罗欢游缅因州的回忆的诱惑下，他借口去纽约谈生意而独自一人再次踏上去缅因州的旅途。故地重游，却没有了当日的欢乐。相反地，他却体验到了一生中从未有过的孤独。他忽然发现："他永远逃避不了泽尼斯，他的家庭和他的事务所，因为他的事务所和家庭、泽尼斯的每一条街道、泽尼斯的不安和幻想都深深印在他的脑海中了。"③

第四次突围是巴比特在罢工中的另类表现被误解之后，又渴望一个好女人能理解他的背景下发生的。这一次巴比特获得了前所未有的成功和乐趣，与朱迪克太太逐渐情投意合，并融入了她的那个生活圈子，过起了空前绝后的放纵生活。他决心再也不让任何人牵着鼻子走。然而好景不长，他再一次遭遇到了失败。他原来深处其中的环境，或者是他原来的生活惯性逼迫着他回归常道。在拒绝参加好公民同盟之后，巴比特备受冷落，事务所也遭遇到危机。就在此时，妻子患上急性阑尾炎，他看着苦痛的妻子，忽然良心发现：

---

① ［美］刘易斯：《巴比特》，王永年译，北京：作家出版社，2006 年，第 221 页。
② ［美］刘易斯：《巴比特》，王永年译，北京：作家出版社，2006 年，第 237 页。
③ ［美］刘易斯：《巴比特》，王永年译，北京：作家出版社，2006 年，第 243 页。

面对古老而压倒一切的现实、标准和传统的现实、病痛和死亡的威胁、漫漫长夜和婚姻生活的千丝万缕的牢固联系，曾经支配过他的全部愤懑和他跌打滚爬熬过来的精神危机一下子变得苍白无力、荒唐可笑了。他悄悄地回到她身边。……①

巴比特发誓要忠于妻子，忠于泽尼斯，忠于商业效率，忠于促进者俱乐部，忠于那帮"好人"的所有信念。于是他再次回归到了他曾经鄙弃的生活之中，再次将反叛意图埋在心底，他激烈地对自己说："我要按我自己的心愿处理和决定一切——等我退休之后。"② 在小说的结尾，巴比特意味深长地对触犯众怒的儿子说了一番话，读来让人颇感心痛：

嗯，那些人想威胁你，把你制服。让他们见鬼去吧！我支持你。你想干的话，就去工厂干吧。别被家里人吓倒。别被泽尼斯吓倒。也不要像我那样，自己被自己吓倒。好好干吧，老伙计！世界是你们的！③

从中我们感觉到巴比特对现实的不满，可是又无能为力，于是便将希望寄托到正值年轻的儿子特德身上。

综上所述，《巴比特》全书其实就是巴比特四次反叛经历的展开，之间穿插的是巴比特的日常事务。巴比特的反叛策略无非是希望自由自在地不被别人牵着鼻子走，但结果令人遗憾。纵观巴比特的突围表演，我们可能比较惋惜。但站在其家庭的立场上，我们又觉得巴比特的反叛有些不负责任。等到他"改邪归正"，我们为其妻子感到欣慰，可又为巴比特感到难过。通常情况下，我们总是把这种失败归因于资本主义制度。但巴比特的人生境遇却提醒人们，在批判资本主义社会制度的同时，也应看到强大的现代日常生活的惯性对人的自由的压抑。人皆有自由与浪漫的向往，然而在现代快节奏的日常生活的强大的惯性作用下，人又往往变得柔弱不堪无能为力。难道人真的是中国现代作家许地山笔

---

① ［美］刘易斯：《巴比特》，王永年译，北京：作家出版社，2006 年，第 306 页。
② ［美］刘易斯：《巴比特》，王永年译，北京：作家出版社，2006 年，第 319 页。
③ ［美］刘易斯：《巴比特》，王永年译，北京：作家出版社，2006 年，第 321 页。

下的"缀网劳蛛"吗？在日常生活的网中操劳着，永无尽头，毫无乐趣？《巴比特》将我们的眼光最后聚焦到一个问题上：我们究竟该如何正视日常生活，才能不让它过分地剥蚀我们原本自由的心怀？

挖掘日常生活的多重性

巴比特的主要问题何在？抛弃资本主义社会制度带来的异化因素不论，单就他本人而言，其实是一对矛盾冲突的产物，即现实日常生活的忙乱单调与其内心不时滋生的浪漫情怀之间的矛盾。表面上他整天忙这忙那，实际上内心一片茫然，因为他没有欢乐幸福的感觉。小说一开始出现在巴比特梦中的"小仙女"，其实就是一个隐喻，从弗洛伊德的视角来看，它暗示着巴比特内心所渴望的东西——现实中所没有的情感慰藉。

巴比特也不是没有妻子，可为什么还要渴望另外一个小仙女呢？这是因为现实中压抑的情感只有在梦中才能得到舒解。长期的夫妻生活已经渐渐产生审美疲劳，再加上巴比特太太的衰老、不讲究、唠叨、没有魅力，使得巴比特更加渴望寻找情感对象。小说一开始对巴比特太太的描写就相当细致，令人过目难忘：

> ……她已经习惯于婚后生活，一副主妇的样子，像贫血的
> 修女那样没有性别特征。她是个好女人，善良勤恳，但是也许
> 除了她十岁的小女儿婷卡以外，谁对她都没有兴趣，没有意识
> 到她是个大活人。[1]

有这样一位妻子，读者也许可以理解巴比特内心是如何的荒凉了。但是再风姿卓越的女人，也经不住岁月的风霜。巴比特在内心拥有一个"小仙女"，无可厚非，恰如白日梦一样也会给人带来些许的安慰，但如果因内心的渴望徒增对现实的失望甚至厌烦，进而冷漠地对待身边的人，就实属不该了。

巴比特对待日常生活中的人与事，有着极强的功利色彩，暴露出其

---

① ［美］刘易斯：《巴比特》，王永年译，北京：作家出版社，2006年，第5页。

商人的本色。这一点从他办公室成员的纷纷离去便可明白。他对属下缺少真正的关心和爱护。他与周围的其他人打交道也是如此，总是本着有利可图的原则，巴结高高在上的，冷落不如自己的。可想而知，一个如此势利之人，怎么可能从生活中获得真正的乐趣呢。生活原本就是一块画板，我们理应用爱与美去描绘。可是巴比特把生活仅仅当作谋生的手段或跳板。久而久之，自然会滋生诸多不良感受了。当巴比特厌烦生活之时，他一开始想到的是逃避生活，即一味地想脱离一直身处其中的生活，尤其是繁琐单调的日常事务。

巴比特想通过逃避日常生活进而从中突围出来，注定会失败。因为任何人只要活着，就不可能脱离日常生活。日常生活是我们立身处世的最大平台。家庭、工作、休闲娱乐等等都是日常生活的组成部分。每一部分都不可缺少，都有着自己固有的美好，只要我们善于去发掘。罗丹不是说"世界不是缺少美而是缺少发现"吗？巴比特在家庭中得不到欢乐，就投入到工作之中。在工作中得不到欢乐，就想着旅游来逃避机械的生活。旅游也得不到欢乐，于是就在现实中追求梦中的小仙女，进而无视对家庭的责任而放纵生活。最终在妻子患病期间重归原来的生活。一切又回到起点。可是巴比特的问题仍然存在：他对日常生活的态度依然没有发生根本改变，他仍然在内心诅咒着，寄希望于退休之后再来反叛。

日常生活每天都在那儿等待着我们，正因此海德格尔在分析"此在"时才说："此在首先是常人，而且通常一直是常人。"[1] 所谓常人，就是整天沉浸于日常生活中的人，被闲言、好奇、功利心、不确定性所主宰着，随波逐流。处身日常生活中的我们都是常人，巴比特不过是我们中的一个代表而已。巴比特以自己失败的突围实践提醒我们：不要逃避日常，而应该在直面日常的基础上超越日常。

虽然日常生活总是给人单调枯燥，并且日以继夜地重复着，但这并不能证明日常生活就没有其他属性。超越日常首先意味着不要只看到日

---

[1]　[德] 海德格尔：《存在与时间》，陈嘉映、王庆节译，北京：生活·读书·新知三联书店，1999年，第151页。

常生活的功利性。日常生活除了功利性之外，还具有超越功利的审美性。这些审美性常常被匆匆忙忙的我们忽视了。1932 年，朱光潜在《谈美》的最后一篇中有一段话可谓金玉良言：

> 阿尔卑斯山谷中有一条大汽车路，两旁景物极美，路上插着一个标语牌劝告游人说"慢慢走，欣赏啊！"许多人在这车如流水马如龙的世界过，恰如在阿尔卑斯山谷中乘汽车兜风，匆匆忙忙地急驰而过，无暇一回首流连风景，于是这丰富华丽的世界便成为一个了无生趣的囚牢。这是一件多么可惋惜的事啊！①

我们已经知道，日常生活的惯性主要就产生于这种快节奏的可重复性，所以要想超越惯性作用，就必须在直面其负面影响的同时，放慢生活的步伐，努力发掘日常生活的美、趣、味，也就是最大限度地发掘日常生活中的多重性。只要我们投入激情和爱心并努力创新发展，无论家庭生活还是办公室生涯，完全可以在单调的旷野中开辟出一片绿洲。巴比特上班之时不也是欣赏到了春天的风景了吗？可惜很快就被办公室的沉闷气息所吞没。正是巴比特本人的冷淡和冷漠，造成了家庭不和睦，造成了办公室成员关系紧张，致使争吵和人员流失，从而更添烦恼。如果他能改变生活态度，善待身边的人和事，也许日子就会另有一番滋味了。梭罗说："每一个人都是一座圣庙的建筑师。"② 就是说，我们每个人都应该把自己建造成一个拥有一些神性的人。纪伯伦则说："你的日常生活，就是你的殿宇，你的宗教。"③ 纪伯伦从宗教的角度，指出了日常生活在个人修养中的重要性。如此说来，我们也可以将日常生活作为修炼的场所。

《巴比特》让我们明白：现代人的日常生活是单调、平庸、枯燥、机械式的生活，它像大山一样压抑着长期处于其中的人们，致使他们无

---

① 朱光潜：《谈美》，合肥：安徽教育出版社，1997 年，第 152 页。
② ［美］梭罗：《瓦尔登湖》，徐迟译，长春：吉林人民出版社，1997 年，第 209 页。
③ ［黎巴嫩］纪伯伦：《纪伯伦散文诗全集》，伊宏编，杭州：浙江文艺出版社，1993 年，第 299 页。

法控制自己的身心，进而生出焦虑、心不在焉。但是我们又不能脱离日常生活，我们首先必须要甘于平常，默默忍受惯性的压力和剥蚀，因为日常生活是我们在世的存身方式。无路可逃的现代人唯有直面其固有的负面作用，然后不断发掘日常生活本身拥有却被我们忽略的多重意味，或者通过不定期的短暂的"审美出游"来调整并休养紧张的心灵。此为《巴比特》对于现代人士的最大启示。

【延伸阅读】

1. 塞托《日常生活实践 1. 实践的艺术》：日常生活理论的代表作，为作者赢得世界声誉。

2. 海默尔《日常生活与文化理论导论》：关于日常生活理论的导论，述评了世界最著名的日常生活理论。

3. 池莉《烦恼人生》（1987）：沉浸在日常生活中的民众生态，无力又无助。

第三章　生活的艺术

【理论向导】

生活的艺术，并不是生活本身成为艺术，像历史上先锋派画家那样把生活等同于艺术。生活的艺术也不是任何一种具体的艺术形式。所有的艺术都是生活的艺术，因为生活是艺术的源泉。在生活诗学里，"生活的艺术"包含两层意思：一是如何生活才能通往幸福？二是生活如何才能像艺术一样？如果前者是生活的幸福化，那么后者则是生活的艺术化、审美化、诗意化。古希腊和罗马的哲学家们普遍关注的是前者。生活的艺术化、审美化、诗意化则是叔本华、尼采、海德格尔等西方哲学家给予我们的人生启迪。

哲学作为生活的艺术。姑且不论苏格拉底，在古罗马斯多葛主义者爱比克泰德那里，哲学的主题就是每个人自己的生活，哲学教给人的东西是一种如何对待生命的"生活艺术"，正如木工教给学徒的东西是如何处理木料一样。重要的不是抽象的"理论"，而是理论的使用和应用。他说："真正的哲学……是并且理当是对智慧的爱，是过一种优秀生活的艺术。"[①] 古希腊罗马哲学家这种把生活作为哲学的主题的思想深深地影响了后来许许多多的哲学家，尤其是叔本华和尼采。尼采说："哲学家的成果是他的生活（这种生活比他的著作还要重要）。他的生活就是他的艺术作品。"[②] 叔本华则认为："精神卓越的人首要关注的是

---

① ［古罗马］爱比克泰德：《生活的艺术：通往幸福、快乐和美德之路》，沈小钧译，天津：天津社会科学院出版社，2008年，第87页。
② ［德］尼采：《哲学与真理》，田立年译，上海：上海社会科学院出版社，1993年，第135页。

精神上的生活。随着他们对事物的洞察和认识持续地加深和增长，他们的生活获得了一种整体的统一；精神生活的境界稳步提升而变得完整、美满，就像一件逐步变得完美的艺术品。与这种精神生活相比，那种纯粹以追求个人自身安逸为目标的实际生活则显得可悲——这种生活增加的只是长度而不是深度。"① 当代美国哲学家舒斯特曼认为有两种哲学实践形式，一是"理论"的实践，它关注对世界一般的、体系的观点的明确表达或批评，一是"作为一种生活的艺术"。对于后一种哲学实践他说："哲学家通过将他的思想和行为以及他的心灵、身体和个人历史仔细雕琢为一个在审美上完整的整体，而努力将他的生活做成一件富有魅力的艺术作品。"②

将生活诗意化也是海德格尔的重要哲学主题。"人诗意地栖居在这片大地上"，海德格尔认为荷尔德林这句诗即揭示了栖居的本质，也批判了现实生活的非诗意性，表达了对人类未来栖居的理想。这句诗的真理性"以极不可名状的方式得到了证明。因为，一种栖居之所以能够是非诗意的，只是由于栖居本质上是诗意的"。③ 诗意地栖居并非要求人们都去做诗，而是要求人类吸纳作诗时所采取的尺度，在大地上筑造生活。当一个人以诗意的尺度筑造生活时，他就是在作诗，这里的"诗"不单是诗歌，而主要意味生活的诗化；当一个人能以诗意的尺度生活，他就是诗人，这不是说他是专写诗歌的人，而是说他拥有诗化的人生。④

警惕一种审美主义。爱美之心人皆有之，但我们务必要记住布迪厄的中肯批评："走向极端的唯美主义趋向一种道德的中立主义，离伦理学上的虚无主义不远了。"⑤ 纳博科夫也暗示了美感不应与道德感分离的思想："人性中道德感是义务，我们必须向灵魂付出美感。"⑥ 质言

---

① ［德］叔本华：《人生的智慧》，韦启昌译，上海：上海人民出版社，2001 年，第 32－33 页。

② ［美］舒斯特曼：《哲学实践》，彭锋等译，北京：北京大学出版社，2002 年，第 3 页。

③ ［德］海德格尔：《"……人诗意地栖居……"》，见孙周兴选编：《海德格尔选集》，上海：生活·读书·新知三联书店，1996 年，第 478 页。

④ 张公善：《批判与救赎：从存在美论到生活诗学》，合肥：安徽人民出版社，2006 年，第 53 页。

⑤ ［法］布迪厄：《艺术的法则》，北京：中央编译出版社，2001 年，第 128 页。

⑥ ［美］纳博科夫：《洛丽塔》，桂林：漓江出版社，2003 年，第 273 页。

之，人是伦理—审美的存在。真正的审美化的生活应该是：游戏与严肃相协，超脱与认真同在。正如朱光潜早在 1932 年的《谈美》中就提出"人生的艺术化"同时也意味着"人生的严肃主义"，他说："善于生活者对于世间一切，也拿艺术的口味去评判它……他不但能认真，而且能摆脱。在认真时见出他的严肃，在摆脱时见出他的豁达。……伟大的人生与伟大的艺术都要同时并有严肃与豁达之胜。"[1]

【作品研读】

审美出游：《伊豆的舞女》《梅雨之夕》

川端康成（1899—1972）日本著名新感觉派小说家。1968 年获诺贝尔文学奖。代表作：《伊豆的舞女》《雪国》《千只鹤》等。

施蛰存（1905—2003）中国现代著名作家、文学翻译家、学者。中国"新感觉派"的主要作家之一。代表作：《梅雨之夕》《鸠摩罗什》《将军底头》。

日常生活往往单调繁琐，日复一日，年复一年。无论何时何地，只要活着，就得遭遇日常生活：衣食住行，柴米油盐，生儿育女，还有各自的工作等等。日常生活中的烦恼永无尽头。在此，人就像古希腊神话中那个推着石头上山的西西弗斯，永远没有休息的时刻。不同之处在于西西弗斯是推着石头，而我们普通人是被日常生活推着。

为了克服庸常，日常生活中的人便有了五花八门的脱身之道：或在游戏娱乐中忘怀现实，或在艺术陶醉中流连忘返，或在酒精麻醉中尽情宣泄，或在宗教礼仪中经受灵魂的洗礼，甚至有人在吸毒纵欲中寻求感官刺激，借以逃避日常生活的苦难。这也说明了张弛之道乃生活之道。谁都希望在紧张而琐屑的日常生活之外，另辟一片天地，来安顿疲倦的

---

① 朱光潜：《谈美》，合肥：安徽教育出版社，1997 年，第 149 页。

心灵，尤其是生活节奏越来越快，竞争压力越来越大的现代人，更应该在生活中找到其安心之所。

川端康成的《伊豆的舞女》（1926）与施蛰存的《梅雨之夕》（1929），写作年代较近，对于两篇小说的评论解读，可谓汗牛充栋，但将它们放在一起来比较，还很罕见。通过细读两部小说，我们发现了它们有一个共同的启示："审美出游"乃是超越庸常之妙法，也是日常生活的艺术化之道。下文我从三方面来分析其中的核心观念，关涉到三大问题：如何从日常生活之中超拔出来？从日常生活中走出来进入一个审美境地，我们如何深入？日常生活的审美化给予我们的终极意义何在？我用三个关键词来总领上述问题：欣赏、体悟和悲悯。

欣　赏

两篇小说所记之事，一言以蔽之，审美出游。虽然途径不一（一是外出旅行，一是下班回家），但是主人公皆由日常生活中走出来，并进入了一个全新的境界，在此日常功利色彩开始褪去，真善美的东西开始升起，最后仍旧回归其原来的日常生活。《伊》主人公因为日常生活的孤独苦闷而决定外出旅游，邂逅一群艺人，进而相伴而行，小说终结于坐船回归学校。《梅》则是一个公司职员下班回家，雨中漫步，遭遇一躲雨女子，然后主动打伞护送其回家，小说结束于他回到自己的家中。

在日常生活中，芸芸众生大都为生活所迫，行色匆匆，难以静心打量身边的世界。可是一旦我们能够突然将现实的功利置之一旁，而开始旁观自己置身其中的生活世界，这时，那些平日司空见惯的东西便向你绽放出异样的光芒。你会发现，生活就是一页页随日子流逝而翻过去的大书。每一页便是一天，而每一天，我们的生活之书都充满着无数的人与物。我们往往被淹没在熙熙攘攘的人流之中，或埋没于光怪陆离的物品之中。所有的这些人与物似乎都与我们无关，每个人自己过着自己的生活。然而，上述两部小说告诉我们：其实在繁琐枯燥的生活中，只要换一种心态，以一种闲适而非急迫的心情，你就会对外在人与物进行欣赏而非单纯的观看了。

《梅》中的"我"与众不同，"喜欢在滴沥的雨声中撑着伞回去"，因为其中有很大的乐趣。"尤其是在傍晚时分，街灯初上，沿着人行路用一些暂时安逸的心境去看看都市的雨景，虽然拖泥带水，也不失为一种自己底娱乐。"此时此刻，街上的行人"纷纷乱窜乱避"，而"我"独享"雨中闲行的滋味"。"大街上浩浩荡荡地降着雨，真是一个伟观……"灯影婆娑，一切都被雨幕遮得模糊起来。"我"且行且看，"雨中的北四川路，觉得朦胧的颇有些诗意"。① 而真正让"我"进入一个新的世界的入口，便是对电车上走下来的乘客的观照。下来了五个人，第五个是一位姑娘，一位美丽的少女。当"我"将眼光聚焦到这个美的对象之上的时候，"我"已经进入了一个与日常生活完全不同的审美世界。她的些许表情以及言行的变化都牵动着"我"的心理变化。《梅》历来为人称道之处便在于：小说把护送少女回家途中的主人公的心理波澜生动而完整细致地呈现在读者面前。

《伊》则是以一个 20 岁少年的眼光打量世界的，因而读来纯粹质朴，一种心灵被提升被净化的感觉自始至终萦绕心间。他眼中的景物无不表现得富有人情味和诗意，似乎是他心情的象征物，随着他的内心情绪的变化而改变着模样。他眼中的人物真实朴素，不加修饰，尤其是对小舞女的凝神观照更是让读者津津乐道。小说中对小舞女的端详主要有以下几处：第一部分天城山顶茶馆中、第二部分汤野客栈舞女倒水时、第三部分公共浴场、第四部分下五子棋以及读书时、第五部分同行到山顶过程中、第七部分送别时。这些描写都细致入微，像一扇扇窗口，从中我们可以看到小舞女的天真、善良和美丽，同时也感受到了舞女内心的情感悸动。从欣赏对象的描写中，往往折射出审美者的心灵世界，因为主客体在美的欣赏中逐渐融为一体，此为"移情说"的核心。兹举一例，小说中公共浴场对裸体舞女的欣赏：

　　一个裸体女子突然从昏暗的浴场里首跑了出来，站在更衣
处伸展出去的地方，做出一副要向河岸下方跳去的姿势。她赤
条条的一丝不挂，伸展双臂，喊叫着什么。她，就是那舞女。

① 施蛰存：《梅雨之夕》，见严家炎编选：《新感觉派小说选》，北京：人民文学出版社，2009 年，第 17 - 19 页。

洁白的裸体，修长的双腿，站在那里宛如一株小梧桐。我看到
这幅景象，仿佛有一股清泉荡涤着我的心。我深深地吁了一口
气，扑哧一声笑了。她还是个孩子呐。她发现我们，满心喜
悦，就这么赤裸裸地跑到日光底下，踮起足尖，伸直了身躯。
她还是个孩子呐。我更快活、兴奋，又嘻嘻地笑了起来。脑子
清晰得好像被冲刷过一样。脸上始终漾出微笑的影子。①

朱光潜说得好："美的欣赏极似'柏拉图式的恋爱'。"② 无论是舞
女还是少年，这段文字都可以透视出他们的纯洁无瑕。要是让我们现在
的一些作家来写上述文字，读起来肯定会色情烂漫，充满感官刺激。然
而在川端康成的笔下，美好的裸体却让人心无杂念纯洁如玉。由此我们明
白了真正的美决不会刺激人占有，而只会邀请你欣赏，并进而让你珍惜美
好的东西，因为与美好东西的倾心交流也会引发审美者内心的美好情愫。

舞女的美丽、善良、单纯深深地感染了"我"，使得"我"看世界
的眼光也变了，眼前的风景也越发美好而多情起来，似乎像人一样。小
说中最能揭示"我"的心理变化的便是散见于文中的零星景物描写。
小说一开始，人与景似乎还是隔了一层，景色只是泛泛而写："重叠的
山峦，原始的森林，深邃的幽谷，一派秋色，实在让人目不暇接。"③
景色都是"我"漫不经心地打量，无暇细看，因为心里急着要追上那
群艺人。从第二部分开始，与艺人伴行中的景物描写就有些不同了，
声、色、形都有了，具体而又形象生动，且寄寓着情感。在隧道口：
"山路从隧道出口开始，沿着崖边围上了一道刷成白色的栏杆，像一道
闪电似的伸延过去。极目展望，山麓如同一副模型，从这里可以窥见艺
人们的倩影。"④ 这段景色描写表明"我"在舞女身边，已经可以静心

---

① ［日］川端康成：《伊豆的舞女》，叶渭渠译，见丁帆主编：《新编大学语文》，北京：
外语教学与研究出版社，2005 年，第 170－171 页。

② 朱光潜：《谈美》，合肥：安徽教育出版社，1997 年，第 74 页。

③ ［日］川端康成：《伊豆的舞女》，叶渭渠译，见丁帆主编：《新编大学语文》，北京：
外语教学与研究出版社，2005 年，第 166 页。

④ ［日］川端康成：《伊豆的舞女》，叶渭渠译，见丁帆主编：《新编大学语文》，北京：
外语教学与研究出版社，2005 年，第 168 页。

地细赏风景了。在汤野客栈："黄昏时分，下了一场暴雨。巍巍群山染上了一层白花花的颜色。远近层次已分不清了。前面的小河，眼看着变得混浊，成为黄汤了。流水声更响了。"① 这段景色衬托了少年内心的混乱与烦躁。"雨停了，月亮出来了。雨水冲洗过的秋夜，分外皎洁，银亮银亮的。""南伊豆是小阳春天气，一尘不染，晶莹透明，实在美极了。在浴池下方的上涨的小河，承受着暖融融的阳光。"② 上述两处景物描写则很好地对下文写公共浴场舞女裸体描写作了铺垫，表明在少年的周围一切都是如此的澄明美好。

纵观全文，《伊》中的少年自始至终都在"看"，在观照，在欣赏。可以说少年的这次旅行本身就是一件不断展开的艺术品，随着少年的眼光，我们领略到了其中的人和景的美好。如果人生可以比作一段旅程，那么我们也应该学习这位少年，像朱光潜曾经提醒我们的那样："慢慢走，欣赏啊！"

体 验

欣赏主要依赖眼睛、耳朵等感觉器官，是对外在的人与物的全方位观摩。欣赏时心理活动当然也积极配合，但主要还停留在浅层与表面。要真正深入对象的核心，还需要欣赏者用心去体验，不仅从自己的立场，还要站在对象视角看问题。

如果说欣赏时，主体与客体还有着一段距离——心理距离，那么体验的时候，主客体则是融为一体，客体"他者"成了另一个主体"我"。或者说，欣赏者"我"因为沉浸到审美对象之中而消失了。《伊》通过与流浪艺人结伴而行，少年在欣赏人与景的同时，也逐渐体验到了人世间的情谊以及谋生的艰难。同时，川端康成也在字里行间让读者自己去体验上述情感。尤其是在舞女身上，"我"和读者都能体验到一种至真至纯的美和朦胧的恋情，而更让"我"感动的则是一种前

---

① ［日］川端康成：《伊豆的舞女》，叶渭渠译，见丁帆主编：《新编大学语文》，北京：外语教学与研究出版社，2005 年，第 170 页。
② ［日］川端康成：《伊豆的舞女》，叶渭渠译，见丁帆主编：《新编大学语文》，北京：外语教学与研究出版社，2005 年，第 170 页。

所未有的人间温情。当听到舞女说"我"是个好人时，作者写道：

> 这言谈纯真坦率，很有余韵。这是天真地倾吐情感的声音。连我本人也朴实地感觉到自己是个好人。我心情舒畅，抬眼望了望明亮的群山。眼睑微微作痛。我已经二十岁了，再三严格自省，自己的性格被孤儿的气质扭曲了。我忍受不了那种令人窒息的忧郁，才到伊豆来旅行的。因此，有人根据社会上一般看法，认为我是个好人，我真是感激不尽。山峦明亮起来，已经快到下田海滨了。我挥动着刚才那根竹子，斩断了不少秋草尖。①

一句好评，竟然引发如此感慨。可以想见，"我"以前是个多么孤独而又忧郁的人。更有甚者，它不是一般人的好评，而是"笑起来像一朵鲜花"一样纯洁无瑕的舞女的好评，这就更加让人感到美好而纯粹。正是上述人世间最纯洁的情感温暖了"我"冰冷的心，使得"我"的世界骤然光明灿烂，内心也兴奋不已，以至于手之舞之。

"生活是一连串的体验，就像用线连成一串的珠子。"② 在这群艺人身上，"我"也体验到了人与人之间的情谊。他们相依为命，旅途上也显得无忧无虑悠闲自得，"一缕骨肉之情把她们联结在一起"。随着"我"和艺人的相熟，"我"仿佛忘记了他们是巡回艺人之类的人，既没有好奇心，也不加轻视，"这种不寻常的好意，似乎深深渗进了他们的心。不觉间，我已决定到大岛她们的家去。"而他们也彼此商量着让"我"住在哪里，俨然老朋友似的。

不仅如此，与这群艺人相伴的日子里，"我"也体会到人世间谋生的艰难和辛酸。天城山顶老婆子对艺人的歧视、鸟商对舞女的图谋不轨、沿途村庄入口处的禁止艺人进村的标牌等等，这些都让我们感受到艺人们所遭受到的不公正。而只要想到荣吉老婆两次流产的遭遇，我们

---

① ［日］川端康成：《伊豆的舞女》，叶渭渠译，见丁帆主编：《新编大学语文》，北京：外语教学与研究出版社，2005 年，第 177 页。

② ［美］爱默生：《自然沉思录》，博凡译，上海：上海社会科学院出版社，1993 年，第 203 页。

就更加对这群疲于奔命的流浪艺人感到心痛不已。

《梅》中的"我"更是通过设身处地的联想，从少女身上体验到了丰富复杂的内心活动。而这些情绪的波动正是进入审美王国的标志。"我"是一个能够将自己从日常生活超拔出来，并能旁观世界自得其乐的人。他一开始只是冷静地观察着那个没有带雨伞的少女。可看到她的烦恼和焦急，就没有继续回家，而是和她靠近。"面前有一个美的对象，而又是在一重困难之中，孤寂地只身呆立着望着这永远地，永远地垂下来的梅雨，只为了这些缘故，我不自觉地移动了脚步站在她旁边了。"①"我"好像是在陪着她等人力车，可是十分钟过去，雨仍在下，车儿也没有踪影。她依然焦灼地站着。"我有一个残忍的好奇心，如她这样的在一重困难中，我要看她终于如何处理她自己。看着她这样窘急，怜悯和旁观的心理在我身中各占了一半。"② 最终"我"将伞分一半给她。此后，"我"打着伞护送着她，心潮起伏不定，怕人看见。当发现她很像初恋女友时又兴奋不已，然后是小心探询……一会儿是自己的心思，一会儿是揣摩她的心思，而"我"的心思则应和着她的言行举止。可以说此时此刻，"我"与她已经在这个奇遇中融合在一起，"我"思量着她以及她的心思，而她也同样在琢磨着"我"的内心世界。

《伊》中有叙述者"我"的体验，有作者的体验，更在字里行间包涵着读者的体验，而且体验的内容不仅是儿女情长，更有人间温情和骨肉之情，以及世态炎凉中所凝聚的人生百味。相比之下，《梅》虽然把人物的心理过程写的曲折而有波澜，但主要涉及的体验较单一，儿女情长占主导，乐趣和艳遇的分量太重，并不能引领读者体验到更广博的生活世界。

如果生活是一门艺术，那么欣赏更关注生活的形式，而体验则关涉到生活的内容。但正如形式与内容密不可分一样，欣赏和体验也是相辅相成。伟大的艺术呈现全部的生活，既有真善美，也有假恶丑，但其目的

---

① 施蛰存：《梅雨之夕》，见严家炎编选：《新感觉派小说选》，北京：人民文学出版社，2009 年，第 20 页。

② 施蛰存：《梅雨之夕》，见严家炎编选：《新感觉派小说选》，北京：人民文学出版社，2009 年，第 21 – 22 页。

却是使读者求真向善爱美。因此，如果生活是艺术，那么体验的精粹即在于：在自己的心中播下火种，让人珍爱生命，积极生活，进而感悟存在。

悲　悯

《伊》让"我"从日常生活中走出来，与艺人相伴，使自己的生活充满了情趣。其实这部小说是川端康成根据自己的亲身经历写成的。作者将自己的一次旅游经历，用文字变成了艺术，为全世界文学爱好者所喜欢。川端康成的一次审美出游，造就了《伊》。而在《伊》这部小说中，读者可以清晰地了解这次审美出游的全过程。读罢小说，我们内心有种莫名的感动和宽广纯净的感觉。何以如此？因为我们随同少年一道经历了一次审美的净化。

主人公本来就是一个富有同情心的人，天城山顶，尽管老婆子说着轻蔑流浪艺人的话，但他还是在临走时给了生病的老爷子五角钱；与艺人分别前，给了荣吉一个纸包，装了很少的一点钱，要他买些花在忌辰那天上供；在船上，爽快地答应照料一位老婆婆回东京。但最能体现主人公的内心有所改变的是在小说的最后两段：

> 我不知道海面什么时候昏沉下来。网代和热海已经耀着灯光。我的肌肤感到一股凉意，肚子也有点饿了。少年给我打开竹叶包的食物。我忘了这是人家的东西，把紫菜饭团抓起来就吃。吃罢，钻进了少年学生的斗篷里，产生了一股美好而又空虚的情绪，无论别人多么亲切地对待我，我都非常自然地接受了。明早我将带着老婆子到山野站去买前往水户的车票，这也是完全应该做的。我感到一切的一切都融为一体了。

> 船舱里的煤油灯熄灭了。船上的生鱼味变得更加浓重。在黑暗中，少年的体温温暖着我。我任凭泪泉涌流。我的头脑恍如变成了一池清水，一滴滴溢了出来，后来什么都没有留下，顿时觉得舒畅了。①

---

① ［日］川端康成：《伊豆的舞女》，叶渭渠译，见丁帆主编：《新编大学语文》，北京：外语教学与研究出版社，2005 年，第 179－180 页。

上述两段文字可以视作审美出游向现实世界的回归。从沉浸在回忆之中，没有时间，没有感觉，到一切都恢复过来。但已经不是原来的旅行之前的"我"了。这番伊豆之行，"我"的心灵得到一次美的熏陶，进而感到自己与周围的人和自然融为一体，相互亲近，相互取暖。这里面有两点需要注意：一是审美出游的结束，心理距离也随之再次出现。现实世界光与影，声与色，给人恍如隔世之感。二是这次旅行可谓一次灵魂新生之旅。美好的东西激起美好的向往。与美的遭遇交流，也使得主人公内心更加澄明纯净，遂有悲天悯人的博爱之心。

《伊》形象地把一个忧郁的少年的心灵成长过程揭示了出来，其中的关键因素便是美的化身的舞女。因为她，"我"开始转变了看待人世的态度，变得胸怀宽广，心存慈悲。《梅》与朱自清的《荷塘月色》也有异曲同工之美，都可谓知识分子的一次审美出游，但主人公的心胸似乎并没有受到感染而转变，仿佛只是灵魂的一次短暂的休憩，只是对琐屑的日常生活的一次逃避。以此观之，同是审美出游，《伊》就比《梅》与《荷塘月色》的内涵丰富，而且思想的境界也更高。同样可比做知识分子的白日梦，但梦与梦是不一样的，《梅》与《荷塘月色》的梦只是现实生活的减压阀，而《伊》的梦则是现实生活的兴奋剂，因为醒后会更有激情地去生活。

古人云："闲看庭前花开花落，漫随天外云卷云舒。"虽然闲适，但过于冷静旁观。日常生活虽然单调繁琐，却是每个人存于世界的处身方式，谁也无法解脱出来。佛教主张灭苦戒欲，来超脱此世进入彼岸世界。可是一个人没有了日常生活的酸甜苦辣，活着又有多少意思呢？审美出游并非让人出世，而是让人在短暂的休憩之后，更加积极地入世。因此，审美出游本质上就是：日常生活中的人们以一种超脱的眼光，开始旁观进而欣赏这个世界，体验其中芸芸众生与万事万物之中所蕴涵的真善美，而一旦我们这样做了，我们也许就会如同《伊》中的少年一样忽然变得博爱起来。

【延伸阅读】

1. **爱比克泰德《生活的艺术》**：古罗马著名斯多葛派哲学家的人生

宝典。通往幸福、快乐和美德之路。

2. **沈从文《边城》**（1934）：环境的诗意和人情的美好并没有带来个体切实的美好生活。河流就是历史。渡口就是关口。主题是重建灵魂、重建生活！

3. **汪曾祺《受戒》**（1980）：以美丽之光烛照复杂的世界。主题是活着的美丽。

第四章　生活的复杂

【理论向导】

单纯与复杂。"生活表现给我们的是一个在时间上不断演进，在空间上不断复杂化的过程。"[①] 生活会随着我们的长大，而变得越来越复杂起来。其实变化的不是生活，而是我们每个人的心，因为我们不再拥有一颗像《小王子》中那位小王子一样的童真之心。能够在复杂纷纭的世界之中永葆一颗单纯的心灵，是一件普通却又是那么难得的事情。普通是因为这其实是我们与生俱来的一种心灵状态。难得是因为长大成人后，为了生存，人心变得复杂而功利，单纯已经是很多人可望而不即的品质了。单纯也往往不被理解甚至遭人嘲笑，这委实是可悲的事情。

生活的复杂性与世界的复杂性。随着现代物理学对世界复杂性的认识，人们对自身历史以及世界、宇宙的传统观念被打破，越来越多的人陷入一种精神危机。"如果人类要想真正掌握自己的命运，就必须克服全球精神危机。这种自我控制命运的起点必须是人们意识到，无论是在客观上还是主观上，社会生活都太错综复杂，不能周期性地按照乌托邦的蓝图重新设计。认为所谓客观真理确定无疑的现代教条主义必须让位于这种认识：不确定性是人类状况的内在属性。"[②] 前哈佛大学校长，美国著名教育家博克从教育的角度指出："作为一个受过教育的人，重要的是必须理解人类存在的基本问题所涉及的各种复杂性，并应该用最

---

① ［法］伯格森：《笑与滑稽》，乐爱国译，广州：广东人民出版社，2000 年，第 63 页。
② ［美］布热津斯基：《大失控与大混乱》，潘嘉玢、刘瑞祥译，北京：中国社会科学出版社，1995 年，第 245 页。

清醒的意识去看待生命。"①

全面认识生活的复杂与荒谬。生活的复杂给人的最大感受也许就是生活并不受我们的控制,事与愿违是常事。生活的复杂还在于对生活中的有些人与事,我们不可理解。此外生活的复杂还在于生活中偶然性的因素经常令人措手不及。这些不受控制性、不能理解性、偶然性以及其他一些因素,使得生活常常表现为荒谬的悲剧。对生活荒谬性的认识,最有影响的当属法国存在主义哲学家加缪。对于加缪,生活就是一种荒谬。"生活着,就是使荒谬生活着。而要使荒谬生活,首先就要正视它……反抗是人与其固有暧昧性之间连续不断的较量。它是对一种不可能实现的透明性的追求。它每时每刻都要对世界发出疑问。……反抗就是人不断的自我面呈。它不是向往,而是无希望地存在着。这种反抗实际上不过是确信命运是一种彻底的惨败,而不是应与命运相随的屈从。"② 这段话集中体现了加缪的生活观,其关键词是荒谬和反抗。加缪生活观核心有二:一是清醒地意识到生活的荒谬性和生活的无意义性。二是积极投入生活与创造,尽管这是没有希望的生活,这是"不思未来的创造"。"荒谬的人知道,他是自己生活的主人。在这微妙的时刻,人回归到自己的生活之中",荒谬的人绝不自杀,相反,他认为"关键在于活着"。③

我们不能同意加缪对世界本质的认识。虽然生活中存在荒谬的现象,但不能就此认为生活即荒谬,因为生活中同时也存在着真善美的东西。如果说荒谬是生活中的灰尘,玷污了我们的眼睛,那么真善美则是生活的阳光,温暖着我们的心灵。加缪思想中珍爱生命不计后果地投入生活的信念非常值得我们借鉴。我们长期以来接受"种瓜得瓜种豆得豆"的乐观主义教育,认为"一分耕耘一分收获",凡是付出就肯定有实在性的收获,但现实往往事与愿违。对生活复杂性的清醒认识,会促使我们以超脱的心态去为理想积极拼搏,即便失败也能坦然接受。只要

---

① [美]博克:《走出象牙塔——现代大学的社会责任》,徐小洲、陈军译,杭州:浙江教育出版社,2001 年,第 149 页。

② [法]加缪:《西西弗的神话》,北京:西苑出版社,2003 年,第 62 - 63 页。

③ [法]加缪:《西西弗的神话》,北京:西苑出版社,2003 年,第 135、146、57 页。

奋斗过，失败也是成功。胜利者赢得鲜花和掌声，失败者则收获经验与教训。

生活的复杂也是生活的魅力所在。复杂所表现出的不可控制性、不可确定性、偶然性等等给了生活无穷的开放空间。P. 舒茨说："存在着不可支配的东西。我们被它围浸着。与不可支配的东西纠缠是这片大地上人的生存的动因。"① 爱默生也说："生活本来是由一个接一个的意想不到的事件组成的，如果它不是这样的话，那么它就不值得我们去体验。"② 所以我们一定要明白，尽管我们生活着，但生活并不是一帆风顺，生活中有些东西是我们所不可支配的，生活充满着偶然性。种瓜不一定得瓜，耕耘也不一定收获。加缪教导我们，要学会在荒谬性中积极生活，尽管结果可能会令人悲观！

复杂思维是应对生活复杂性的有效武器。复杂思维也就是杜绝单一的思维模式，在此意义上一元二元多元都有存在的意义。也许正因为如此，埃德加·莫兰才说："复杂思维没有方法论，但是它可以有它的方法。"一元思维可以把握复杂事物的主导特征。二元思维可以把握事物内部互为矛盾对立的因素之间的互相联系和转化。多元思维可以把握复杂事物内部各因素之间及与外部另外复杂事物之间的关系。复杂思维是一种真正开放的复调思维，不仅要求我们具体问题具体分析，具体采用思维方式，而且还要求我们能同别人互相交流平等对话。"复杂性的方法要求我们在思维时永远不要使概念封闭起来，要粉碎封闭的疆界，在被分割的东西之间重建联系，努力掌握多方面性，考虑到特殊性、地点、时间，又永不忘记其整合作用的总体。"③ 生活世界是复杂的，思想更是复杂的。任何一种思维方法都有自己的阿喀琉斯之踵，任何一个人都有自己的思想的盲点，除了让思维方法之间互相渗透，让人与人的思想互相开诚布公地对话，从不同视角循环往复地思想，我们别无他途。

① ［瑞］奥特：《不可言说的言说》，北京：生活·读书·新知三联书店，1994年，第95页。
② ［美］爱默生：《自然沉思录》，上海：上海社会科学院出版社，1993年，第218页。
③ ［法］莫兰：《复杂思想：自觉的科学》，北京：北京大学出版社，2001年，第151页。

【作品研读】

全欲生活：《背德者》《浪子归来》

安德烈·纪德（1869—1951）法国著名作家。保护同性恋权益代表。1947 年获诺贝尔文学奖。代表作：小说《田园交响曲》《背德者》《伪币制造者》，散文诗集《人间食粮》。

20 世纪世界文学史上，安德烈·纪德是一位"令诺贝尔文学奖评委会迷惑的作家"。据翻译家李玉民所言，纪德在法国 20 世纪作家当中"最活跃、最独特、最重要、最容易引起非议、最喜欢颠覆，从而也最难捉摸"。[①] 通览他那些经典代表作，诸如散文诗《人间食粮》《新食粮》，小说"三部曲"《背德者》《田园交响曲》《窄门》，以及《浪子归来》和《伪币制造者》，我们体会到纪德的伟大意义在于：他是复杂生活的坚定书写者、倡导者和实践者。

作为生活在现当代转折时期的西方人，纪德对人类社会，尤其是以欧洲文明为主导的西方文明的痼疾有着清醒的认识，其集中体现便是理性中心主义（逻各斯中心主义）。以理性为中心的生活，讲究逻辑推理，追求思想深刻，呈现出理论化的倾向。为此，纪德倡导一种感性化的生活，它以感官为核心，旨在复苏人身上的感官，让人身上所有的本能都享有满足的权利。众所周知，源于自然属性的需要充满着每个人的内心，只是因为社会伦理道德的约束，有些本能需要无法得到满足。与弗洛伊德压抑论不同，纪德倡导解放说，让人的感官摆脱一切压抑，自由地享受大地所贡献的一切食粮。一言以蔽之，纪德的生活伦理学要义即是：反对一切束缚，经验一切生活。接下来，我结合纪德代表性的两篇小说《背德者》和《浪子归来》，来具体阐释这种李玉民所称的"全欲生活"以及它的意义和问题。

---

① ［法］纪德：《田园交响曲》，李玉民译，北京：作家出版社，2006 年，第 4 页。

生活在感官中

对于纪德而言，任何评论都会显得苍白，因为他的文字就像万花筒一样，从一个中心望去，世界无限繁杂，你关注了这个，就丢了那个。在此我也只想把他的心灵世界的中心描绘出来，而对那些纷繁的思想，只得留给高人了。

纪德的作品给人印象最为深刻的一点就是：生活在感官之中。这也是纪德给予现代人的最大启示之一。我们知道，每个人身上的感官，都是拥有无限潜能的接收器，可是随着文明的进程，有些感官似乎越来越不灵敏了，或者说，人类进入高度文明化的社会，人类的很多感官反而越来越迟钝。比如有声电影的出现，反而使得演员的面部表现能力大大衰弱。同样的，在现代社会我们越来越发现：我们的眼睛不会看了，或者不愿意去看了，我们的耳朵也很少去倾听了，我们的味觉也因过多的刺激而麻痹不堪，我们的触觉因与事物的脱离而退化……症结所在，就是人正在越来越远离大自然，远离实实在在的人与物，越来越堕入一个一切都被设计好的世界里。如今，情况更加令人担忧，随着电脑科技的发达，一种脱离生活经验的数字化虚拟生活甚嚣尘上。

纪德认为人的每一种感官都有获得满足进而快乐的权利，他告诫我们要抛弃一切阻止感官快乐的东西，甚至是伦理道德。由此，他颠覆了笛卡尔"我思故我在"的观念，转而坚信"我感知，因此我存在"。[①]这种以感官为核心的生活，或可谓"感官生活"，其主要特征是什么呢？我们可以从时间和空间两大维度来说明：

首先从时间上看，感官生活切断与过去的联系，而放大当下瞬间，强调通向未来的可能性。纪德认为历史也不可靠，过去会奴役人，回忆只能让人停步不前。所以人应该紧紧抓住当下的瞬间，体验瞬间的快乐。纪德的作品中充斥着对当下感受的细致描摹，让人身临其境流连忘返。他欣赏的人如同一只灵敏的苍鹰，一有风吹草动，就会凌空而起，

---

① ［法］纪德：《新食粮》，见《田园交响曲》，李玉民译，北京：作家出版社，2006年，第245页。

而其食物也就是大自然中一切美好的人和物所带来的快乐感受。他对人的欣赏，对物的关注，就好像是拿着放大镜似的，而他对人与物的感性抒写又是那样的有魔力，致使读者的各种感官往往都情不自禁地随着他的文字而活跃起来。毫无疑问，纪德的文字有一种召唤的诱惑：唤醒读者沉睡的感官，邀其投入到大自然的怀抱中去感受无限的欢乐。请看《背德者》中男主人公感官苏醒之时的一段描写：

> 我走进树荫覆盖的园中，顿觉心旷神怡。满天通亮。金合欢树芳香四溢，这种树先开花后发叶；然而，有一种陌生的淡淡的香味，由四面八方飘来，好像从好几个感官沁入我的体内，令我精神抖擞。我的呼吸更加舒畅，步履更加轻松。树阴活动而稀薄，并不垂落下来，仿佛刚刚着地。啊，多么明亮！——我谛听着。听见什么啦？了无；一切；我玩味每一种天籁。——记得我远远望见一棵小树，觉得树皮是那么坚硬，不禁起身走过去摸摸，就像爱抚一样，从而感到心花怒放。……①

这段文字把一个原本生活在书本中的人，忽然感官苏醒时的兴奋之情表现得淋漓尽致。读者仿佛也能随着叙述者进入到一个崭新的世界，其中大自然的光影声色，无不在呼唤着我们的感官。

其次从空间来看，为了配合感官对新奇的不断渴求，因而感官生活极力向外拓展，结果便成了不断的旅行或流浪。他说："一旦环境变得与你相似，或者你变得像环境了，那么环境就对你不利了。你必须离开。"② 这就是为什么纪德的笔下主人公都喜欢旅行或流浪的原因。《背德者》与《浪子归来》非常具有代表性，前者具体写了两次旅行，后者则是浪子流浪回来之后的全家反应。在纪德眼里，"流浪生活就是放牧生活"，③ 它让生活更加丰富，更加强大有力。在此意义上，感官生

---

① ［法］纪德：《背德者》，见《田园交响曲》，李玉民译，北京：作家出版社，2006年，第22页。

② ［法］纪德：《人间食粮》，见《田园交响曲》，李玉民译，北京：作家出版社，2006年，第155页。

③ ［法］纪德：《人间食粮》，见《田园交响曲》，李玉民译，北京：作家出版社，2006年，第202页。

活就是不断地在不同的空间中与不同的人与物的遇合，而遇合也造就了生活中一个个不同的故事。

最后，在时空的转变中，在与不同的人与物的遇合中，感官生活便体现为一种"全欲"生活。"全欲"是译者李玉民的概括，可谓深得纪德精髓。① 但李玉民没有指出这种全欲生活的成因。从以上的分析中我们可以看出，导致全欲生活的原因其实就是感官在时空中与人和物的不断遇合。

纪德所倡导的上述全欲生活经常被人片面理解，最常见的误解有三个：一是认为纪德鼓吹欲望的满足。② 实际情况是，纪德坚持人的每种感官都有权利追求满足并获得快乐，但这并不意味着纪德否定人在快乐之外不需要其他的感受。其实在快乐之外，纪德也宣扬痛苦与悲伤对人的意义。他说过："我羡慕一切生活方式，看到别人无论干别的什么事，我都想自己也干去，听明白了，不是希望干过，而是去干，因为我很少怕苦怕累，认为苦和累是生活的教诲。"③ 在《新食粮》中纪德又说："我认为占有不如追求那么有价值，我也越来越喜欢焦渴而不是解渴，越来越向往快乐而不是享乐，越来越想无限扩展爱而不是得到满足。"④ 可见，纪德在乎的是追求的过程而不仅仅是结果的快乐。二是认为纪德鼓吹的生活是动物式的本能生活，因为动物也生活在当下并受到本能驱使。⑤ 的确，纪德所提倡的感官生活有动物本能生活的倾向，但却有本质区别。动物活在当下但不能反思；动物受本能驱使却无法超越本能的需要。而人却能对当下的感受进行回味并且有着清醒的意识，更有甚者，动物生活只是一种类生活，而纪德笔下的生活则富有个性。他认为

---

① ［法］纪德：《田园交响曲》，李玉民译，北京：作家出版社，2006 年，第 2 - 3 页。

② 在 1927 年版序言中，纪德就指出有些人只看到《人间食粮》"旨在歌颂欲望和本能"。《田园交响曲》，李玉民译，北京：作家出版社，2006 年，第 136 页。

③ ［法］纪德：《人间食粮》，见《田园交响曲》，李玉民译，北京：作家出版社，2006 年，第 165 页。

④ ［法］纪德：《新食粮》，见《田园交响曲》，李玉民译，北京：作家出版社，2006 年，第 254 页。

⑤ ［法］纪德：《新食粮》，见《田园交响曲》，李玉民译，北京：作家出版社，2006 年，第 267 页。

"凡是你感到自身独具、别处皆无的东西，才值得你眷恋。"① 可见，他把独特性作为生活的一大标志。三是认为纪德追求同性恋生活。纪德本人的确有同性恋行为。1893 年远游北非，为阿拉伯少年的英俊所吸引，纪德产生了同性恋行为。两年后，他旧地重游，结识了英国作家王尔德，深受影响并成了传统道德的叛逆者和人的自然本能的崇拜者。这些都是事实，但是在同性之外，纪德也另有所爱。他在《人间食粮》中说："我爱物胜过爱人，在人世上，我最爱的肯定不会是人类。"② 在《背德者》中我们既能看到男主人公有同性恋倾向，也看到他对妻子的爱情，而且看到更多是他对大自然一切新奇和美好东西的爱。可见，纪德所爱的是所有美好的东西，不仅是人还包括物。

总之，纪德倡导的生活不是许多人眼中很片面的那种生活——只顾及欲望的满足、只是动物般的本能生活、同性恋生活等等——他要张扬的是一种全欲生活：所有感官，所有欲望皆有满足并获得快乐的权利，而追求满足的过程中遭遇的所有感受都是值得的，都应当给予认可。

生活在复杂性中

"人类的心灵过于复杂了，要想把它禁锢在无论是任何一种生活的旋律或交响乐的固定调子里都是不可能的。在各种各样的领域里，心灵都在喧腾，就像磨坊里的流水舔蚀着堤坝。"③ "以艺术为喉舌的人类心灵是如此复杂，任何区别与分类都不免无聊虚妄。"④ 前一句是诗人叶赛林的经验之谈，后一句则是雕塑家罗丹的箴言。在人类进入现代社会以来，随着人类对世界复杂性的认识的增加，对复杂人性的探索也是空前深入。而艺术则担当着复杂人性的启蒙者角色。纵览世界文学史，纪德的作品可谓是对人性复杂性最全面的探索之一。

---

① ［法］纪德：《人间食粮》，见《田园交响曲》，李玉民译，北京：作家出版社，2006年，第 226 页。

② ［法］纪德：《人间食粮》，见《田园交响曲》，李玉民译，北京：作家出版社，2006年，第 153 页。

③ ［俄］叶赛宁：《玛丽亚的钥匙》，吴泽霖译，北京：东方出版社，2000 年，第 32 页。

④ ［法］罗丹述，葛赛尔著：《罗丹艺术论》，傅雷译，天津：天津社会科学院出版社，2006 年，第 107 页。

我们知道，理性生活讲究逻辑性。而感官生活根本上就是要摧毁逻辑在生活中的核心地位，代之以直接的感知经验。因而感官生活往往充满悖论、多样性、不确定性、不可理解性等等特征。纪德对感官生活的提倡极大地揭示出人类生活中的复杂性，使得生活呈现出无以复加的丰富与驳杂。他坚信多样性、复杂性在生活中拥有巨大的价值，他说："松鼠不容许游蛇爬行，兔子见到乌龟和刺猬蜷缩起来便逃开。所有这种多样性，在人类也能见到。因此，你不要再指责不同于你的方面。人类社会只有具备多样活动方式，只有促进多样幸福的形式，才可能十全十美。"①

然而生活在复杂性中的大敌，便是听命于某种理性教条，它往往沉淀在书籍之中，也可以通过教育传达出来。纪德为了反传统，不惜鼓吹人们烧掉内心所有的书籍，抖掉教育给人蒙蔽的所有灰尘，撤掉逻辑的脚手架，从而以一个"真正的人"的身份，穿越于存在的原野上，无拘无束，其身上所有的感官都张开小口，咀嚼着大地母亲所提供的"多样性"的大餐。纪德的笔下，每种事物都有其应有的价值，每个人都有自身的秘密，因而其主人公所到之处既有对万事万物的欣赏与赞美，又有对各式各样的人的生活秘密的打探或猜测。《背德者》中的米歇尔就是一个代表。从死亡的边缘脱离，进而感官苏醒，米歇尔体验到了大地景物的美妙。从此，他的生活似乎都是为了新奇，他甚至牺牲自己的利益，以拍卖庄园为代价，去探视别人的私生活。米歇尔的旅行中也充满着自然之美以及身边人的多姿多彩甚至苦难的生活。丰富的生活经验充实了米歇尔的心灵世界，使他逐渐变得更加强大，更加独立，最后进入一种极端的自由之中，不能自拔。

谁都知道生活的道路从来就不是平平坦坦的，可悲的是绝大多数的人都希望自己的生活稳定安宁，做什么事情都能马到成功一帆风顺，更可悲的是他们的生活实践往往是这些良好愿望的粉碎机。可笑的是，即使如此，他们仍然盼望成功平坦，也同样祝福别人平安顺利。纪德一举

---

① ［法］纪德：《新食粮》，见《田园交响曲》，李玉民译，北京：作家出版社，2006年，第260页。

消灭了这些伪装的生活信念,他坚信"与其平平淡淡,不如大悲大恸"。[①] 在他那里,生活仿佛不断地有新情况出现,让你出其不意遭遇变故。他笔下人物的生活往往都是跌宕起伏,而且正是这种起伏不定的生活教育了他们。何以如此?纪德意在让人"诞生在生活中"。[②] 在《背德者》中,米歇尔25岁结婚之前,只是生活在书本中,热衷研究,对考古和历史非常着迷。可是结婚蜜月旅行时,不幸染上肺结核,生命危在旦夕。他通过顽强的意志进行自我拯救,在妻子无微不至的呵护之下,最终恢复了健康,也恢复了身上沉睡多年的感官的活力,从此过上了另一种不同的生活,即感官生活。此时他对研究也有了改变,对现实感密切关注,更出人意料也让妻子不安的是,米歇尔的性取向也变得复杂起来,他拥有妻子的同时,也喜欢男孩子,尤其是俊美健康的男孩子。他就是以这种生活方式在巴黎和自己的庄园之间穿梭,期待着自己孩子的出生,并希望家庭和财产能扼制自己的游荡癖。然而就在遇到梅纳尔克之后,米歇尔的生活又受到影响再次发生重大转折。一个寒冷的夜晚,米歇尔受梅纳尔克的鼓动,置妻子于不顾,毅然与即将再次旅行的梅纳尔克相聚,结果导致妻子流产,进而重病缠身。为了让妻子康复,米歇尔偕妻子再次踏上旅程。与第一次旅行带给米歇尔"新生"不同,这次旅行却成了妻子的死亡之旅。生活的变故给了米歇尔沉重的打击,他开始迷惘了,不明白为什么自己努力追寻到的自由,结果竟使日子更加难过。他终于意识到"善于争得自由不算什么,难在善于运用自由"。[③] 他又处在一个生活的关口,希望他的朋友将他带走,并赋予其生活的意义。上述简单的概述足以说明米歇尔的生活是如何一波三折,不断有新的变故发生。在"三部曲"的另外两部《田园交响曲》和《窄门》之中,同样也充满着出乎意料的变故,让读者倍感生活的动荡不安。

---

① [法]纪德:《人间食粮》,见《田园交响曲》,李玉民译,北京:作家出版社,2006年,第140页。

② [法]纪德:《人间食粮》,见《田园交响曲》,李玉民译,北京:作家出版社,2006年,第154页。

③ [法]纪德:《背德者》,见《田园交响曲》,李玉民译,北京:作家出版社,2006年,第8页。

纪德对生活复杂性的揭示，最让人印象深刻的便是对生活中悖论的呈现。相互矛盾的生活方式或观点同时存在于他的作品之中。"三部曲"最为典型，两个互相矛盾的真理，用一个完美的艺术形式统一起来。以《背德者》为例，米歇尔与妻子不仅信仰不同，而且他们的生活也处处不同甚至相互对立。他喜欢动荡、强有力的美，妻子则热衷安宁，体恤病弱的人；他投身现世生活，她则迷恋宗教生活；他相信自我意志，她则祈祷天主保佑；等等。此外小说的结构也存在着对应，第一次旅行他从重病中获得新生，第二次旅行她则渐渐病入膏肓最后死去。上述对比鲜明地张扬了纪德本人的生活观，但又无意间违背了他对多样生活的赞同。这种悖论在短篇小说《浪子归来》① 中也有过之而无不及。《浪子归来》采用多视角叙述了不同地位、身份、年龄的人对生活的不同认识，即便是同一个人在不同时间不同地点也会有不同的想法，甚至前后矛盾。浪子当初一个劲地想离家出走，如今却又决定回归家园。当初的冲动变成了今日的安分守己。父亲本来想责备浪子，可后来却又温和地说其实浪子不必回来也能"在路的尽头"找到他。浪子本来想劝说弟弟不要像他当初一样去流浪，可是最后又转而希望弟弟离去，还劝他忘掉自己不要像他这样再次回来。这些前后矛盾的叙述，让读者莫衷一是，左思右想其中的奥妙玄机。

总之，纪德的作品让我们明白了"现代生活就是过一种充满悖论和矛盾的生活"。② 纪德对人类生活复杂性的揭示在现代文学中可谓独占鳌头影响深远。

纪德的思想史意义

当我们把纪德放到西方思想史之中，尤其是哲学史中，就能更清楚地看到纪德的贡献了。纪德的思想很显然既是对唯理论哲学（尤其是笛卡尔哲学）的反驳，又是对经验论哲学（尤其是贝克莱哲学）的发展，

---

① ［法］纪德：《浪子归来》，见《田园交响曲》，李玉民译，北京：作家出版社，2006年，第271页。

② ［美］伯曼：《一切坚固的东西都烟消云散了——现代性体验》，徐大建、张辑译，北京：商务印书馆，2003年，第13页。

而且也受到了其身处其中的轰轰烈烈的生命哲学思潮的影响（尤其是尼采和柏格森的榜样作用）。同尼采和柏格森一样，纪德也用文学化的语言阐述自己的思想，但与他们不同的是，除散文随笔之外，纪德还创作许多小说来宣扬自己的观点。

纪德颠覆了笛卡尔"我思故我在"中"思"的首要地位，将存在的根基建立于感知之上。这就使得纪德的哲学倾向于经验论，但又不尽相同。欧洲的经验论以观念为主。贝克莱说："存在就是被感知"，这意味着所谓存在就是要成为头脑中的观念。贝克莱同意洛克观念源于经验的观点，并进一步认为所有经验无非都是观念。① 很显然，上述经验论还处于知识论的范畴。而在纪德"我感知，因此我存在"的说法中，"存在"成了主动的感知行为，而不是单纯的观念了。由此可见，纪德关注的是经验对于生活的重要性。这就不难理解纪德为什么要人们烧掉所有的书籍，从而投入到感官生活中去。他的目的就是让人诞生在生活经验之中。他借用笔下的人物告诫读者："除了生活，我不想教你别种智慧"。②

纪德身处的时代，正是生命哲学向实证主义和理性主义发起猛攻的时代。纪德比尼采小25岁，其创作小说时，尼采的思想已经广泛流行于世。纵览两人的代表作品，尼采对纪德的影响也是有目共睹，最明显之处主要有四：

一是对强有力的生命的张扬。尼采说："生命意味着，不断把想死的东西从身边推开；生命意味着，对抗我们身边的——也不止是我们身边的———一切虚弱而老朽的东西。"③ "生命的本质就是对异物和更弱者的占有、损坏和制服，就是压迫、强硬、迫使别人接受自己的形式，就是同化，而且最起码的是，剥削……"④ 纪德也是生命的力与美的张扬

① 张公善：《批判与救赎：从存在美论到生活诗学》，合肥：安徽人民出版社，2006年，第144页。
② ［法］纪德：《人间食粮》，见《田园交响曲》，李玉民译，北京：作家出版社，2006年，第154页。
③ ［德］尼采：《快乐的知识》，黄明嘉译，北京：中央编译出版社，2005年，第25页。
④ ［德］尼采：《超善恶》，张念东、凌素心译，北京：中央编译出版社，2000年，第203页。

者，但与尼采又有不同。纪德说："占有渴求之物一向是虚幻的，而每种渴求给我的充实，胜过那种虚幻的占有。"① "但愿万物在我面前五彩缤纷，但愿所有美物都修饰装点我的爱心。"② 从这些言语中我们可以看出，纪德并不想占有和消灭弱者，而只是对力与美的欣赏与品味。在《背德者》中他就不断借米歇尔的视角赞美健康身体的美好。

二是尼采对知识的敌视。尼采指出："知识为人类展开了一条美妙的穷途末路。"③ "艺术比知识更有力量，因为它渴望生活。"④ 尼采进而认为"只有艺术能够拯救我们。"⑤ 纪德对逻辑、推理也都心存疑虑，保持警惕的态度："推理引导不了人的行为，每种推理都有对应的驳论，只需找到就行了。"⑥ "毫无逻辑令我恼火，过分强调逻辑，也让我受不了。"⑦《背德者》中的米歇尔就是一个从书本世界走向身外生活世界的典型。其实在《背德者》之前写作的《人间食粮》中纪德显得更极端，他拒绝没有体验过的任何认识，号召人"焚毁心中的所有书籍"。⑧

三是尼采对哲学与生活关系的关注以及对动态生活的赞美。尼采认为"哲学家的成果是他的生活（这种生活比他的著作还要重要）。"⑨ 在《快乐的知识》中，尼采写到："生活不是论据"，⑩ "获得生活中最丰硕果实和最大享受的秘密在于，冒险犯难地生活"。⑪ 上述思想也在《背

---

① ［法］纪德：《人间食粮》，见《田园交响曲》，李玉民译，北京：作家出版社，2006年，第139页。

② ［法］纪德：《人间食粮》，见《田园交响曲》，李玉民译，北京：作家出版社，2006年，第148页。

③ ［德］尼采：《哲学与真理》，田立年译，上海：上海社会科学院出版社，1993年，第66页。

④ ［德］尼采：《哲学与真理》，田立年译，上海：上海社会科学院出版社，1993年，第6页。

⑤ ［德］尼采：《哲学与真理》，田立年译，上海：上海社会科学院出版社，1993年，第184页。

⑥ ［法］纪德：《人间食粮》，见《田园交响曲》，李玉民译，北京：作家出版社，2006年，第165页。

⑦ ［法］纪德：《新食粮》，见《田园交响曲》，李玉民译，北京：作家出版社，2006年，第235页。

⑧ ［法］纪德：《人间食粮》，见《田园交响曲》，李玉民译，北京：作家出版社，2006年，第146页。

⑨ ［德］尼采：《哲学与真理》，田立年译，上海：上海社会科学院出版社，1993年，第66页。

⑩ ［德］尼采：《快乐的知识》，黄明嘉译，北京：中央编译出版社，2005年，第92页。

⑪ ［德］尼采：《快乐的知识》，黄明嘉译，北京：中央编译出版社，2005年，第148页。

德者》中借梅纳尔克之口说了出来："如今诗歌，尤其是哲学，为什么变成了死字空文，您知道吗？就是因为诗歌哲学脱离了生活。古希腊直截了当地把生活理想化，以致艺术家的生活本身就是一部诗篇，哲学家的生活就是本人哲学的实践……"①"我相当喜爱生活，因而要活的清醒；我正是以这种不稳定的情绪刺激，至少激发我的生活。我不能说我好弄险，但是我喜欢充满风险的生活，希望这种生活时刻要我付出全部勇气、全部幸福和整个健康的体魄。"②

第四是尼采对道德的敌视也深深影响了纪德。1886 年写的《超善恶》标题便透露出尼采试图超越传统的善恶对立的道德观念。在此书中尼采对传统道德观念进行了极端的批判。他说自己是"反道德论者"，认为"整个道德，全是一种长久而断然的欺骗"。③ 而在 1888 年的自述中，尼采旗帜鲜明地说："我是第一位非道德论者，因此我是地道的破坏者"，并坚信"道德即是偏见"。④ 在纪德的作品中也常常表现出对道德的厌恶，写于 1902 年的小说《背德者》的标题就意味着对传统道德的背弃。我们甚至可以将此书看作是尼采非道德论的小说化。比起尼采，纪德可能少了些攻击道德的火药味，而是倾心于超越道德视野，过一种无拘无束的全欲生活。

总之，纪德同尼采一样张扬生命的力与美，认为生活比理论重要，坚持言行合一，并试图超越传统道德，但不同之处在于：尼采更多是强调占有和破坏，他虽然提出一个解决人类困境的药方，但并没有艺术创作实践，而纪德则多了些悲悯情怀，身体力行一种全方位的感知生活，并将自己的生活观念融入到小说创作之中。

纪德与柏格森（1859—1941）的思想联系较复杂。柏格森早纪德

① ［法］纪德：《背德者》，见《田园交响曲》，李玉民译，北京：作家出版社，2006 年，第 58 页。
② ［法］纪德：《背德者》，见《田园交响曲》，李玉民译，北京：作家出版社，2006 年，第 53 页。
③ ［德］尼采：《超善恶》，张念东、凌素心译，北京：中央编译出版社，2000 年，第 155、230 页。
④ ［德］尼采：《看哪这人：尼采自述》，张念东、凌素心译，北京：中央编译出版社，2000 年，第 70、104 页。

10 年生，也早纪德 10 年死，他们生活在大致相同的时代。在柏格森1907 年完成的生命哲学代表作《创造进化论》中，我们能够看到纪德早期作品尤其是 1897 年《人间食粮》、1902 年《背德者》的影子。从时间上看，很可能是纪德影响了柏格森。在柏格森那里，时间即"绵延"，"绵延"即生命，生命即流动。① 这种在时空中流动不居的动态生命形式也是纪德所倡导的。总的说来，柏格森关注的是对世界进化的形而上思考，虽然后期也涉及人类社会中笑与滑稽的研究，但基本停留在生命哲学的领域，而纪德自始至终都关注"如何生活"的主题，因而更显得是一种生活哲学，而且是一种全欲生活哲学。

综上所述，纪德的思想史意义可以概括为：他吸纳欧洲唯理论哲学、经验论哲学的经验和教训，与柏格森一起继承发扬了尼采的生命哲学，将其彻底引入生活哲学的大道之上，在理性主义统治的天空下，揭示了感官生活所带来的奇光异彩以及复杂多变。

全欲生活的问题

纪德的全欲生活是否可行？他的全欲生活策略有无问题？谁都不能否认，纪德的文字有种魔力，诱惑着我们，让人读罢浑身是力，渴望像他笔下所写的那样去生活去流浪。可是真正面对现实之时，我们又往往无所适从，甚至无能为力。我们能像米歇尔那样做到抛下所拥有的一切财物吗？能离开我们最亲爱的人吗？能在大地的怀抱里尽情享用美好的果实吗？反思之后，我们不能不说，纪德所渴望成为的人其实与尼采的超人差不多。尼采杀死了上帝，代之以新偶像"超人"。所谓"超人"就是权力意志（生命）发扬最充分的人，他是人类的理想目标。纪德也想要"改变人"，他的理想的人即所谓"新型的人"，也就是那些将自己身上"蕴藏着极大的可能性"发掘出来的人。② 可是令人怀疑的是，人身上是否所有的复杂性都应该被发掘？承认人的感官的多样性需

① 柏格森的生命哲学思想参见拙著《批判与救赎：从存在美论到生活诗学》，合肥：安徽人民出版社，2006 年，第 173 页。

② ［法］纪德：《新食粮》，见《田园交响曲》，李玉民译，北京：作家出版社，2006年，第 263 页。

要，并对有这种行为的人表示理解，并不意味着每个人都去满足身上所有的感官需求，甚至不顾社会伦理道德的约束。再说，一个人身上并不是所有的感官都能觉醒。有的人天生目盲，有的人不辨音律。心理学早就告诉我们，人的心理千差万别，虽然可以大致分类，但也难以等同。事实往往是，每个人都有自己最灵敏的感官，所以要调动所有的感官无非是一个理想而已。我们不应将人类整体所拥有的感知能力集中在一个人身上，然后让他们实现其所有的自然需求。这样的人不是现实的人，只能存在于虚幻之中。

不理解纪德笔下的人物内心情感的丰富性，是读者的不幸，但如果照搬实践则是莫大的悲哀了。就连纪德本人也不希望如此，他多次呼吁每个人要成为自己，成为独特的无可替代的个体，而不必为他者所束缚。在《人间食粮》的末尾，纪德写道："抛掉我这本书吧，须知对待生活有千姿百态，这只是其中的一种。去寻求你自己独特的生活方式吧。"① 由此看来，理解但不要完全践行，才是对待纪德最明智的选择。

纪德的又一问题是他口口声声要实现人的多样化生活方式，追求事物的多样性，然而他自己却并没有做到。相反，在他的作品中，在其鼓吹全欲生活的同时，又将许多两极性对立起来，更有甚者，有意地褒此抑彼。在《背德者》、《人间食粮》及《新食粮》中，我们处处能发现如下对立：生活经验与书本知识、当下瞬间与过去的历史、动荡流浪与安宁静止、自由与约束等等。正如其作品在统一艺术形式之下，拥有上述众多对立的两极，作品中每个人的身上也同样共存着许多对立的两极。令人遗憾的是，纪德并没有同时认可两者，而是有所偏爱。总之，纪德对复杂性的张扬无可厚非，问题是他没能够贯彻到底。

纪德最大的问题，不是不道德，也不是反道德，而是超道德。他认为"并不存在着审视道德的问题，或者在这个问题面前采取行动的某种方式。"② 但人类真的就不需要道德吗？他的小说《背德者》中的主人

① ［法］纪德：《人间食粮》，见《田园交响曲》，李玉民译，北京：作家出版社，2006年，第226页。

② ［法］纪德：《新食粮》，见《田园交响曲》，李玉民译，北京：作家出版社，2006年，第291页。

公的故事本身就能说明问题。米歇尔超然于道德之上，可是结果怎样呢？他获得了自己想要的那种自由，可是生活却没有了方向。急切地寄希望于朋友来将其拉回到有意义的生活。米歇尔背弃道德并没有获得幸福，从反面说明了道德之于生活的必要性。托尔斯泰说得好："道德是文明的基石。"① 大江健三郎则认为"道德就是人生的意义。"② 纳博科夫在《洛丽塔》中也曾经告诫过我们："人性中道德感是义务，我们必须向灵魂付出美感。"③ 人即使不全是亚里斯多德所谓的政治动物，也必定是与其他人共同存在的社会动物。与人打交道，就必然牵涉到人与人之间的利害冲突等关系。伦理道德虽然不能确保我们每一项行为都是利他，但却能够对自己的行为有着很好的约束作用，不至于危害他人。超道德有道德（伦理）虚无主义之嫌。在此，布热津斯基如下一段话可以作为对纪德上述问题的最佳回应：

> 在一个狂热自信的世界里，可以把道德规范看成是多余的；但是在一个无确定性的世界里，履行道德义务则是使人们生活得踏实而充满信心的最重要的——甚至是唯一的——支柱。在 21 世纪更加拥挤和亲密的世界上建立共同的道德意识乃是一种政治需要，认识到人类状况的复杂性和无确定性则进一步突出和强化了这种需要。④

【延伸阅读】

1. **卡夫卡《变形记》**（1916）：异化世界的隐喻。

2. **加缪《西西弗神话》**（1943）：加缪哲学随笔，其精神便是"我

---

① ［俄］托尔斯泰：《生活值得过吗——托尔斯泰智慧日历》，李旭大译，北京：中国发展出版社，2006 年，第 341 页。
② ［日］大江健三郎：《大江健三郎自选随笔集》，王新新等译，北京：光明日报出版社，2000 年，第 179 页。
③ ［美］纳博科夫：《洛丽塔》，于晓丹译，桂林：漓江出版社，2003 年，第 245 页。
④ ［美］布热津斯基：《大失控与大混乱》，潘嘉玢、刘瑞祥译，北京：中国社会科学出版社，1995 年，第 245 页。

抗争故我在"。在荒谬的世界里，激情地燃烧是生命的最大尊严。

3. **加缪《局外人》**（1942）：荒诞小说代表作。荒诞遮蔽或消灭本真是现代生活的最大悲剧。

4. **塞林格《麦田里的守望者》**（1951）：精神流浪儿的心路历程。在复杂的世界中守望单纯和童心。

5. **陈忠实《白鹿原》**（1993）：悲剧性与荒谬性的形象展示。在人生之悲、女人之悲以及历史之悲中寄予美好的未来。

第五章　生活的韧性

【理论向导】

所谓韧性本指物体受外力作用时，产生变形而不易折断的性质。关于韧性最形象的表达当属郑板桥的《竹石》诗："咬定青山不放松，立根原在破岩中。千磨万击还坚劲，任尔东西南北风。"把韧性引入生活，是指生活所具有的顽强生命力和抵御困难的抗争性。

韧性不同于脆性。韧意味着遭受打击而不折断，脆则禁不起曲折。"大丈夫能屈能伸"说的就是做人要有韧性。韧不仅仅是坚韧，更是柔韧，且富有弹性，在外在压力之下尚有反弹的能力。脆性的生铁经过煅烧成为韧性的熟铁，易折的青竹经过烘烤成为柔韧的竹鞭。同样的，对于脆弱的人来说，社会犹如熔炉，苦难炼就坚韧。古华小说《芙蓉镇》中黎桂桂在挫折面前冲动行事结果被整而亡，而秦书田则忍辱负重并能在苦难中寻求超脱之道最终赢得胜利。

韧性不同于忍性。尽管韧也需要默默地忍受，但韧更是反抗的动力。而忍则是逆来顺受，无助地承受外界给予的所有不公。忍只管当下，韧则图谋未来。臧克家的《老马》主要展示的就是这种让人心痛的忍性："总得叫大车装个够，/它横竖不说一句话，/背上的压力往肉里扣，/它把头沉重地垂下！//这刻不知道下刻的命，/它有泪只往心里咽，/眼里飘来一道鞭影，/它抬起头望望前面。"从最后一句诗中，我们似乎又能读出老马一些韧劲。此外，艾青的《礁石》也有异曲同工之美，同样的表现韧性的佳作名篇："一个浪，一个浪/无休止地扑过来/每一个浪都在它脚下/被打成碎沫、散开……//它的脸上和身上/像刀砍过的一样/但它依然站在那里/含着微笑，看着海洋……"

　　生活需要韧性。"生活不是件舒服安逸的事，它是一条漫长的道路。你已经在这条路上起步了，你必须做好滑跤、跌倒、遭受打击的准备，还要准备有疲倦的时候，甚至公开表示希望——此乃谎言——死去。"①人生无处不风雨。生活的道路从来都是坎坷不断泥泞满地荆棘丛生。为此，我们必须要学会坚强。即便短暂的顽强也值得回味，长期的坚韧则更是弥足珍贵。

【作品研读】

胜败皆英雄：《老人与海》

　　欧内斯特·米勒尔·海明威（Ernest Miller Hemingway，1899—1961）美国小说家。凭借《老人与海》获得 1953 年普利策奖及 1954 年诺贝尔文学奖。代表作：《老人与海》《太阳照样升起》《永别了，武器》《丧钟为谁而鸣》。

　　在读海明威的《老人与海》时，很适合用贝多芬的《命运》交响曲做背景。毫无疑问，在这篇小说与这首交响乐之间，我们发现了千丝万缕的联系。同为艺术，将生命的力量无以复加地渲染，而作为读者或听众的我们，也不知不觉将自己融入这场生之韧性与命运的博弈之中，就像贝多芬说的那样："我要扼住命运的咽喉。"

　　读《老人与海》就是在读一个永不言败的自己。在充满未知的茫茫大海上，古巴老渔夫圣地亚哥忍受了八十四天没有捕到鱼的厄运，终于在"幸运"的第八十五天钓到一条大马林鱼。由于体积庞大，老人在海上将它拖了三天，才将它杀死，最后人和鱼都已经筋疲力尽。具有戏剧性的是，在归途中，血腥味一次又一次地引来鲨鱼的攻击，老人与之殊死搏斗，但最后还是仅剩下大鱼的骨架。读罢全文，我们没能得到

────────────────

　　① ［古罗马］塞涅卡：《面包里的幸福人生》，赵又春、张建军译，西安：陕西师范大学出版社，2003 年，第 254－255 页。

我们想要的胜利结果，但在这种悲剧性的力量悬殊和殊死的反抗之中，我们却得到了更多值得玩味的东西。

硬性："我要跟你奉陪到死"①

今天，似乎海明威和"老人"都被阐释为一种经典的英雄主义"硬汉"形象。人们在他身上考量到的更偏向于一种"硬性"。的确，他可以像山中一块经过千锤百炼的顽石，以硬碰硬。他也常对身边的小男孩马洛林说："扬基队不会输。"② 而这样的语气，也无异于在表明：我也不会失败。生活需要硬性，在面对挫折时我们需要一种坚硬的叛逆，它所提供的，恰恰是与"残暴的大海"搏击的力量。

但"硬"不等于"脆"，它为生活赋予了刚强的意味。

整部小说就是一部个人搏斗史。小说传达出来的刚强是具有主动性、还击力的。就像小说开场对老人外貌的描写那样："他身上的一切都显得古老，除了那双眼睛，他们像海水一样蓝，显得喜洋洋而不服输。"③ 然而，海水是不会"喜洋洋"的。海洋在仁慈美丽的外表之下，蕴含未知和暴戾，与那些纤弱却非要在海上生活的海鸟所构成的图景，很难说清究竟是相映成趣，还是哀婉悲伤。与海鸟不同的是，老人认定自己"是一个不同寻常的老头"。④ 所以，他选择以一种高姿态来面对眼前的大海，那就是"不服输"。从八十四天漫长的等待，到与鲨鱼的厮杀，最终以"残肢"收场，老人都在主动挑战自己体力的极限，耐力的极限。正如加缪所云"我反抗，故我在"，老人以这种主观的斗争证明了自己存在的价值。

我们在读小说的同时，也能窥探到作家本身的心理世界。在现实生活的大海上，海明威与其笔下的渔夫有着惊人的相似之处。他生活在一个战争和暴力当道的年代。两次世界大战先后爆发，他怀着极大的热情赶赴战场，"感受"战争中的激烈。而现实中的"斗争"结果，比小说

---

① ［美］海明威：《老人与海》，上海：上海译文出版社，2010年，第39页。
② ［美］海明威：《老人与海》，上海：上海译文出版社，2010年，第10页。
③ ［美］海明威：《老人与海》，上海：上海译文出版社，2010年，第4页。
④ ［美］海明威：《老人与海》，上海：上海译文出版社，2010年，第8页。

中要来得喜人一些。他得到了应得的荣誉，但与此同时，战争也在他的身体上留下了200多处伤痕，还有那挥之不去的噩梦般的回忆。（小说中的老人也选择了与厄运赌博，并在筋疲力尽、遍体鳞伤之后得到了一条大马林鱼。）可是斗争却并没有到此结束，世界大战结束了，他的战争却继续上演，只不过把战场转移到创作上，而他在1954年获得的诺贝尔文学奖也见证了其创作巅峰。海明威的一生与"较量"是分不开的，不论他作为记者、作者，还是探险者。似乎在内心深处，他将自己置于一座活火山口，随时准备着等待岩浆剧烈地喷发，欣赏着与死亡有关的美丽。他曾用这样的话来阐释他在文学上应有的地位："我希望同麦尔维尔先生和陀思妥耶夫斯基先生较量一番。请这两位一块上，他们跑不快，我跑在他们前面，扬他们一脸尘土。"[1] 他的狂傲与自信，是令人生畏的。所以，在将故事里的"老人"和作家本身重叠、推敲之后，你会得出这样一个结论：他们生性就是好斗的，是强悍的一员。很难说清这种反抗情结的源头在哪儿，但是，在老人的意识中，这似乎和与生俱来的强烈自尊心有关。

小说开始，老人在接受男孩的救济时就曾透露过这一点。他不愿意此般谦卑地接受食物，但是为了接下来的漫长等待，他不断说服自己"知道这并不丢脸，所以也无损于真正的自尊心"[2]。不仅于此，当他在饭店前的露台被渔人嘲笑时，他表现出来的是无视，甚至是蔑视。而我相信，不生气并不一定是脾气好的表现。反而，老人强烈的自尊、自强意识将他与周围的"好运渔夫"隔离。老人是高傲的，一旦抱定宗旨就目不窥园，而他所做的一切可以看作是给他"硬心肠"的一个交代，也是对与生俱来的自尊的抚慰。"天行健，君子以自强不息"，乾卦就如同天道的运行，刚强劲健。用小说中的话，就是老人在与大鱼周旋时所说的："我要跟你奉陪到死。"这是老人的宣言，也是其刚强性格的自然流露。

总之，不论是圣地亚哥还是海明威自己，也不管最后的战果如何，

---

① 吴然：《"硬汉"海明威作品与人生的演绎》，北京：昆仑出版社，2005年，第8页。
② ［美］海明威：《老人与海》，上海：上海译文出版社，2010年，第7页。

能主动与厄运厮杀的做法，就是对"硬性"的绝佳阐释。

忍性："每一天都是新的日子"①

如果说"硬"是将人物内心缩略为一个点，那么"韧"也许会将他的内心细节重新铺陈开来。清代画家郑燮的题画诗《竹石》，形象地向我们描摹了"韧性"。诗的最后两句："千磨万击还坚劲，任尔东西南北风。"即诗的灵魂所在，也是诗人极力宣扬的精神品质。风大树木折，而竹子却能顺风而躺，再伺机逆风而立，不屈不折。我想，这样忍耐的意义，在于让我们有效地分析和应对困难，避免在苦难的压力下被折断。所以，不论是蛰伏在漫长的八十四天，还是在海上厮杀的三天，老渔夫都始终孤独地与自己对话，而在他的"对话"中，我们能管窥出他惊人的忍耐力。

海明威的叙述非常简洁，但有一个词语频繁出现在字里行间，那就是"孤独"。海明威善于写刚毅、无所畏惧的英雄，但无论再怎样强调英雄的刚毅、不屈和强悍都不能掩盖他们内心脆弱、孤独的一面。也许，强悍和孤独就是一枚硬币的两面，这带给读者的是一种更贴近真实人性的共鸣。毫无疑问，在孤独中的挣扎和自我救赎也是忍耐力的另一个体现。海明威在诺贝尔文学奖授奖仪式上的《书面发言》中说，"写作，在最成功的时候，是一种孤寂的生涯。"② 也许写作本篇时，他已达到了自己的写作巅峰。《老人与海》里的语言近乎于自言自语，即使是与马洛林的对话，也像是在与一个孤独的自己对话，而马洛林就是自己灵魂的一个延伸。通过这种"分裂自我"式的描写，海明威将真实的老人呈现了出来。前四十天，老人受到了男孩马洛林无微不至的照顾，不论是生活上还是精神上。但是，路总是要一个人走完的。老人终于等来了令他喜出望外的一条大鱼，并且独自与之周旋了三天。他没有小男孩的帮助，即使他不断地说，"但愿男孩在就好了"。③ 这是呼唤帮助吗？不完全是，一方面他确实会感到无助，另一方面这也是在呼唤走

---

① ［美］海明威：《老人与海》，上海：上海译文出版社，2010 年，第 24 页。
② ［美］海明威：《老人与海》，上海：上海译文出版社，2010 年，序言第 11 页。
③ ［美］海明威：《老人与海》，上海：上海译文出版社，2010 年，第 39 页。

出孤独。英雄总是孤独的，但老人通过不断地自我说服，最终没有被孤独吞没，这是一种忍耐力的体现。

老人的自信心也是忍耐力的组成部分。八十四天毫无结果的捕捞，对于其他的渔夫可能是令人绝望的，而老人的坚守在他们眼中也是一件用来说笑的事情。记得电影《乱世佳人》里有一句非常著名的话："Tomorrow is another day"（明天又是新的一天）。而这句话也是老人常常自语的内容，第八十五天一定是个幸运的日子。自信源于相信，一方面是对自己的信任，另一方面也是对未来的希冀。老渔夫在一开始捕到大马林鱼的时候曾多次提到"哈瓦那的灯火"，而光、灯火象征着永恒的希望，也许在这位古巴老人的心中，故乡的灯火就是一种信仰的回归，"我总能凭着哈瓦那的灯火回港的"。[①] 老人把崇高的意义赋予他将要做的事情，同时也给人和鱼注入神性，在他的眼中鱼和抗争中的自己一样高尚。强大的对手让老人进入兴奋的状态。他不断地生吃小金枪鱼来维持体力，来恢复他受伤的左手。在每一次觉得自己快要垮了的时候，他还是想要试一下，挑战自己耐力的极限。这让人想起了一个在忍耐中消沉了的人——老舍《骆驼祥子》里的祥子，从篇名中的"骆驼"二字就能窥见主人公的性格——奴性。同样是经受多重苦难，背负着生活的压力，祥子所表现出来的就是一种叫人心痛的逆来顺受。老渔夫也忍耐，他做别的渔夫不屑于做的事，忍受周围的冷眼。但他的忍耐却是为反抗而做准备的，为了像竹子一样逆风而立。

所以，对自己的信任，对生活的信仰，让老人的等待不盲目，让蛰伏具有耐力而非隐忍。老人说："走运当然更好。不过我情愿做到分毫不差。这样，运气来的时候，你就有所准备了。"[②] 机会给有准备的人，在一段看似消沉的等待期，老人所要做的就是不断磨练自己的内心，使之强大到足以面对接下来的挫折，这也为生命的反弹力添砖加瓦。

————————

① ［美］海明威：《老人与海》，上海：上海译文出版社，2010 年，第 34 页。
② ［美］海明威：《老人与海》，上海：上海译文出版社，2010 年，第 24 页。

弹性："一个人可以被毁灭，但不能给打败。"①

这句话是整本小说的浓缩，同时也是其灵魂的自白书，他所要向外界呼喊的就是这种不屈的反抗精神，而这种反抗是忍耐之后的力量爆发，是暴风骤雨般的斗争。

有时候，人在一次挫折面前会坚持自己意志，但在面临接踵而至的打击时，就可能会陷入麻木。老人每天都要对马洛林扯一套谎话：渔网已经撒下，锅里还有一锅鱼煮黄米饭。但谁都知道，他什么都没有，老人用这种精神胜利法来缓解苦难带给他的痛苦。当然这并没有错，这给老人带来安慰和希望，锤炼一个积极的心态。但过度的精神胜利必然会引人走向麻木的境地，所以怎样避免麻木就显得尤为重要。幸而，老人不是那个把精神胜利当救命稻草的阿Q，主观上的叛逆意识是消解麻木的最佳良药。老人一次又一次因为鲨鱼而受伤，但是伤痛给予老人的，也许就是不在无尽的忍耐和等待中走向麻木，这痛感恰恰告诉他：我没有死，我还要拼命地抗争。这就是"韧汉"形象中最后的一幕——一次又一次起而抗争的弹性。

老人在忍耐中终于等来了他的好运。在第八十五天的时候，一条大马林鱼终于咬住了他的渔钩。在老人眼中，此时的大马林鱼已经成为一件天造的艺术品一样。他要借着这条大马林鱼释放自己存储已久的力量，这也是他反抗厄运的良机。但似乎海明威并不想让抗争这样简简单单地成功，他还赐予了老人一条鲨鱼。老人并没有就此放弃反抗，他像一头愤怒的狮子一样与鲨鱼殊死搏斗。

但是，从一开始海明威就为小说设置了悲剧性的结局。不论老人怎样一次又一次的尝试，最终，战利品还是成了一副骨架。他是否失败了？什么才能被定义为失败？老人在被鲨鱼抢走了大马林鱼后，说："把它吃了，加拉诺鲨。做个梦吧，梦见你杀了一个人。"② 被杀的是大马林鱼，也是他自己。在失望之中他又觉得轻松，什么念头什么感觉都

① ［美］海明威：《老人与海》，上海：上海译文出版社，2010 年，第 79 页。
② ［美］海明威：《老人与海》，上海：上海译文出版社，2010 年，第 92 页。

没有。"超脱了这一切，只顾尽可能出色而明智地把小帆船驶回他家乡的港口。"① 在看《老人与海》的同时，不由得会让人联想到另外一位英雄，被人们称为"荒诞英雄"的西西弗斯。由于触犯诸神，遭到罪罚，必须不断地推着石头上山，再任由它滚落，再推上山。确实，这种毫无意义和希望的做法是荒诞的。但是，在凡人看来痛苦的罪罚，在西西弗斯眼中却是快乐的。相比之下，老人与海的搏斗也反映了生活中的一种循环常态：遇挫，抗争，再遇挫，再抗争。只不过，未知的未来在他的眼里并不是无意义的，更不是绝望的。加缪曾说过："失去希望并不就是绝望，地上的火焰抵得上天上的芬芳。"② 同样，老人的鱼失去了，暂且失去了收获的希望，但是人还在斗争，并在斗争中找到慰藉。

小说曾多次提到象征旺盛生命力和斗争性的狮子，而在结尾处，在老人又一次失掉大鱼后，他又看见了狮子，并且正在梦见狮子。结尾传达给读者的哲理较之前相比，恬静了不少：真正的胜利，也许不是你最后的结果，而是在与命运抗争的过程中，收获的勇气和欣慰，"你给打垮了，到感到舒坦了"。③ 反抗其实不难，难的是在面对未知和失望时，你仍然有勇气去反抗。而由此也能看出，"坚韧"的意义不仅在于抗争过程中的有效应对，也同样在于苦难之后的新生，这是一种生命的弹性，也是对斗争更高层次的认识。当坚韧不拔的性格融入到每一滴血液里时，你自会很坦然地面对每一场挑战，坦然面对每一次成功与失败，你寻找的也许就是在这每一次体验生活过程中得到涅槃。

超越性：韧性的终极意义

小说不但有其文学的价值，也有生活的价值，这价值就在于从小说之中探寻生活，掘出有意义的东西。老人圣地亚哥是代表不断与命运抗争的人类的一个缩影。他用生命之"硬"反抗着命运带来的不公，用生命之"韧"回击着抗争过程中的种种考验。海明威也借老人之口告诉我们：短暂的弯腰是为了积蓄力量，为了反击的那一刻，困难给予你

---

① ［美］海明威：《老人与海》，上海：上海译文出版社，2010年，第92页。
② 郭宏安：《重读大师：一种谎言的真诚说法》，北京：人民文学出版社，1990年，第341页。
③ ［美］海明威：《老人与海》，上海：上海译文出版社，2010年，第92页。

多大压力，你就要以多大的力量反击。

苦难本是人类社会的永恒话题，在布满泥泞和荆棘的人生道路上，我们必须挖掘生命中的韧性。史铁生把生命比作琴弦，的确如此，古琴只有五根弦却能造就出意境悠远的音乐。生命就像琴弦般具有韧性和张力：弦不可硬，不可疲软，不可松，不可紧，达到刚刚好的韧度，方可奏出动人的音乐。老人在面对挫折时所表现出来的硬性、柔性和弹性，向我们展示了一个"韧汉"形象，而这部"韧汉"之作也是给苦难人生的一部绝佳献礼。

更有甚者，海明威让求胜心切的老人最终一败涂地，旨在引导读者：成功固然诱人，但生命本身的魅力却在于充满韧性的过程之中。即是说，韧性的终极目的并非只是为了成功，而是为了将生命赋予我们的力量最大限度地挥洒，是为了能够在最强大的对手面前也能做到胜败皆英雄。

让我们再次回顾一下老人的斗争过程：他胜利过，但也惨败过。可无论胜败，他都是一位十足的英雄。对于那条马林鱼，老人是位英雄的胜者；而对于那群鲨鱼，他是位英雄的败者！他孤身一人在茫茫的大海上，被一条绳索牵着身不由己，唯有坚韧和搏斗！他与那条巨大的马林鱼肉搏了三天，脸上手上，鲜血淋漓。我仿佛看到他立在船头，凝眸被杀死的庞然大物，俨然一位凯旋的将军，威风凛凛。不幸的是，马林鱼的血腥味引来一群凶恶的鲨鱼。疲惫不堪的他重又投入新的角逐——鱼叉被带跑了，绑在桨上的小刀折了，短棍丢了，舵把也断了……他的大马林鱼最终也成了鲨鱼们的一顿"美餐"。他败得好惨！然而他那种全力以赴毫不懈怠肝脑涂地也在所不惜的韧性，深深感染了我。想想我们自己，再环顾四周，我们发现芸芸众生与小说中的老人是多么的不同啊：胜利时，得意洋洋，忘乎所以，不知天高地厚；失败了，又不敢正视，或千方百计找寻借口，或嫉贤妒能报复别人，或自我麻醉学阿Q。我们为什么就不能像老人那样胜败皆英雄呢？

胜败皆英雄，得有老人那股倔强劲，执著追求，永不言弃！只要始终昂起倔强的头颅，生命之舟一定会时时激起美的浪花；只要抛弃"成则为王败则为寇"的成见，胸怀"胜亦英雄败亦英雄"的信念，我们的旅途便会矗立起一座座丰碑；只要勇作西西弗斯敢为刑天，我们的生命本身就是一曲壮美的旋律……

穿透文字的表层意义，我们忽然发现《老人与海》内在而深沉的象征意义：大海如同生活，尽管生活中有些东西我们无法控制，尽管我们有时候被一些东西牵着身不由己，但我们理应像老人那样富有韧性，尽最大努力做到成败皆英雄，唯有如此，生命之舞才能跳到美的极致。

【延伸阅读】

1. 古华《芙蓉镇》（1981）：个人如何面对苦难？桂桂的脆、胡玉音的忍、秦书田的韧。学会坚强，拥有韧性。直面现实，超越苦难。

2. 余华《活着》（1992）：一种本真的生活状态。为活着而活着。生命的顽强与脆弱、生活的积极与消极、存在的超越与迷茫，尽在其中。

第六章　生活的轻重

【理论向导】

"人固有一死，或重于泰山，或轻于鸿毛。"这是我国西汉伟大历史学家司马迁遭遇汉武帝宫刑迫害后写下的千古名言。这里说的是人的死给人的轻重之别。其实每个人的生活也有轻重的分别。生活之轻乃是生活向上飘的状态，生活之重则意味着生活向下沉。生活之轻让人飞向天空，生活之重迫人贴近大地。生活没有了重的力量，生活就会失去重心，不辨东西失去方向；生活若没了轻的力量，那么生命就没有了飞舞的快乐。

轻与重的分别。生活之轻可以是轻浮也可以是轻盈。轻浮的人没有自己的主见，随波逐流；轻盈的人则是自己的主人，能够看轻人世间的功名利禄，而把展现自己的生命之美作为固有的使命，所以能够轻装上阵自由飞翔。生活之重可以是沉重也可以是厚重。沉重的生活是匍匐在大地上的生活，看不到多少天空的广博之美；厚重的生活则意味着历经时空的变换，饱经沧桑尝遍人生滋味，充满智慧与阅历。如果说轻浮的人如浮萍，轻盈的人则是苍鹰。如果说沉重的人如蜗牛，厚重的人则是老马。

轻与重的转化。对生命之中不可承受的"轻"的关注是昆德拉小说的母题之一，也是昆德拉小说的重大贡献。他睿智地看到了现代人身上的这种可怕的轻，因为它正在奴役压迫着无数身心疲惫的人。他说："正像一个极端可以随时转化成另一个极端，到达了极点的轻变成了可怕的轻之重。"① 此处的"轻之重"指的也就是"空虚的沉重的轻"。一语双关道出了轻重转换的辩证法：轻浮成性，必然滋生空虚与无聊，久而久之，轻变成了沉重的负担；沉重的生活如果没有一种意义在支撑，则堕为"空虚的沉重"，也就变得轻起来。生活之轻重的转换关键之处在于：生活有没有价值和意义。拥有价值和意义，轻也会变重；没有价值与意义，重也变得轻。

【作品研读】

现代生活之轻重辩证法：《生命中不能承受之轻》

米兰·昆德拉（Milan Kundera，1929— ）捷克小说家，曾多次获得国际文学奖，并多次被提名为诺贝尔文学奖候选人。代表作：长篇小说《生命中不能承受之轻》，文论《小说的艺术》。

昆德拉的长篇小说《生命中不能承受之轻》（下文简称《生》）1984 年发表以来，深受世界文学爱好者的喜爱，研究者云集，评论不断，新见迭出。众所周知，在政治、性爱的表层之下，昆德拉在这部小说中深深隐藏着对人类生活的无情解剖，其主旨便是要揭示轻飘飘的现代生活是如何堕落成不可承受的。阅读《生》，我们会感觉到思想在不断被开拓，忽而进入到生命深处，忽而又上升到人类整体生活的广袤区域。随着作者的叙述，读者也经历着小说主人公对生活的所思所行。读罢小说，我们既困惑又清醒。困惑的是人作为地球上的会思想的生灵，在许多方面却表现得浑浑噩噩。清醒的是我们意识到：责任乃生命中一种道义使命，它是我们进入世界所必须背负的东西。作为个人，必须对自己的生活负责；作为人类，则必须要对所有生命负责，对地球负责。但生命也需要飞舞起来，否则会显得无比沉重，无法达到令人满意的高度。一言以蔽之，背着重荷去飞舞——此乃《生》之最大启示。

---

① ［捷克］昆德拉：《小说的艺术》，董强译，上海：上海译文出版社，2004 年，第 172 页。

生活之轻重观

《生》核心便是探究人类生活的轻重主题，从形式到内容它无不渗透着轻与重的表现。但从外在的形式来看，小说的语言忽而轻松，嬉笑逗乐、妙趣横生；忽而反讽，让人顿觉严肃；忽而沉思反问，让你刚刚笑容满面，旋即乌云漂浮，忧伤满怀。此外，喜剧，甚至是闹剧，与悲剧的交替上演，这一文本形式也是生活形式的折射，形象地呈现出主人公生活中的轻与重。

《生》不仅以故事来启示生活中的轻与重，更在小说中通过哲理思辨来探讨人类生活的轻与重问题。我们可以按时间先后来梳理一下小说中所涉及的生活轻重观。

首先是古希腊哲学家巴门尼德的轻重观。巴门尼德将世界分成两半，两两相对：光明/黑暗；优雅/粗俗；温暖/寒冷；存在/非存在。前者积极，后者消极，并认为轻即积极，重则消极。[①] 巴门尼德颠覆了赫拉克利特"同一事物既存在又不存在"的辩证法原则，而将存在与非存在对立起来。昆德拉对巴门尼德保持怀疑态度，认为轻重对立最神秘也最模棱两可。这种犹豫不决莫衷一是的态度的化身就是托马斯，小说中数次写到他站在公寓窗前不知所措，目光落在对面的墙上，形象地隐含着他生活中的骑墙态度。

接着是贝多芬的轻重观。与巴门尼德不同，贝多芬视沉重为积极的东西。贝多芬将生活中发生的要账事件转变成了严肃的音乐，表达出"非如此不可"的沉重主题。在贝多芬的音乐中，"必然、沉重、价值，这三个概念连接在一起。只有必然，才能沉重，所以沉重，便有价值。"[②] 那些伟大的人，正如贝多芬自己一样，都是些"像阿特拉斯顶天一样地承受着命运"。小说中"非如此不可"的典型也是托马斯，他的每一次抉择都是"非如此不可"。可他与贝多芬将生活之轻变为生活

---

① ［捷克］昆德拉：《生命中不能承受之轻》，洪涛、孟湄译，贵州：贵州人民出版社，2001 年，第 5 页。

② ［捷克］昆德拉：《生命中不能承受之轻》，洪涛、孟湄译，贵州：贵州人民出版社，2001 年，第 24 页。

之重不同，他追寻巴门尼德的精神要把重变成轻，"反抗自称为他沉重责任的东西"。①

再次是尼采的轻重观。小说以尼采的"永劫回归"论开篇，将读者引入关于轻重的思考。如果把尼采作为昆德拉写作该小说的哲学背景（契机），那么《生》即为尼采"永劫回归"论的一种回应。在西方哲学史上，尼采站在人类近现代之交，忧心忡忡，对人类的弊端体悟颇深，因而把许多具有爆炸性的思想融入自己的言行之中，等待着明眸善睐的人去发掘。尼采认为永劫回归是存在者整体的存在方式。当他发现到这个必然性的时候，尼采也同时给自己背负了最沉重的思想担子。这种重力来自"存在"本身，因为他要为"存在者整体"负责。他笔下的查特拉斯图特拉就是这样的一个"超人"，他最孤独地体验到了世界的秘密，可谓是尼采的化身。尼采的永劫回归论给人的生活带来了最沉重的包袱，他将"生活之重"从个体感受提升到本体意识的阶段。

然而绝大多数的人意识不到这种与自己似乎毫无关联的存在之重。作为先知先觉者，尼采是位孤独的牧羊人，他牧养的是宇宙存在。他赋予自己最沉重的担子，最直接的原因是现代人类生活之轻。在理性中心主义的世界里，知识膨胀，理论虚妄，道德沦丧。尼采痛惜"知识为人类开辟了一条美妙的穷途末路"，② 也痛恨人类的狂妄自大，使得地球生灵涂炭。永劫回归论意在提醒世人："存在的永恒沙漏将不断反复转动，而你与它相比只不过是一粒微不足道的灰尘罢了。"③ 令人遗憾的是，在越来越轻的现代社会，尼采所揭示的生活之重，很少有人回应。昆德拉敏锐地觉察到了尼采的意义，《生》这部小说可谓向尼采致敬之作！小说中充满了对地球人类的前途命运的忧思，而且也将回归作为一种思想主题融进其中。

最后，昆德拉本人的轻重观是对上述诸多思想的总结和发展。他认为沉重有其可贵之处："也许最沉重的负担同时也是一种生活最为充实

① ［捷克］昆德拉：《生命中不能承受之轻》，洪涛、孟湄译，贵州：贵州人民出版社，2001 年，第 131 页。

② ［德］尼采：《哲学与真理》，田立年译，上海：上海社会科学院出版社，1993 年，第 66 页。

③ ［德］海德格尔：《尼采》，孙周兴译，北京：商务印书馆，2003 年，第 260 页。

的象征，负担越沉，我们的生活也就越贴近大地越趋近真切和实在。"①
不仅如此，昆德拉可贵之处在于，他将生活的轻重之间的对立发展到了
相互转化的辩证阶段，在《生》中以人物命运的起承转合，形象地说
明了轻与重在一个人身上的相互转化、对立统一的过程。总的来说，
《生》最深层的内核便在于：现代生活的总体逻辑是轻，因而需要重；
但另一方面，现代生活也需要轻，因为生命太沉重也就飞舞不起来了。

如果重是古典时代生活的普遍价值的体现，它表达的是生活的意
义、命运的厚重，那么在现代社会，人类生活的逻辑却截然不同了。生
命的厚重堕落成难以忍受的沉重，甚至不断下坠，将人拖入虚无的深
渊。与此相应，生命中那些严肃的东西，那些让生命光芒四射的东西，
也黯然失色。接下来，我们先来分析现代生活的总体逻辑，然后看看现
代生活之轻重之间是如何相互转化的，最后谈谈其中所包含的深刻用意。

现代生活之轻重逻辑

人类进入现代社会以来，从轻重角度来看，生活逻辑最大特征便是
避重就轻，或是化重为轻。《生》通过几个主要人物的生活故事形象地
揭示了这条生活逻辑。

托马斯是一位医术精湛的医生，他迷恋女性却又不肯承担责任。于
是他发明了一种"性友谊"，他告诉情人们"唯一能使双方快乐的关系
与多愁善感无缘，双方都不要对对方的生活和自由有什么要求。"② 这
样的男人怎么会拥有长久的婚姻呢？事实即是明证。他与妻子生活不到
两年，生了一个儿子，就离婚了。他与特丽萨的再一次婚姻也仍然没有
隔断他对其他女性身体的探求，他"迷恋每个女人身内不可猜测的部
分，或者说，是迷恋那个使每个女人做爱时异于他人的百万分之一部
分"。③ 这种对未知世界的迷恋与征服，使得托马斯成了一个现代人的

---

① ［捷克］昆德拉：《生命中不能承受之轻》，洪涛、孟湄译，贵州：贵州人民出版社，
2001 年，第 4 - 5 页。

② ［捷克］昆德拉：《生命中不能承受之轻》，洪涛、孟湄译，贵州：贵州人民出版社，
2001 年，第 9 - 10 页。

③ ［捷克］昆德拉：《生命中不能承受之轻》，洪涛、孟湄译，贵州：贵州人民出版社，
2001 年，第 134 页。

典型形象。由于不愿意"吊死"在一棵树上，托马斯漂浮于一个个女人之间，丝毫没有责任意识。生活轻如鸿毛，这便是托马斯在自己的私生活中所体现出来的生活情态。

可是当托马斯遭遇政治的时候，他再也不能生活在自己的小天地里。但他仍然一如既往不愿做出承担。事情的起因是有一天在读古希腊悲剧《俄狄浦斯》的时候，他忽然有所感想，进而写了一篇文章并投到报社。文章被编辑删节后发表，反响强烈，竟然成了责怪当局的"宣言书"。单位主治医师叫他在一份公开的声明上签字表示收回过去的看法，他没签。结果被迫离开来到一个乡村诊所混日子。不久一位自称某部委成员再次让他在声明样稿上签字，他还是没签。他主动辞职，自愿将自己降到社会等级的最底层，希望远离警察的纠缠，于是他成了一名窗户擦洗工。正如他所料，警察没有再光顾他。可这次来让他签名的是他的儿子以及报社编辑。要他签名的也不是什么声明，而是为受到粗暴虐待的政治犯起草的请愿书。虽然某种意义上托马斯自己也不亚于一个不断受到威胁的政治犯，他理应为别人也为自己请愿才对，然而他仍然没有签字。

昆德拉说，小说中的人物往往"诞生于一个情境，一个句子，一个隐喻"。① 对于托马斯来说，让他诞生的就是贝多芬所谓的"非如此不可"。我们知道，"非如此不可"意味着生命之重。一开始托马斯对医学的热爱是一种内在的"非如此不可"。医生的职业满足了他对未知世界的好奇，因为"当一个医生，就意味着解剖事物的表层，看看里面隐藏着什么"。② 当他一步步从医生岗位撤退时，他想知道失去神圣的职责之后他还会有什么。然而这样做其实仍然是医生精神的延续。在特丽萨打算搬到乡下生活之际，托马斯又突然意识到自己对女色的追求也是一种"非如此不可"——一种奴役着他的职责。即便对爱情，托马斯

① ［捷克］昆德拉：《生命中不能承受之轻》，洪涛、孟湄译，贵州：贵州人民出版社，2001年，第150页。

② ［捷克］昆德拉：《生命中不能承受之轻》，洪涛、孟湄译，贵州：贵州人民出版社，2001年，第131页。

也是抛弃了那个来自梦境中的女人，"他爱情中的'非如此不可'"。[①]总之，托马斯的生活逻辑可以在如下一段话中清楚地表现出来："他除了反抗自称为他沉重责任的东西，除了抵制他的'非如此不可'，除了由此而产生的躁动、匆忙和不甚理智的举动，还能有什么呢?"[②]

如果说抵制或抛弃生命中的"非如此不可"，托马斯的生活越来越轻，那么对于萨宾娜来说，让她的生活轻起来的东西则是"背叛"。"背叛意味着打乱原有的秩序，背叛意味着打乱秩序进入未知。"[③] 萨宾娜同托马斯一样痴迷于未知状态，因而她不断地通过背叛进入一种未知生活境地。从背叛父母开始，背叛丈夫，背叛国家，背叛弗兰茨……伴随一次次背叛的是一次次的迁移，从捷克到瑞士日内瓦，再到巴黎，到美国。"她的人生一剧不是沉重的，而是轻盈的。大量降临于她的并非重负，而是生命中不可承受之轻。"[④]

萨宾娜生活之轻，还在于她自始至终与生活保持距离，不愿意投入生活中与生活融为一体。对她来说"生活就意味着观看"[⑤]。看起来超脱，但却少了生活的厚重，浮于生活的表面，因为她不愿意将自己与生活中的任何人和物的关系固结起来。

综上所述，昆德拉通过人物命运把现代人避重就轻的生活逻辑揭示了出来，不仅如此，他还把这种不能承受的生命之"轻"进而堕为"重"的现象揭示了出来。托马斯的生活便是一种双重的过程：一是升，如前所述，他将自己的生活逐渐从社会层面上的道义使命一步步摆脱出来，使自己的生命轻如羽毛；一是降，在个人层面上一步步将自己拉向生活的现实土壤上。致使托马斯下坠的关键因素是特丽萨。特丽萨

---

① [捷克]昆德拉：《生命中不能承受之轻》，洪涛、孟湄译，贵州：贵州人民出版社，2001年，第163页。

② [捷克]昆德拉；《生命中不能承受之轻》，洪涛、孟湄译，贵州：贵州人民出版社，2001年，第131页。

③ [捷克]昆德拉；《生命中不能承受之轻》，洪涛、孟湄译，贵州：贵州人民出版社，2001年，第61页。

④ [捷克]昆德拉：《生命中不能承受之轻》，洪涛、孟湄译，贵州：贵州人民出版社，2001年，第84页。

⑤ [捷克]昆德拉：《生命中不能承受之轻》，洪涛、孟湄译，贵州：贵州人民出版社，2001年，第63页。

越来越成了他生活的重心所在，压迫着他无法享受生活之轻。他本来与情人们遵循着无所牵连的"性友谊"，活得有滋有味，但特丽萨的到来让他不得不面对现实，生活的重荷一步步向他逼近。他致命的弱点便是特丽萨引起的同情心。在特丽萨离开他独自返回布拉格之后，小说把托马斯从一开始的解放自由，进而由于同情特丽萨而又感到痛苦的过程形象地描绘出来。"星期六和星期天，他感到甜美的生命之轻托他浮出了未来的深处。到星期一，他却被从未体验过的重负所击倒，连俄国坦克数吨钢铁也无法与之相比。"① 从此之后，他对特丽萨的同情，特丽萨对他的爱，逐渐成了他心头最沉重的负担，挥之不去，使他愿意放弃一切其他东西，甚至牺牲道义和社会责任。他的所作所为都是为了不让特丽萨再做噩梦。他的儿子去找他签名的时候，他没有签名最大的原因是"他的一切决定都只能有一个标准：就是不能做任何伤害她的事"，他"救不了政治犯，但能使特丽萨幸福。"② 他不想让特丽萨遭受新的心理打击，从而再做新的噩梦。即使"让炸弹把这个星球炸得晃荡起来，让这个国家每一天都被新的群蛮掠夺，让他的同胞们都被带出去枪毙——他更能接受这一切，只是比较难于大胆承认。但是，特丽萨梦中的悲伤之梦却使他承受不了。"③

　　如果托马斯的生活经历是由轻到重的变化，那么特丽萨的生活转变则大致相反，即由重到轻。特丽萨似乎生活在古典时代，渴望坚贞不渝的爱情。她总是生活在负重之中，一开始是来自母亲的压力，她母亲傲慢、粗野、自毁自虐的举止给她打下了不可磨灭的烙印。所以当遇到托马斯之后，托马斯成了她灵魂的唯一依靠。然而结婚后，托马斯的三心二意却更加让她感到生活的沉重，表现为经常做噩梦。她为了摆脱灵与肉分裂所带来的痛苦，也曾冒险去尝试抛弃沉重的肉身，但却事与愿

---

① ［捷克］昆德拉：《生命中不能承受之轻》，洪涛、孟湄译，贵州：贵州人民出版社，2001年，第23页。
② ［捷克］昆德拉：《生命中不能承受之轻》，洪涛、孟湄译，贵州：贵州人民出版社，2001年，第149页。
③ ［捷克］昆德拉：《生命中不能承受之轻》，洪涛、孟湄译，贵州：贵州人民出版社，2001年，第155页。

违。直到小说结尾处，当特丽萨久久观察着弯腰换汽车轮胎的托马斯，她才意识到自己的问题所在——是她的软弱梦害了他，"她的软弱是侵略性的，一直迫使他投降，直到最后完全丧失能力，变成了一只她怀中的兔子"。① 一旦意识到自己的过错，特丽萨感到从未有过的轻松。她和托马斯翩翩起舞，"体验到奇异的快乐和同样奇异的悲凉。"② 小说末段那只在房间盘旋的"蝴蝶"也象征着特丽萨生活最终轻盈飞舞起来。只可惜这是他们生命中空前绝后的轻松了，随之而来的却是沉重的死亡——遭遇车祸。特丽萨的生活转变留给读者的启示是深刻的：爱到没有自我，爱到捆绑爱人，爱就会沉重不堪。特丽萨为爱而活，为爱所累。弗兰茨的妻子何尝不是如此！花心的弗兰茨对自己的妻子克劳迪疏于爱情，却梦想着在别人那里找到浪漫，最终客死他乡。丈夫的葬礼成了"妻子真正的婚礼！"③ 这是何等的令人心痛！

如果说托马斯与弗兰茨对自己的妻子疏于责任，进而使得生活变得轻浮不堪，最终都付出了沉重代价；那么对于坚守伦理道德意识的特丽萨和克劳迪来说，生活却又显得过于沉重，那种历经岁月的沉重压抑着当事人的身心，呼唤着解脱。在此，昆德拉无疑是在提醒我们：现代生活如果疏于责任与道义，过于轻浮，最终必将遭遇灭亡；而那些过于纠结于古典情怀的现代人，在"一切坚固的东西都烟消云散了"的世界里，是否也应该做些适当的改变，从而让自己的生命也飞舞起来呢？

断裂与回归

昆德拉对现代生活之轻重逻辑的揭示，其用意何在？在于批判现代生活，甚至是对人类文明的局限进行反省。纵观全书，我们发现现代生活中不能承受的生命之轻的根源就是断裂，它体现在人类生活的方方面

---

① 〔捷克〕昆德拉：《生命中不能承受之轻》，洪涛、孟湄译，贵州：贵州人民出版社，2001年，第211页。

② 〔捷克〕昆德拉：《生命中不能承受之轻》，洪涛、孟湄译，贵州：贵州人民出版社，2001年，第214页。

③ 〔捷克〕昆德拉：《生命中不能承受之轻》，洪涛、孟湄译，贵州：贵州人民出版社，2001年，第185页。

面：人性深处灵肉之间的断裂，直接表现为爱情与性的分离；社会生活中媚俗与纯真之间的断裂；支配者与受支配者之间关系的断裂等等，这些断裂使得人类无法再回归本源，无法真正进入永恒回归的世界。我们来分析其中最具代表性的几个断裂：

灵肉分裂。精神（心灵）与肉体之间的双重性在人类身上似乎是不可克服的。从古希腊开始，人类就高扬灵魂的旗帜而贬抑肉体的欢乐。理性压制感性，此为理性中心主义一大表现。文艺复兴以来，肉体开始觉醒。进入现代社会，人类更是沉迷于肉体的狂欢之中。"这是失去灵魂者兴高采烈的大团结"。① 小说中灵肉的分裂在主人公身上都或多或少地存在着，最典型的人物是托马斯和特丽萨。关于托马斯的灵肉分裂，我们在其"性友谊"以及与特丽萨的婚姻生活中已经非常清楚。昆德拉用以探讨灵肉问题的最主要人物是特丽萨。她从一开始就生活在双重的压抑之中，一是在家庭中受到母亲对她的灵魂的封锁与压制，一是在当女招待员的工作中端重物时对其身体的压迫。当她邂逅托马斯，不断的巧合使得她的灵魂的水手冲上了她身体的甲板。随着生命意识的觉醒，爱情呼之欲出。然而对于托马斯来说，他只是沉醉于探究女性身体的独特性，而并非关注其内在的灵魂。这就注定了她与真爱无缘。所以虽然特丽萨的灵魂被托马斯唤醒了，却得不到珍惜。因为特丽萨的肉体只是托马斯怀中众多女性身体之一，并没有享有爱情的专有权。这种灵肉的分裂与被漠视，对特丽萨的影响是残酷的，她白天生活在眩晕之中，夜晚则常常被噩梦惊醒。

为了能从沉重而混乱的生活中解脱出来，特丽萨开始在工作中学着与人调情，甚至冒险与一位工程师模样的人尝试无爱之性。然而特丽萨越发陷入困境。在与工程师的交合中，她虽然发现了肉体"无与伦比，不可仿制，独一无二的特质"，② 同时被爱情蒙惑的灵魂也恢复了视觉，但是她分明意识到没有爱的性并不轻松。"被吓的灵魂在颤抖，埋葬于

① ［捷克］昆德拉：《生命中不能承受之轻》，洪涛、孟湄译，贵州：贵州人民出版社，2001 年，第 39 页。

② ［捷克］昆德拉：《生命中不能承受之轻》，洪涛、孟湄译，贵州：贵州人民出版社，2001 年，第 103 页。

体内深处。"① 这意味着，无爱性交虽有快感，然而却非灵魂所愿。身体可以背叛灵魂，但灵魂却无法离开身体。当爱情与性分离，交合中的身体就是没有灵魂的肉体，是轻浮的。相反，在爱情与性的交融中，肉体才是丰盈的。真正的爱情渴望拥有完整的人，正如帕斯所说的："爱情超越被渴望的身体，寻求身体中的灵魂和灵魂中的身体。即完整的人。"② 特丽萨、托马斯身上灵肉的分裂，注定了他们婚姻的不和谐不幸福，也从反面呼唤着爱情与婚姻中的灵肉合一。

媚俗与纯真的断裂。媚俗是现代社会生活中的典型表征。昆德拉对人类社会中的媚俗的揭示可谓其小说最杰出的贡献之一。他说："无论我们如何鄙视它，媚俗都是人类境况的一个组成部分。"③ 媚俗实即人类所表现出来的生活与"丰富而且多彩"之间的断裂。纵观其论述，我们觉得媚俗最主要的特征有二：其一，它是一种"无条件认同生命的美学理想"。④ 无条件认同意味着一种极权，它排除生命中一切偶然或不雅的东西（如大便）。"在媚俗作态的极权统治王国中，所有答案都是预先给定的。"⑤ 在这样的世界里，一切侵犯媚俗的东西都必将从生活中被消除掉。斯大林的儿子就是因为大便而失去了生命。⑥ 其二，它是一道掩盖真实的幻象或屏幕。掩盖真实是为了用美丽动人的语言来迎合大众。博爱、平等、正义、幸福往往成为掩盖真实的帷幕。所以媚俗也可用来"指不惜一切代价想讨好，而且要讨最大多数人好的一种态度。"⑦ 政治媚俗的最大功用便是激发群众无条件的认同。小说中的弗

---

① ［捷克］昆德拉：《生命中不能承受之轻》，洪涛、孟湄译，贵州：贵州人民出版社，2001 年，第 106 页。

② ［墨西哥］帕斯：《双重火焰：爱与欲》，蒋显璟等译，北京：东方出版社，1998 年，第 23 页。

③ ［捷克］昆德拉：《生命中不能承受之轻》，洪涛、孟湄译，贵州：贵州人民出版社，2001 年，第 174 页。

④ ［捷克］昆德拉：《生命中不能承受之轻》，洪涛、孟湄译，贵州：贵州人民出版社，2001 年，第 168 页。

⑤ ［捷克］昆德拉：《生命中不能承受之轻》，洪涛、孟湄译，贵州：贵州人民出版社，2001 年，第 172 页。

⑥ ［捷克］昆德拉：《生命中不能承受之轻》，洪涛、孟湄译，贵州：贵州人民出版社，2001 年，第 165 页。

⑦ ［捷克］昆德拉：《小说的艺术》，董强译，上海：上海译文出版社，2004 年，第 205 页。

兰茨可谓政治媚俗的牺牲品，直到最后才回到现实中来，怎奈为时已晚，被生活的偶然性（遭遇抢劫）击倒最终毙命。

《生》还借用一条狗"卡列宁"的故事表达了另一更加深层的断裂："真正的人类美德，寓含在它所有的纯净和自由之中，只有在它的接受者毫无权力的时候才展现出来。人类真正的道德测试，其基本的测试（它藏得深深的不易看见），包括了对那些受人支配的东西的态度，如动物。在这一方面，人类遭受了根本的溃裂，溃裂是如此具有根本性以至其他一切裂纹都根源于此。"① 在昆德拉看来，人类本是动物，在伊甸园里过着牧歌般的生活。可是当亚当被逐出伊甸园之后，人就被投放到了人的道路上来。从此人远离了动物的本性，成了地球的主人，君临一切生物。动物成了为人服务的"活动的机器"。② 进而，一些人成了另一些人的工具，遭受欺压和凌辱。"人这样做就切断了把自己与天堂连接起来的线。"③

昆德拉将人类生活中的上述断裂揭示出来，旨在呼应尼采所谓的"永劫回归"，召唤人类对其自身之中本性的回归。在永劫回归的世界里，"幸福是对重复的渴求"，④ 人类的时间也不再是一条直线，而是圆形的循环。这就是《生》的终极主旨。但昆德拉为堕落的人类开辟的这一处方可行吗？人类能回到动物状态吗？人类能进入到圆形的时间之中吗？人类生活中能如此一再重复一件事或一个幽默吗……诸多问题依然值得我们反思。不管怎样，《生》对人类的弊端的揭示如此触目惊心，足以让每一个读者深受震撼，读罢久久不能平息内心思想的波澜。

---

① ［捷克］昆德拉：《生命中不能承受之轻》，洪涛、孟湄译，贵州：贵州人民出版社，2001年，第195页。

② ［捷克］昆德拉：《生命中不能承受之轻》，洪涛、孟湄译，贵州：贵州人民出版社，2001年，第193页。

③ ［捷克］昆德拉：《生命中不能承受之轻》，洪涛、孟湄译，贵州：贵州人民出版社，2001年，第201页。

④ ［捷克］昆德拉：《生命中不能承受之轻》，洪涛、孟湄译，贵州：贵州人民出版社，2001年，第202页。

诗意对抗极权：《心兽》《呼吸秋千》

赫塔·米勒（1953—）德国女作家和诗人，2009年荣获诺贝尔文学奖。长篇小说代表作：《心兽》《呼吸秋千》。

2009年诺贝尔文学奖授予罗马尼亚籍女作家赫塔·米勒。消息传来时，很多人唏嘘不已，因为绝大多数的中国人都没有听说过这个名字。一些人在没有读过只字片语的情况下就对米勒甚至诺贝尔文学奖本身颇有微词。如今看来，这真是荒谬之极。2010年9月江苏人民出版社隆重推出一套赫塔·米勒文集，包括六本小说、三本散文、一本诗歌共计十本。它们向我们全面展示了米勒的思想魅力和艺术才华。她对和平时期人类的"法西斯"极权与专制的诗意呈现，对"无依无靠的人群生活图景"的生动描摹，对复杂人性的形象展示，无不显示其以诗意对抗极权的丰富心灵世界，并暗示出普度众生的慈悲胸怀。

阅读米勒总是令人心痛，因为生命的快乐与尊严在残酷的现实中常常被剥夺殆尽。阅读米勒同时又给人温暖，因为点缀其中的一些意象、人物和细节不时地散发出生命的尊贵，其纯洁与永恒任何东西都无力摧毁。阅读米勒也需要思想的舞蹈。虽然也许不能将其与海明威的简洁相比较，但她自有其过人之处，那便是遍及作品中的意象，正是这些意象滋生了无限的解读空间，使得作者将许多"说不出来的东西"融入其中。

该套文集六本小说中，长篇小说四本，中短篇小说集各一本。中短篇小说是米勒小说创作的起点，其思想内容和艺术形式都被融入长篇小说之中。四本长篇小说中《心兽》《今天我不愿面对自己》《狐狸那时已是猎人》都是写罗马尼亚高压政策下的普通民众的苦难生活，其中可以自传色彩较浓的《心兽》为代表。另外一部是新作《呼吸秋千》，其故事背景不仅仅是罗马尼亚，更是苏联的劳动营。接下来，我主要依据《心兽》和《呼吸秋千》，从三方面来具体分析米勒作为杰出小说家的风采：极权生活、心灵创伤和意象叙事。

极权生活

极权生活并不是一个新鲜题材，影视作品不胜枚举，耳熟能详的有

《辛德勒名单》《美丽人生》等。揭示极权生活的小说，最著名的当属奥威尔《1984》和索尔仁尼琴的《古拉格群岛》。但赫塔·米勒对极权生活的描绘，不仅有着自传色彩、纪实性和平民性，而且有着诗意烂漫的文笔，从而显得更有魅力更好读也更深入人心。

葛兰西在狱中反思人类的文化霸权，指出西方资本主义社会，尤其是先进的资本主义社会，通过宣传让广大的人民接受他们一系列的法律制度或世界观来达到其统治的目的。任何国家都是由某一个或一些特定的党派领导，任何一个国家机器都可能会为其自身的安全而实行意识形态的统治，这都理所当然，但问题是不应该由"专政"蜕变为"独裁"。专政是国家为其中人民的和平与民主而进行的必要政治统治，而独裁则是一种剥夺自由与尊严的极权政治。米勒小说的警示意义就在于：她没有多少正面描写战争时期的法西斯统治，而是将我们的目光集中在已是和平时期的极权生活，而且是存在于社会主义国家之中。

《心兽》带有自传色彩，叙述"我"如何走出罗马尼亚齐奥塞斯库专制统治的人生历程。先写同学萝拉之死，次写"我"与另外三个男孩私下组成小组调查萝拉死因，后写四人小组毕业后的各自不幸遭遇。作者并不试图以营造曲折的故事情节来吸引读者，而着重通过这几个年轻大学生的各自人生际遇，带出他们周围的众生图谱。作者旨在描摹极权统治之下罗马尼亚的贫穷、破败和不自由，其中的人民生活在无望与恐怖之中，出逃与罹难不计其数，日常搜捕审讯更是家常便饭。《呼吸秋千》则带有纪实性，是作者根据采访记录写成的。小说主要写一个17 岁的男孩被流放到苏联乌克兰劳动营之前、之中与之后约 25 年的艰难岁月。小说以五年的劳动营非人生活为核心，交错以之前无忧无虑甚至无聊以及归国之后无助无奈的生活，读来波澜起伏，沉郁悲壮。苏联"以其人之道还治其人之身"，将二战时期德国法西斯的集中营非人道统治挪用到战后的劳动营。虽然统治者换了，但受苦受难的似乎总是那些无辜又弱小的人们。

纵观两部小说，我们可以清晰地看到极权生活所具有的几个典型特征。首先是人民成为国家工具。极权生活中的人都不是自己的主人，而是国家机器的奴隶，听从国家的随意调遣。国家本应为民众谋福利，成

为为民众幸福生活保驾护航的"航空母舰",可极权体制里的国家却堕
为冷冰冰的机器,只关心着社会运转的秩序和安全有效,而无视其作为
零件的民众损耗与需要。一言以蔽之,极权社会里人民成了服务国家的
工具。《心兽》中那些举手鼓掌取消已故的萝拉党员资格的人们,那些
做着"铁皮羊"和"木头瓜"的工业无产者,那些以皮埃勒上尉(他
的狗也叫皮埃勒)为代表的警察,他们无不是些冷漠又温顺的人,甚至
堕为国家的走狗到处抓人咬人。《呼吸秋千》中的劳动营可谓集权国家
的缩影。其中的人们都是工具,管理者如指挥官、工头及发面包人是国
家的鞭子,而那些被强迫劳动的人们则是一个个的劳动工具,他们被鞭
打着在恶劣的环境中无日无夜超负荷劳作,死伤无数,有掉进砂浆池里
淹死的,有冻死的,有饿死的,有莫名奇妙地消失的……

极权生活的第二特征是言行受到全面钳控。极权主义者内心往往都
有一个乌托邦,一个妄图按一己之意愿建立起来的乌托邦。"在这种乌
托邦里,教条式真理在一套严格等级制度下将会制度化……"① 他们根
本不明白"一个健康的社会需要秩序,但也需要有思想、想象和冲突的
发展。"② 于是,正如奥威尔在《1984》中所显示的:一切社会活动都
在一个意识形态框架之下展开,违背这一主流意识形态的一切言行都将
受到实时监控。可见,极权制度容不下异端分子。巴金在《随想录》
中说自己在"文革"中是一个十足的"精神奴隶",用别人的脑子想问
题,说着别人的话。③ 某种意义上,"精神奴隶"表达了极权生活中的
人们的共同命运,那就是国家对国民思想严加掌控,一旦发现有悖于国
家意愿的行为和思想,便会横加干涉和制止,甚至不惜残酷迫害。《心
兽》中女大学生萝拉为了摆脱贫穷随意与人发生关系,结果被发现死于
宿舍,脖子上套着腰带。"我"与三个男孩聚在一起私下调查萝拉死
因,结果也被暗中盯梢,各自的老家也被无端搜查。《呼吸秋千》中那

---

① [美]布热津斯基:《大失控与大混乱》,潘嘉玢、刘瑞祥译,北京:中国社会科学出
版社,1995年,第53-54页。

② [美]邓恩:《姊妹革命——美国革命与法国革命启示录》,杨小刚译,上海:上海文
艺出版社,2003年,第247页。

③ 巴金:《随想录》,北京:作家出版社,2005年,第193页。

个17岁男孩去劳动营之前是个另类（同性恋），随意与一些男人交往，结果被流放到乌克兰，而回国后他却更加孤独，成了人们眼中一个"无动于衷的人"。和当年一样每一次幽会都可能引来牢狱之灾。要是被抓至少蹲五年牢。有些人被抓到了，直接从公园或是游泳池带走，严刑审讯之后，投进监狱，从那儿再送到运河边的监禁营，他们有去无回，即便回来也是一具行尸走肉：身心俱毁，未老先衰，与这世上所有的爱都绝了缘。

恐怖统治可谓赫塔·米勒的小说揭示出极权生活的最大特征。极权国家真正的统治者是恐怖。暴力和血腥使得恐怖像瘟疫一样肆意横行，让生活其中的人民如履薄冰如临深渊。《心兽》中所有的人都靠逃亡的念头过活，只有独裁者和他的卫兵们不想逃跑，"从他们的眼睛、手上和嘴唇读到的不外是：他们不仅今天要，而且明天还要制造坟墓，用警犬和子弹。也用腰带、瘤子、窗和绳子"。① 萝拉死于腰带，苔蕾莎死于瘤子，好不容易迁居德国的格奥尔格有一天被发现从窗口跳下摔死，库尔特死于绳子。他们的死都看似偶然，实则有着必然性。极权生活中的人，无论是统治者还是老百姓都有着暴力和血腥的倾向。《心兽》中那些无处不在的卫兵们，那些"李子桶"们，本是农民，远离了家乡，内心的火气就恣意宣泄到了职务中；不仅卫兵，普通人也是如此，比如那些屠宰场那些嗜血成性的工人们，比如那个家庭中大行暴力的丈夫。在《呼吸秋千》中暴力也是随处可见。最痛心的是两次：一是卡尔利因为偷了别人积攒的一点点面包而遭到无情血腥暴打的场景；一是集合点名时指挥官和工头对一个智力低下的女巡夜人卡蒂的暴力。尤其是后者，可谓触目惊心：

> 图尔·普里库利齐揪着辫子把她扯起来，可是手一松，她又坐了回去。他一脚一脚踹她的腰骶，直到她蜷曲地倒在地上，拳头咬在嘴里，辫子攥在拳头里。辫梢儿垂在外面，仿佛她把一只褐色的小鸟咬掉了一半。她就这么躺着。……②

---

① ［德］米勒：《心兽》，钟慧娟译，南京：江苏人民出版社，2010年，第42－43页。
② ［德］米勒：《呼吸秋千》，余杨、吴文权译，南京：江苏人民出版社，2010年，第93页。

总之，极权生活让人性扭曲变形，往往堕为禽兽，冷酷无情，随时都有可能作出暴力和血腥的行为。

米勒仿佛一个满怀慈悲的人，用自己的笔安抚着深受极权生活折磨的无辜的普通民众，为他们申冤，为他们诉说内心无限的哀伤。如果说对极权生活的上述揭示还只是外在的，那么，米勒小说对其中的人们内在心灵创伤的呈现则进入到了人心的最深处。

心灵创伤

米勒的小说表面上看无非是展示极权社会的众生命运，但她并没有多少声嘶力竭的控诉，有的是通过一个个小人物的人生轨迹所折射出的心灵创伤，从而极大地透视出极权对其中的人民从身体到灵魂的摧残和扭曲，以及这些小人物在各自的生活中奋力突围的向往和实践。某种意义上，米勒的小说就是极权生活的创伤记忆，为我们保存了一个个创伤档案，一次次精神突围，而其核心处则是呼唤一种有尊严的生活。

创伤档案。心灵的创伤透过人物的肖像，人物的言行及周围的物象散溢出来，孤独、绝望、恐惧、悲伤、疯狂、暴力等等无不映射出人物内心的创伤，有战争的伤痛，有劳动营的后遗症，有捆绑之爱所造成的心灵阴影，有人与人之间的冷漠麻木甚至相互告发所造成的内心伤疤，有高压政治氛围下的内心焦虑，等等，一个个活生生的创伤档案，读来让人无限感怀。

《心兽》中除了独裁者和卫兵，几乎所有的人物都向读者诉说着他们遭受伤痛的灵魂。那些城中桑树院里的老人，那个被母亲用裙带绑在椅子上剪指甲的孩子，唱歌的祖母，自己和自己下棋的祖父，还有街道上那些发了疯的人们：手持枯花守望妻子回归的人，经常被人糟蹋弄大肚子总是拖着一条草辫子的小矮人，把电话线杆和树干误当作人的哲学家……他们都是些受到生活伤害的人，他们的内心都有着过多的忧伤，无处倾诉。他们的外表无不透露着内心的向往：

> 从他们的眼睛里读到的不外是：他们会立刻倾囊买下土地
> 测量员的地形图。盼望着哪天田野里和河面上升起迷雾，躲过
> 边防人员的子弹和警犬，跑掉或游离此地。从他们的手上读到

的不外是：他们会立刻制作气球，用床单和小树制成易碎的飞鸟。盼着风儿不要停下来，好让他们飞离此地。从他们的嘴唇上读到的不外是：他们会立刻倾囊跟一个巡道工交头接耳。会攀上货车，驶离此地。①

然而逃亡却是一件九死一生的事业。绝大多数的逃亡者都丧生于非命，正如小说所云"死亡是如此廉价"。②《呼吸秋千》更是一份较完美的创伤档案。从主人公去劳动营之前写起，写到归国后的岁月，小说把一个遭受常人难以想象到的心灵创伤全过程地呈现在读者面前。主人公回首过去无限感慨："在我的劳动营岁月之前、之中与之后，我有 25 年的时间生活在对国家与家庭的恐惧中，畏惧那双重的毁灭：国家把我罪犯囚禁，家人把我当耻辱放逐。"③ 劳动营里渴望自由，可是回国后他又"惧怕自由"，成了孤独的"无动于衷的人"，只有把满腔的忧伤记录到听写本上。小说末尾写他和房间里的物件跳舞，读来让人心酸，请看整部小说的最后一段："有一次，在那张白色丽塑板小桌下，有一粒沾满灰尘的葡萄干。于是我跟它跳了舞。然后，我把它吃掉了。然后，我的心里涌上一种遥远的感觉。"④ 字里行间弥漫着一种彻骨的孤独和伤感，透露出归国后生活的不如意，竟然让他怀想起曾经的牛马岁月。该小说中伤心的不仅仅是劳动营中这些无辜的替罪羊们，当地一些俄国人内心也有着同样的伤痛。给人深刻印象的是一个俄国老妇，她儿子和"我"一般大，被邻居告发从而被流放到西伯利亚的一个劳动营中。她长久只有两只"骨瘦如柴"的母鸡陪伴着她，从而度过一个个守望的日子。当"我"到她家想用煤换东西时，她把"我"当成了她的儿子一般，给"我"吃的，还给了"我"一方精美的洁白的手帕。这方手帕无疑凝聚着两个人的内心伤痛，同时也有一种温暖人心的象征意味。

总之，米勒小说中的创伤无处不在，如同小说中流淌着的血液，渗

---

① ［德］米勒:《心兽》，钟慧娟译，南京：江苏人民出版社，2010 年，第 43 页。
② ［德］米勒:《心兽》，钟慧娟译，南京：江苏人民出版社，2010 年，第 120 页。
③ ［德］米勒:《呼吸秋千》，余杨、吴文权译，南京：江苏人民出版社，2010 年，第 4 页。
④ ［德］米勒:《呼吸秋千》，余杨、吴文权译，南京：江苏人民出版社，2010 年，第 276 页。

透进每一个角落。生命是如此不幸，不幸是如此深入心灵，深入心灵又是如此令人忧伤又愤慨。由此，读者会不断被其中人物悲惨命运所感染，为那些哀号的灵魂一掬同情之泪。

精神突围。透过这些普普通通人的创伤，作者曲折地表达出对极权生活的刻骨之恨。作者没有写正面的反抗斗争，而把重心放在一个个小人物是如何在自己的境遇中突围或毁灭的。他们就像飞蛾一样向往光明，不惜粉身碎骨。他们都是些离心箭，渴望射向外面的世界。纵观米勒的小说，我们发现有一种强烈的突围意识贯穿其中。《心兽》中与萝拉试图通过牺牲身体摆脱贫穷不同，"四人组合"逐渐意识到的是要摆脱极权国家。他们在麻木的群众中孤立无援，相互取暖，"夏屋"成了他们的精神支柱。他们一方面疲于应付爪牙的监视和审讯，一方面寻找着突围的道路。他们时而串联，时而独自表演，时而狂欢，精神上藐视着这个制度以及其中麻木不仁的人们。他们并不想做英雄站出来大声疾呼唤醒民众，他们只是些普通的清醒的知识分子，无助又充满着渴望，秘密集会互抒心曲，并将一些真相输往国外。这是一场孤独的突围表演，失败过半，成功者移居国外也满心伤悲。

《呼吸秋千》更是精神突围的绝妙书写。1945年1月，17岁的男主人公渴望离开自己所在的针尖大的小城，因为"这里所有的石头都长着眼睛"。他始料未及的是，本想逃离束缚和监视，却落入更大的陷阱，生命危在旦夕。然而在劳动营里，他渐渐地认清了现实，变得异常顽强。他之所以能活着出来，除了祖母临别"我知道你会回来的"的话作为精神支柱之外，最主要的还是男孩自己内在精神的胜利：超越苦难，抗拒死亡。男孩意识到"抗拒死亡勿需用自己的生命，只需一个尚未完全终结的生命就够了。"① 的确，在恶劣的生存环境里，顽强活着就是胜利，正如里尔克的诗所说的："有谁在谈胜利呢？忍耐就是一切"。②

男孩是如何把自己从别人难以忍受的苦难现实中超拔出来的呢？他的生存策略就是：将生活审美化。极其令人痛苦的事物往往以一种让人

---

① ［德］米勒：《呼吸秋千》，余杨、吴文权译，南京：江苏人民出版社，2010年，第80页。
② ［奥地利］里尔克：《里尔克诗选》，绿原译，北京：人民文学出版社，2006年，第268页。

快乐的语言表达出来：把饥饿说成"饥饿天使"，把死亡说成"幸运太多了那么一点点"，把无聊说成"财富"，等等。对故乡的思念竟以一种反讽的语调表达出来："乡愁。好像我需要它似的。"他不为儿女情长所困扰，竭力地磨砺着自己的心灵使之坚硬，把所有的心思放在"人要生活。人只活一回"的观念上。为了摆脱那些当下的痛苦，他把注意力聚焦到眼前的人与物。于是，人与物在他的眼里都超越了日常意义，而进入到一个审美的境界。小说中对物的津津乐道不胜枚举，最典型的要数对炉渣和化学物质的观察。对别人熟视无睹的炉渣，他却能发现其"怡人而具震撼力的美"。炉渣有不同的颜色：白炉渣、深红色高炉炉渣、褐绿色炉渣。炉渣有不同的性格：热炉渣有时会拉肚子，而冷炉渣则"够讲理"、"有耐心、靠得住"。每一种炉渣都具有人的品行，都带给他不同的体验。劳动营中的化学物质无处不在，它们腐蚀着人们的鞋子、衣服、手和黏膜。但他却能苦中作乐，想出了一个"香味街道"的点子，给劳动营的每一条路都发明一个诱人的名字：萘街、明矾路、鞋油路等等。他不愿这些物质用毒性来摆布，于是干脆让自己舒舒服服地对它们上了瘾。这样，不同的化学物质在"折磨"他的同时，也给了他观察体验时的快乐。

对人的审美观照，最精彩的是对发面包人范妮的描写：

> 范妮的公正性让我万分痴迷。你看，她的歪嘴和秤的精确度结合得多么完美。范妮身上让人感到厌恶的地方就是一种完美。范妮非善非恶，她不是凡人，而是穿着钩织夹克的法则。我似乎都没有想过，拿范妮和其他女人相比，因为谁也没有她近乎病态的纪律性和完美无瑕的丑陋。她就像一块配给的盒式面包令人渴求，湿得一塌糊涂，黏得一塌糊涂，可恶地充满营养。①

对范妮的上述审美体验把对范妮的怨恨很好地宣泄掉了，使得自己内心平静从而安于现状。

---

① ［德］米勒：《呼吸秋千》，余杨、吴文权译，南京：江苏人民出版社，2010年，第99页。

不仅对人对物，他都能够把自己从痛苦中超拔出来。他还能够把自己从繁重的劳动中解脱出来，法宝同样是审美化。他把别人那里不堪重负的劳动变成了艺术。工头问他在地窖里铲炉渣感觉如何时，工头满心期待他抱怨，可他每次都坚守同一个答案："每一个班都是件艺术品"。他这样说并不是一味地自欺欺人。他对炉渣的审美的确给了他乐趣。同样的，装卸煤在他那里也成了艺术。小说中对用心铲卸煤的生动描写给人以力与美的阅读享受，读者根本不觉得这是劳动营的生活，而仿佛是某个劳动竞赛的表演：

> ……现在你可以大臂一甩，将铲叶上的煤抛向空中。铲子在空中呈水平状态，只有左手抓着铲端的横木。这就像探戈一样优美，在相同的节奏中交替转换着锐角。煤要飞得更远的话，击剑式就会自然而然被即兴华尔兹所取代，在一个大三角内完成重心转移，身体弯至45度，一扔之下，煤像鸟群一样飞出。饥饿天使也一同飞翔。……①

饥饿天使无时无地不在，劳动营的日常生活又无法逃避，除非你不想活。所以男孩通过审美的眼睛看待世界，将日常生活审美化，这不啻为一种有效的超脱之道。在此，米勒的小说告诉了我们一个生存智慧：当生活难以忍受之时，最隐忍的方法也许就是将生活艺术化。

呼唤尊严。米勒小说最深层的核何在？如果说极权生活是其小说的表层，心灵创伤则是其表层之下的肉，那么这肉里裹着的坚硬的核便是尊严。某种意义上，米勒小说的母题便是希望所有的人都能够有尊严地活着，正如她在授奖演说中所说的："我希望我能为所有那些被剥夺着尊严的人说一句话"。②

卢梭说："每个人的尊严都是神圣不可侵犯的。"③ 但是在米勒的小说中，普通人的尊严却随时随地都可能被人任意践踏和羞辱。尽管如

---

① ［德］米勒：《呼吸秋千》，余杨、吴文权译，南京：江苏人民出版社，2010年，第75页。

② ［德］米勒：《你带手绢了吗？——赫塔·米勒2009年诺贝尔文学奖演说》，庆虞译，见《心兽》，南京：江苏人民出版社，2010年，第14页。

③ 卢梭：《漫步遐想录》，廖灯明译，北京：中国社会科学出版社，2003年，第95页。

此，米勒还是通过一些细节的描写传达出另一真理：生命本身的高贵却是任何暴力所难以消灭的。《心兽》中当母亲被警察关进他的办公室十个小时，其间她出于无聊，把警察的办公室的灰都擦了。晚上警察回来，开了灯，竟然没有发现所有的东西都变干净了。这是米勒根据自己母亲的亲身经历写出来的。在诺贝尔奖授奖演说中，米勒说出自己对母亲的尊敬之情："通过这些额外的然而也是自愿的忍辱负重，她还是创造了一些尊严。"① 《呼吸秋千》中巡夜人在工头点名时为他擦鞋的描写，可谓异曲同工：她"用帽子擦他的鞋。他一脚踩住她的手。她抽出手去擦另一只。他另一只脚又踏住她的手。等他抬起脚时，她蹦了起来，乱舞着胳膊，像只鸽子'咕咕'叫着穿过点名的队列。"② 一方面她们是如此的卑微被人践踏，一方面在人性的法庭上她们却又是如此的高贵，她们纯粹的本性却从未改变，她们的灵魂就如她们擦洗过的地板一样干干净净。相反，那些虐待他们的人的灵魂就显得肮脏而卑劣了。

"人人都有一个心兽。"③ 人的尊严可以被践踏，肉体可以被折磨，但只要心兽活着，人就活在渴望中，渴望自由，渴望爱，渴望有尊严地活在这个世界上。这便是赫塔·米勒小说字里行间所承载的一个心灵砝码！

意象叙事

众所周知，小说是叙事的艺术，它一般是以塑造人物形象，展现人物命运为主旨。因此，小说家非常讲究情节和结构安排，尤其是情节，它推动故事的发展，一步步演绎人物的命运。但赫塔·米勒的小说却别有所长，它没有曲折的情节，没有复杂的结构，甚至也没有章节标题。《心兽》从头到尾没有章节安排，只有空行作为分节号，仿佛就是一首放大的诗。《呼吸秋千》也没有章节序号，只是由一篇篇文章构成的回

---

① ［德］米勒：《你带手绢了吗？——赫塔·米勒2009年诺贝尔文学奖演说》，庆虞译，见《心兽》，南京：江苏人民出版社，2010年，第13页。

② ［德］米勒：《呼吸秋千》，余杨，吴文权译，南京：江苏人民出版社，2010年，第93-94页。

③ ［德］米勒：《心兽》，钟慧娟译，南京：江苏人民出版社，2010年，第64页。

忆录，仿佛是一部散文集。米勒淡化小说中的一些形式要素，但却坚持了小说中的核心因素：故事。她的小说也是在说故事，一个个无依无靠的人的生活故事，但用的却是诗的形式，坠满了各种各样的意象，每一个意象都是一张口，向读者诉说着内在的秘密。这种以意象编制故事的小说叙事，我名之为意象叙事。它是米勒小说最有特色的艺术手法。

意象不同于物象。物象只是外在事物在大脑中直接而单纯的反映。所以我国唐代画家荆浩才说："画者画也，度物象而取其真。"① 此处的"真"意味着画家不仅仅追求物象的形似，而更应该追求一种心象的神似，这就是进入意象的范畴了。所谓意象则是外在事物经过了人心的浸润，从而灌注了观照者一定的思想和情感。它是外在物象与内在心象的有机结合。用刘勰的话来说，即"情在词外曰隐，状溢目前曰秀。"② 外在生动的物象可谓之"秀"，不直接表达出来的内在心象则是"隐"。正是因为凝聚着思想和情感，意象叙事最直接的阅读效果就是处处洋溢着一种诗意，伴随鲜活灵动的语言，一个接一个的意象在读者眼前舞动。这些意象看似随意为之，实则很多都含有丰富的象征意义。《心兽》中的重要意象有：心兽、九命杀手、鸡受罪、夏屋、瘤等等。"心兽"是中心意象，象征着一个人最内在的本性。心兽可以是野蛮的，如波埃勒上尉；可以是野心勃勃的，如萝拉；可以是桀骜不驯的，如"四人组合"；也可以是逆来顺受的，如那些老人们。作者以心兽为题，意在揭示人性的复杂，控诉兽性，并曲折地表达出只要人心不死就有希望的想法。

"九命杀手"本是一种鸟。在格奥尔格工作的木材加工城，老人们的哨子把林中的鸟都吹疯了，只有九命杀手这种鸟还是我行我素地生活着。后来格奥尔格自命为九命杀手。小说中九命杀手象征着极权生活中具有顽强生命力的人。"鸡受罪"是格奥尔格送给"我"的一个玩具。它象征着极权生活中的无助弱小的人们，他们被操控着备受折磨。"夏屋"象征着精神圣地。"瘤"象征着极权社会的毒素，它侵扰着其中无

---

① 叶朗：《中国美学史大纲》，上海：上海人民出版社，1985 年，第 246 页。
② 叶朗：《中国美学史大纲》，上海：上海人民出版社，1985 年，第 226 页。

辜的人们。同样在《呼吸秋千》中，也有许多意味深长的意象。标题"呼吸秋千"可谓中心意象，本指主人公集合点名时在静立中达到忘我状态的一种练习，就是不抬头，眼睛上翻，在空中寻找云的一角，可以把自己的一副骨头挂上去。将呼吸与儿童玩具秋千结合一起，象征在苦难之中举重若轻的超脱。还有其他一些值得关注的意象："心铲"把劳动工具的铲子和心相连，在小说中象征着只要用心便可以把劳动变成艺术的工具；荒原上的"土狗"则象征着无处皈依的灵魂；"布谷鸟钟"象征着对春天的希望；"钢琴"象征着久经锤炼的人。等等。

米勒的意象叙事并没有喧宾夺主，它旨在为人物形象服务，给人物的故事增添了许多装饰。在阅读中，我们发现在人物故事的发展过程中，会有一个个的意象不期而至，仿佛故事的推动者成了意象，而不是传统意义上的情节。如《心兽》中的萝拉的人生轨迹由以下意象群展示出来：桑树—白衬衫—公园—腰带—日记本。而"我"的主要意象群是：指甲剪—青李子—夏屋—钥匙—鸡受罪—手帕。库尔特的轨迹：屠宰场—血—绳。格奥尔格的轨迹：木材工业城—哨子—九命杀手—窗。不仅如此，小说每一人物往往都会有一个主打意象与其相连，比如：皮埃勒上尉—狗；苔蕾莎—瘤；祖父—王后棋子；小矮人—草辫子；哲学家—白胡子；守望者—枯花等等。《呼吸秋千》的64个标题中表示意象的有一半多。标题即使不是意象的章节，在其具体内容中也充满着意象。米勒的其他小说也无不如此，单从标题便可窥见一斑，如《狐狸那时已是猎人》中的狐狸与猎人，《人是世上的大野鸡》中的野鸡，以及短篇小说集《低地》中一系列的标题意象如烂梨子、清道夫、黑色公园等等。我们有理由相信，米勒在构思小说时，意象起到了至关重要的作用。

纵览米勒小说，我们发现，米勒写人物的同时也是在写一个个的意象，或者可以说，米勒是在通过意象写人物。我们不禁要问，这种以意象构思小说塑造人物的写法是否可行？仔细琢磨后，我们惊叹于这种小说写法的高明。人在世界上生活，不仅和人打交道，其实也是与物共存。人的生活离不开身边的事物。我们可以根据这些围绕在人物身边的物来透视他们的生活。不同的人观照世界的眼光不同，所以通过不同的人眼中的事物也就可以透视其观照者是一个什么样的人。这样看，在小说中把人物与某个意象密切相连不仅可行，而且更具韵味。因为意象可以通过象征来传达思想感情。这是其一。此外，每个人的生命历程中，随着时间的流逝，会出现一个个关键性的事物，每一件事物可能代表着一段特殊的生活阶段。这样看，用意象（群）来叙述人物的人生历程，与通过一个个故事情节来演绎人生，有异曲同工之妙。前者是用事件记录生活，后者则是用事物的意象呈现生活。

其实，很多小说家都注意到意象对于塑造人物的象征作用，比如海明威《老人与海》中的意象群，比如张爱玲《金锁记》中的不同人眼中的月亮的描写。但是，就我所知，没有哪位作家像米勒这样有意识地把如此多的意象散布在小说的各个章节，让人回味无限。

综上所述，赫塔·米勒的小说最主要的贡献便是对极权生活中的众生图谱的诗意呈现，其主旨在于以诗意对抗极权，为那些不幸的人们召唤一种有尊严的生活。无论是小说的思想内容还是艺术形式，赫塔·米勒都在前人的基础上有所突破。她拥有着自己平凡的思想，但却能身体力行将之融入写作之中，由此把温暖给了全世界处于水深火热中的普通民众。赫塔·米勒，一个有着慈悲心怀的普通女人，一个身怀绝技的杰出小说家，以其辉煌的表现为诺贝尔文学奖增添了新的光彩。

【延伸阅读】

1. **奥威尔《1984》**（1949）：与英国作家赫胥黎著作的《美丽新世界》，以及俄国作家扎米亚京著作的《我们》并称反乌托邦的三部代表作。极权社会普通人的悲惨人生。

2. **索尔仁尼琴的《古拉格群岛》**（1973）：苏联列宁和斯大林时期法制历史最精炼的描摹。作者堪称是苏联知识分子的良心。

第七章　生活的韵味

【理论向导】

　　"味"是中国古典美学最为古老的范畴之一。老子就提出"道之出口，淡乎其无味"。后来陶渊明、王维、司空图、梅尧臣、苏轼等人继承这一思想，并发展形成中国美学史上一种特殊的审美趣味：平淡。"韵"字出现于汉魏之间，三国曹植《白鹤赋》中"聆雅琴之清韵"可能是"韵"字之始。"韵"当时用于人伦鉴识多过于用在文学中。北宋时，"韵"被推崇为"美之极"。纵览北宋诸家论韵之文字，我们发现，"韵"和老子的平淡之"味"合而为一。用苏轼的话来说就是："发纤秾于简古，寄至味于淡泊。"我们现在用"生活的韵味"主要就是指普普通通平平淡淡的生活之中又具有某种耐人寻味的东西。

　　韵味不同于滋味。滋味直接地表现为酸甜苦辣咸，而韵味则蕴藏于平淡之中。"有余意之谓韵。"韵必须有反思的空间。如果滋味是倾向于感性体验，那么韵味则侧重自觉的理性思考。某种意义上，"韵味"就是"味外之味"。生活的韵味是对生活的滋味的提升与感悟。要想获得生活的韵味，我们必须超越生活直接呈现的滋味。

　　平淡但不能平庸。如果我们认为既然生活平平淡淡才是真，就停步不前不思进取，那就大错特错了。平淡主要是指一种心态，即甘于平凡，而不能功名障目利欲熏心。"宁静以致远，淡泊以明志。"虽然说不想当将军的士兵不是好士兵，但应该明白，不是所有的人都可以像纪念塔那样为世人瞩目和景仰，绝大多数的人终其一生都如荒野上的一朵不知名的小花一样，自生自灭默默无闻。只要能尽情地开放，绽放出最大的生命之美，就可以无悔此生了。

活出滋味。每个人对生活韵味的感悟必须借助于对生活滋味的咀嚼。有人偏偏执意从事父母所竭力反对的事业，有人毅然决然抛弃舒适的生活过一种清贫纯朴甚至颠沛流离的生活，有人明知希望渺茫却仍要投入地拼搏一次，有人明知别人的告诫千真万确却还要斗胆试试，有人无数次失败却还一如既往奋斗，有人偏爱空中楼阁，有人不愿步人前尘，走自己的路即便荆棘满地，有人明知山有虎，偏向虎山行……生活属于每个人，人生又是这般短暂。让自己去生活去学会生活，没有必要凡事都要对他人言听计从。生活的旅途并非有了他人的告诫就少艰难险阻。有时故意我行我素，尽管跌得鼻青脸肿，碰得头破血流，也未尝不是一种收获，一种生活的底蕴。活着不容易，活就得活出滋味，活就得活出风格。积极地去生活去创造有价值的人生。不必拘泥前人，不必在意成败，以身作笔，于广浩的人生卷帙，描绘你真实的风采，展示你多姿多彩的生命！只要奋斗过，失败也是成功。

【作品研读】

寄至味于淡泊：《流逝》

王安忆（1954—）中国当代作家，代表作：长篇小说《长恨歌》，文艺理论《心灵世界》。

如果说"行于简易闲澹之中，而有深远无穷之味"就是"韵"，[①]那么在王安忆的作品中，最有韵味的可能要数荣获1982年全国中篇小说奖的《流逝》了。这篇小说的最大特色就是用有韵味的文字揭示了有韵味的生活。干净利落又娓娓道来的文字，平平淡淡毫不铺张，柴米油盐家长里短普通之极的生活，蕴含着丰富的人生体验与世事沧桑。也许读第一遍，你还觉得平淡了点，等到读第二遍，你渐渐地发觉出字里行间的魅力。而当你读了三遍，不断地回头细读，会发现这真是作者少

---

① 叶朗：《中国美学史大纲》，上海：上海人民出版社，1985年，第307页。

有的一篇小说，既不像此前诸如《雨，沙沙沙》《本次列车终点》等小说那样单薄，又不像后来《长恨歌》《叔叔的故事》等小说那样绵密而又稍嫌繁琐，它既不是太平淡的白开水，又不是太浓郁的黑咖啡，它是不断散发着清香的一杯淡淡的绿茶。让我们来品味一番小说所带来的艺术世界吧！

生活的滋味

欧阳端丽没有正式工作，因为大学毕业被分配去甘肃，她不愿意去。"文革"中，张家因为资本家出身，财产没收，一家五口衣食住行就靠着丈夫每月 60 元的工资。扣除每月的煤气、水电、米、油、盐、酱、醋、肥皂、草纸、牙膏等费用，剩下的钱全用来买菜也只够每天八毛。"文革"后，张家一下子又成了富贵人家。前后十年，对于端丽来说，所走过的道路真是天壤之别。这也是那个时代的人所共有的生活体验，只不过不像她这样大的反差。对于生活的滋味，也许没有多少人能像端丽领会得如此深刻而丰富。

酸。当我们感到自己的生活不如以前或不如别人，或感到对不起亲人，内心会有一种隐隐的酸涩。端丽过去的"生活就像在吃一只奶油话梅，含在嘴里，轻轻地咬一点儿，再含上半天，细细地品味，每一分钟，都有很多的味道、很多的愉快。而如今，生活就像她正吃着的这碗冷泡饭，她大口大口咽下去，不去体味，只求肚子不饿，只求把这一顿赶紧打发过去，把这一天，这一月，这一年，甚至这一辈子都尽快地打发过去"。① 过去是在嘴里咀嚼生活的味道，现在却要让她全身心去体验了。因为每天菜金有限，排队买肋条时，她祈祷"可别卖完了！"等到排到跟前，"紧张、兴奋，使她一时没说出话来"，② 本想要一块钱的，多两毛钱都不敢要，可是又怕身后的人抢去，又不得不硬着头皮买下。回来烧鸡蛋，五岁的咪咪说"肯定好吃得一塌糊涂"，她"心里不

① 王安忆：《流逝》，见《中国当代作家选集丛书·王安忆》，北京：人民文学出版社，1995 年，第 114 页。

② 王安忆：《流逝》，见《中国当代作家选集丛书·王安忆》，北京：人民文学出版社，1995 年，第 112 页。

由一酸"，这种乡下粗菜，看了就发腻，过去都不愿吃，可现在居然真觉得香。当小姑文影不停地赞美她年轻时的漂亮时，她打断了小姑的追忆，因为她"越听越觉得眼下寒碜，寒碜得叫人简直没有勇气活下去"。①当她知道自己三个孩子吃了三分钱一碗的没有牛肉的牛肉面还心满意足时，她"一阵心酸，说不出话来了。接连吃两天素菜的决定便在这一刻里崩溃了"。②当楼下金花阿姨看着她的菜篮子问"买这么点菜，够吃吗"的时候，她"很难堪，脸红了，将菜篮子换了只胳膊"。③……凡此种种，把一个拮据的家庭主妇内心的辛酸再现得淋漓尽致。

甜。"文革"前，端丽过了几年幸福的日子，不愁吃不愁穿。"文革"后，也重新过起了富裕的日子，逛街，赴宴，跳舞，旅游，忙得不亦乐乎，生活甜得发腻。也许甜需要用苦来作映衬方才受到珍视，端丽的心中，"文革"期间平常生活中星星点点的温馨体验却深入骨髓，令她回味无穷。生活的艰难让她倍觉温情的可贵。金花阿姨的无私帮助以及阿毛娘的教导都无不让她感到人间的温暖。进入街道工厂做临时工，每当放工她走出工厂便感到"一身轻松。夕阳很柔和，天边染了一层害羞似的红晕。马路上自行车铃声丁零零地响着，像在唱一支轻松而快乐的歌。"④多多到农村去锻炼回来那天，晚上一定要和她睡一起，咪咪也挤了过来。母女三人叽叽咕咕地谈了一夜，她"一手搂着一个女儿，心里充满了做母亲的幸福。她忽而又想起了过去的好日子，那日子虽然舒服，无忧虑，可是似乎没有眼下这穷日子里的那么多滋味。甜酸苦辣，味味俱全。"⑤

苦。如果说酸还是一种轻度的生活体验，多为一刹那的内心感慨，

① 王安忆：《流逝》，见《中国当代作家选集丛书·王安忆》，北京：人民文学出版社，1995年，第117页。
② 王安忆：《流逝》，见《中国当代作家选集丛书·王安忆》，北京：人民文学出版社，1995年，第121页。
③ 王安忆：《流逝》，见《中国当代作家选集丛书·王安忆》，北京：人民文学出版社，1995年，第134页。
④ 王安忆《流逝》，见《中国当代作家选集丛书·王安忆》，北京：人民文学出版社，1995年，第157页。
⑤ 王安忆：《流逝》，见《中国当代作家选集丛书·王安忆》，北京：人民文学出版社，1995年，第160页。

那么苦可能还意味着切肤之痛。端丽的苦主要来自两个方面，一是身体的疲惫，一是内心的孤苦。身体的苦源于一家五口的日常生活的操劳。"文革"中家里没了保姆，自己不得不早晨四点钟就起来买菜，她常常"咬牙翻身坐起，把被子一直推到脚下，似乎为了抵抗热被窝的诱惑"。[①] 有一次为了能满足家里大人小孩的吃鱼愿望，半夜三点钟就跑到菜市场排队。营业员为防止插队，就用粉笔在排队的人胳膊上写上号头。端丽觉得那样叫人想到犯人的衣服，就商量着把号头写在夹袄前襟的一角，没想到好不容易轮到自己了，却被人怀疑插队。因为粉笔写的号码被蹭掉了，自己有口难言。后面有人叫嚷"出去，出去!"，还有人过来推她拉她。她绝望地扒住滑腻腻的柜台，一句话也说不出来，急得要哭。幸亏楼下的阿毛娘从人群中站出来解围。为了能贴补家用，她叫金花阿姨介绍了个小孩庆庆来带。自己的三个孩子，她都没怎么操心，全是奶妈一手操办。如今自己成了奶妈替人看孩子。她从没有在孩子身上尝到这么多滋味，甜酸苦辣，味味俱全。后来孩子上幼儿园去了，她又去了街道工厂做临时工。嫁到张家第二年，附近民办小学就请她代课，她认为教书是卑下的工作而不愿去，现在她却主动从事单调乏味的体力劳动。端丽最苦的还是内心对丈夫的失望。过去丈夫能圆满地解决任何困难，可现在只会叹气，凡事都得依赖她。端丽忽然发现丈夫是那么的无能，成了草包一个。不仅自己的小家庭，张家大家庭的事情，也让她费尽心思，诸如为文光文影上山下乡操劳，远去江西为文影办理病退手续，为文影治病等等。两眼一睁忙到熄灯的端丽，有时"直觉得自己命苦"。面对一堆烂摊子，她怎么不苦呢!

辣。生活之中的苦往往是自己找的，自觉自愿，只能打碎牙齿往肚里咽。生活中的辣则来自于外人的不公正的言行举止。辣更能刺激人心，让人心痛不已，甚至担惊受怕。"文革"中，张家数次被抄家。一家惊恐不安，每次抄家小姑文影都要发高烧。隔壁弄堂有几家孩子也常常来捣蛋，对着端丽她们的脊背叫"阿飞"，甚至扔石头。"文革"开

---

① 王安忆:《流逝》，见《中国当代作家选集丛书·王安忆》，北京:人民文学出版社，1995 年，第 110 页。

始后这些孩子又都跑来呼口号骂人朝玻璃窗扔石头。有一次早上为庆庆定的牛奶也不知被谁砸碎了。阿毛娘知道后告诫她"做人不可太软，要凶！"。也许是生活中的辣味尝多了，也许是阿毛娘的话起了作用，端丽自己也泼辣了起来。有一次排队买鱼几个野孩子插队反赖她插队，她居然夺过他们的篮子扔得老远。来来刚升中学在学校受了欺负，她跑到学校据理力争，迫使老工宣队师傅让那孩子向来来道歉。工宣队来家里劝说多下乡插队，当言及多多的出身不太好更应去改造时，端丽一下子从板凳上跳起来一顿怒斥，吓得那两个人往后一仰。最让端丽体验到生活的辣味的可能来自于自家人对她的含沙射影。"文革"后，因为公公多给了她一份钱，文影心里不满，经常无端地粗鲁地吵嘴。虽然"文革"之前姑嫂也常常发生纠纷，可是"文革"期间，端丽在文影身上付出了多少心血啊，"文革"后文影竟然如此忘恩负义，怎不令她心痛！

每个人的生活都充满着酸甜苦辣，但生活并不是为了品尝这些酸甜苦辣的，生活必须在酸甜苦辣之中拥有一份让我们感到没有白白活一回的东西。能够品尝丰富的生活滋味的人是经验丰富的人，但是人生除了丰富的经验之外，还需要某种东西让我们觉得无愧于所受到的天、地、人的恩惠。这是一种什么东西呢？这就是生活的味外之味——生活的韵味。"文革"前，端丽的日子甜的蜜一般，根本没有心思体味生活的韵味。"文革"期间，端丽沦为一个实实在在的家庭主妇，内心只想着生活的实际问题：房租、水电、煤气、油、盐、菜、米。本是维持生存的条件，结果反成了生活的目的。这也符合儒家的"穷则独善其身"的观念。等到"文革"以前的一切都恢复了，当她重新习惯了新生活，她又感觉不到重新开始生活的幸福。于是她惆怅，她忧郁，她觉得百无聊赖，"她恍恍惚惚的，心里充满了一种迷失的感觉。她像一个负重的人突然从肩上卸下了负荷，轻松极了，轻松得能飘起来，轻松得失重了。"① 这是一种"生命不能承受之轻"，它让端丽在极端丰裕的生活里

---

① 王安忆：《流逝》，见《中国当代作家选集丛书·王安忆》，北京：人民文学出版社，1995 年，第 189 页。

反而觉得疲惫不堪无聊之极，日子反倒难过起来。"人生轻松过了头反会沉重起来；生活容易过了头又会艰难起来。"① 很显然，这篇小说通过端丽前后生活的轻重对比以及酸甜苦辣的细致描摹意在表达一个道理：丰富的人生充满着酸甜苦辣的滋味，但是要想生活得不空虚无聊，还需要拥有生活的韵味。也许端丽还不知道生活的韵味是什么，但她已经踏上了追寻的道路。

生活的厚度

每个人的生活都可以是一部书，但书与书的厚度是不同的。生活的厚度取决于生活经验。端丽十年前后的生活经验是丰富复杂的，这使她拥有了一份生活的厚度。但她的生活空间又极其狭小，仅仅局限于上海这座城市，这又使得她的生活显得有些单薄。从时间来说，端丽的生活比文光和文影厚实；从空间来看，端丽的生活就相形见绌了。因为端丽没有勇气或者说不愿意远去甘肃，她自认为"在上海吃泡饭萝卜干都比外地吃肉好"。② 虽说文影被迫无奈而去江西，也只是去了五个月，但这短暂的五个月应该是一笔宝贵的人生经验。孤身在外地插队最能锻炼一个人生活能力，作者自己就是例证，她如果没有在安徽插队的经历也不会成就今日的王安忆。

从生活的厚度出发，这篇小说中最值得咀嚼一番的人物便是文光。生长在富贵人家不愁吃不愁穿的他，典型的一派纨绔子弟作风，游手好闲满脑子的心思。小学时一会儿说想学画，一会儿说会一门外语有好处。只要他想学什么，家里立刻请来家庭教师。结果什么也没学好，反误了自己的功课，连中学也没考上。又读了一年毕业班，家里请了两个家教。他无所谓似的，还常常逃课。家里像侍奉坐月子似的，每日牛奶鸡蛋桂圆敞开供应。考高中时也是如此这般折腾了一番。正当他准备考大学时爆发了文化大革命，废除了高考制度，要不然还不知道要怎么收

---

① 王安忆：《流逝》，见《中国当代作家选集丛书·王安忆》，北京：人民文学出版社，1995 年，第 180 页。

② 王安忆：《流逝》，见《中国当代作家选集丛书·王安忆》，北京：人民文学出版社，1995 年，第 117 页。

场呢。"文革"刚开始，他就站出来同父亲划清了界线，卷起铺盖住进了学校。不到两个月，又因为学校那里"太野蛮"，他"实在吃不消"，又黑又脏又瘦叫花子一般回到家里。父亲虽然不搭理他，家里还是把他菩萨一样地供养着。

张家儿女从来就不知道生活的艰苦。他们"不是长的，是用金子铸的"，"倒是贵重，却没有生命力"。① 他们在艰难的岁月里，畏首畏尾毫无阳刚之气，浑浑噩噩混日子。但文光的可爱之处在于，他已经意识到这种生活的空虚，而且有意去改变。他主动报名参加战斗队到黑龙江军垦农场开荒种地，临走前他对端丽说："不知怎么搞的，我常常感到无聊呢！我不晓得人活着是为了什么。真的，人活着究竟为了什么？"② 当端丽说为了吃饭穿衣睡觉时，他不以为然，认为这是生存的必要条件而不是目的。

端丽在"文革"之后遭遇到的问题，文光在"文革"中就已经意识到并着手突围了。当时端丽为了生计整日焦头烂额，根本不能理解文光的痛苦，只是觉得他奇怪又可怜。当文光从黑龙江探亲回来，不断延长假期毫无回去的打算，整日睡觉逛街，和先前一样百无聊赖闷闷不乐，幽灵一样进进出出，端丽认定他没出息，从心里可怜又瞧不起他。"文革"后，文光跑回黑龙江把户口迁回上海，又有了固定的工作。可他的精神仍然没有寄托。他觉得生活"省心，又省力。吃了做，做了吃，平行的循环，而生活应该是上升的螺旋"。③ 于是他打算退了工作去开西餐厅。他忽然感悟到端丽认为人活着为吃穿很有哲理，"我们劳动是为了吃穿得更好；更好地吃穿，是为了更努力的劳动，使吃和穿进一步。人类世界不就是这么发展的？"④ 姑且不论这种思想的境界，文

---

① 王安忆：《流逝》，见《中国当代作家选集丛书·王安忆》，北京：人民文学出版社，1995年，第131页。
② 王安忆：《流逝》，见《中国当代作家选集丛书·王安忆》，北京：人民文学出版社，1995年，第140页。
③ 王安忆：《流逝》，见《中国当代作家选集丛书·王安忆》，北京：人民文学出版社，1995年，第184页。
④ 王安忆：《流逝》，见《中国当代作家选集丛书·王安忆》，北京：人民文学出版社，1995年，第185页。

光从四体不勤到认识到劳动的意义，应该是一个不小的进步。

最后解放文光的是文学。他看小说逐渐入了迷，也学着动手做起小说来，而且也发表了一二篇，便愈加热心了，请了长假在家里写作。他将没有勇气实践的一切都交给小说中的人物去完成。多少年苦恼着他的问题解决了。他不再感到空虚，不再悲哀了。他最终明白"人生的真谛实质十分简单，就只是自食其力"，"用自己的力量，将生命的小船渡到彼岸……"① 这对于从小到大饭来张口衣来伸手的文光来说，是一个巨大的变化。

文光逐渐通过拓展生活时空和扩大精神世界，使得他的生活既有厚度又拥有了一定的境界。如果说生活厚度源于现实世界生活经验的丰盈，那么生活境界则有赖于精神世界的提升。如果说生活厚度是岁月的累积和道路的延伸，那么生活境界则意味着思想的丰富和心路的历程。如果说生活厚度可以借助故事和阅历中的人生滋味得以现身，那么生活境界则端赖于生活的意义和意味来表现。这篇小说通过文光的生活境遇告诉我们：生活除了争取厚度之外，还应努力达到一定的境界。

其实每个人都可以追求生活的境界，只要我们对生活有清醒的认识，并能不断反思；只要内心拥有一份追求，可以放牧我们的灵魂；只要不断伸展我们的生活道路并不断进入新的精神领域。这也是小说通过文光展示给我们的重要启示之一。诚然，境界有高低之分，超然于个人私欲之上，游离于功名利禄之外，体验到创造生活以及与天地人神融为一体的乐趣，方可谓高境界。纵然文光目前还处于一种较低的境界，但是从未停止思考生活也从未停止追求理想的他有希望走上更高境界的人生道路！

生活的积淀

生活就像一条河流，一个个日子，一去不回头地流逝了，随日子流逝的还有我们的酸甜苦辣，但有些东西在河床底部和两岸慢慢积淀着，

---

① 王安忆：《流逝》，见《中国当代作家选集丛书·王安忆》，北京：人民文学出版社，1995年，第193页。

保持着河床的厚度和硬度。正是这些积淀，使得河床不至于被流水冲刷殆尽。这篇小说通过不同的人物文革前后的对比展示了岁月的流逝与积淀的辩证法，它启示我们：尽管岁月的流逝对每个人的体验不同，但是假恶丑的东西，我们希望它们永远流逝不会再来，而真善美的东西应该积淀下来，成为后世的宝贵精神财富。

小说集中探讨的是"文革"十年对于不同人的不同感受，它没有像其他伤痕文学作品那样正面揭露和批判，而是把笔触伸向人心的深处，竭力展示十年苦难岁月带给心灵的影响和变化。对于端丽来说，她内心发展出一种根深蒂固的实惠精神。所以"文革"结束后，她要像丈夫所说的那样准备"赎回十年"，因为她觉得"那十年是白过了"。这是"文革"之后大多数有钱人尽情吃喝玩乐的普遍心态。可不多久他们又被空虚无聊闹得疲惫不堪。殊不知，赎回十年最有意义的途径，不是弥补十年没有享受到的快乐，而是要从十年的时光中汲取有益的精神，再重新开创未来的美好生活。

文影这十年的长进，是从小姐脾气发展成了老小姐脾气。大女儿多多的脾气和十年前一样的坏。当端丽指责她们的时候，她也丝毫没有自我批评。作者写道："她们都把那十年忘了，那不堪回首的十年没有了。"① 相比较而言，端丽儿子来来和小女儿咪咪似乎保持着一贯的勤劳简朴做事认真的作风。来来"文革"后变得又瘦又高，跟小时候完全不一样了，对吃的热心转移到了学习上面。每天在小烟纸店站了八小时柜台，晚上还要用功到十一二点。端丽要给他买进口手表，他毫无兴趣，他认为"带什么表不一样？要紧的是考上大学。"端丽看着他拼命读书，心疼地发了一通读书无用的牢骚，说"只要有钞票，什么都有了"。来来不以为然，依然没日没夜地苦读，终于考上了名牌大学。而咪咪出生不久就碰上文化大革命，可谓生不逢时。她从小就非常喜欢做事，帮助妈妈排队买东西，从不急躁不擅离岗位，总是乖乖地站着，无论排多久都没有怨言。妈妈无论让她干什么，她都欢天喜地，做每一件

① 王安忆：《流逝》，见《中国当代作家选集丛书·王安忆》，北京：人民文学出版社，1995年，第183页。

事都贯注了十二分的兴趣和认真，似乎这些琐事有着无穷的趣味。"文革"后家里条件好了，可她一心只想着学习，想着考重点高中。端丽要带她去杭州玩，她也无动于衷。咪咪的身上一直保持着从小以来的优良作风，那就是"在日头下，流着汗，一小步一小步地接近目标，获得果实"，① 在她身上我们看到了岁月的痕迹。

"岁月，毕竟不会烟消云灭，逝去的那么彻底，总要留下一点什么。"② 每一个过去的日子，尤其是那个艰苦的十年浩劫，决不会白白地流逝！美好的东西我们要保存，丑恶的东西我们要摒弃。美国著名历史学家小阿瑟·梅尔·施莱辛格说过，历史是"纠正愚行的解毒剂"。③ 历史可以作为教训和智慧，从而可以走进未来。正因为此，意大利哲学家克罗齐才说："一切历史都是当代史"。对于中国人来说，尤其重要的是：永远不能忘记在艰难的十年中是怎样顽强地挺过来的！想必这是当时作家写这篇小说的一大初衷吧！这也是巴金老人一心想建设"文革博物馆"的良苦用心所在！

【延伸阅读】

1. **废名《菱荡》**（1927）：唐诗风韵，天人合一，万象呼应。

2. **路遥《平凡的世界》**（1991）：平凡的世界中演绎着不平凡的人生故事。

3. **乔叶《最慢的是活着》**（2008）：岁月如歌，历久弥新。快节奏的社会何以活着是最慢？

---

① 王安忆：《流逝》，见《中国当代作家选集丛书·王安忆》，北京：人民文学出版社，1995 年，第 191 页。

② 王安忆：《流逝》，见《中国当代作家选集丛书·王安忆》，北京：人民文学出版社，1995 年，第 191 页。

③ 小阿瑟·梅尔·施莱辛格：《纠正愚行的解毒剂》，见《英语世界》，2007 年第 10 期，第 17 页。

第八章　生活的意义

【理论向导】

生活的意义与他者的联系。"人生的意义在于那些有价值的活动和事业，它们使我们成长为真正的人。"[①] 追求有意义的生活是成为"真正的人"的内在的需要。但人生的意义和价值绝不存在于自我的小天地里，而必须与他者发生关系，或者说必须给他者带来利益。阿德勒说得好："属于私人的意义是完全没有作用的，意义只有在与他人的交往时，才有存在的价值"，"奉献乃生活的真正意义"。[②] 如此看来，儒家所谓"穷则独善其身，达则兼济天下"的思想观念，我们有必要给予反省。因为完善自我也必然牵涉到他者。这一点，有许多哲学家为我们作出了解释："追求自身的完美的积极意义是关怀他人乃至整个人类的福祉。"[③]"人离开其他一切而肯定自己，就使自己生存失去意义，丢掉自己生活的真正内容，把自己个性变成空洞形式"，"真正的生存就是生活在他人中，正如生活在自身中一样，或者说，在他人身上找到自己生存的积极而绝对的附加物"。[④]"生活的意义在于两个方面：你个人的完

---

① ［英］科廷汉：《生活有意义吗》，王楠译，桂林：广西师范大学出版社，2007 年，第46 页。

② ［奥］阿德勒：《让生命超越平凡》，李心明译，北京：西苑出版社，2003 年，第 5、7 页。

③ ［古罗马］爱比克泰德：《生活的艺术：通往幸福、快乐和美德之路》，沈小钧译，天津：天津社会科学院出版社，2008 年，第 97 页。

④ ［俄］索洛维约夫：《爱的意义》，董友、杨朗译，北京：生活·读书·新知三联书店，1996 年，第 47、101 页。

美以及为他人的服务。你可以在趋于完美的过程中为他人服务，你也可以通过为他人服务而趋于完美。"①

生活的意义存在何处？ 科学给我们事物的真理，但科学无法给予我们生活的意义，因为"真理和意义不是同一种东西"。② 英国哲学家科廷汉在其《生活有意义吗？》一书中否定了科学提供生活意义的可能性，进而认为"宗教——或至少宗教的一面——给出了有意义的人生的出口：宗教提供了充满德行的生命的常态模式"。他说："由于人类境遇的脆弱性，仅靠理性是不能引导人类向善的。我们需要信仰来支撑我们获得终极仁善的开悟，我们需要生活在希望之中。这样的信仰和希望，正如激发两者的爱，并不建立在科学定性知识意义的范围内，而是有充分理由相信我们能够通过心灵修养获得它们。"③ 诺贝尔文学奖获得者美国戏剧家奥尼尔则认为："生活本身毫无意义，是理想使我们不断奋斗，坚定意志、坚持生活！……可以完全实现的理想根本就不值得作为理想。……追求实现不了的理想是自取失败。但他（追求者）的奋斗，就是他的胜利！他是精神意义的榜样。"这种为了理想注定失败的"生活的悲剧给人类带来了无穷的意义。"④ 奥尼尔以自己的戏剧创作证明了一个道理：生活的意义存在于艺术（悲剧）之中。与宗教相比，我们觉得艺术才是生活的意义的最适合的载体，因为宗教把人推向彼岸世界，而艺术则将人引向此岸生活；宗教的归宿是投身上帝，而艺术的宗旨是热爱生活。

生活的意义与意味。 通常所谓生活的意义常常蜕变成生活的目的，功名利禄都可以成为某些人生活的意义，但往往是狭隘自私的。为了区别生活的意义之大小，我们引入另一个概念：生活的意味。什么是生活

---

① 〔俄〕托尔斯泰：《生活值得过吗——托尔斯泰智慧日历》，李旭大译，北京：中国发展出版社，2006 年，第 277 页。

② 〔美〕阿伦特：《精神生活·思维》，姜志辉译，南京：江苏教育出版社，2006 年，第 14 页。

③ 〔英〕科廷汉：《生活有意义吗》，王楠译，桂林：广西师范大学出版社，2007 年，第 166 页。

④ 刘海平，徐锡祥主编：《奥尼尔论戏剧》，北京：大众文艺出版社，1999 年，第 23、26 页。

的意味呢？意味并不等同于意义。生活的意味要求我们把自己同身边的人与物和谐地联系起来。与物共存，我们才能珍惜身边的环境并敬畏生命；与人同在，我们才能想他人之所想急他人之所急。生活的意味在于把自己的生命融入到周围的世界里去，为着世界的真善美贡献自己的力量。意味提升着我们的生活，意味是更有意义的意义，它超越个人的利益和幸福，用美国哲学家辛格的话来说就是："生命中有意味的东西，以及使我们感到我们自己的生命是有意味的东西，在于我们是否参与到创造那通向宇宙中更大意义的活动中去"；"有意味的生命——不止是幸福或有意义——应该追求一种目的，他们选择这个目的，因为它超越个人福祉的目标。我们的理想起初可能源于自私的利益，但最终是造福于他人的，当我们为这样的理想而创造、奋斗时，我们就获得了并且也感觉到了人生在世的意味。"①

【作品研读】

活着救赎：《命若琴弦》

　　史铁生（1951—2010）中国当代著名作家、思想家。代表作：长篇小说《务虚笔记》，短篇小说《命若琴弦》，散文《我与地坛》。

　　史铁生是中国当代文坛中我最敬仰的一位作家。不仅是因为他的文字作品，更是缘于他能将自己的生命从 20 岁双腿残疾开始，努力弹奏成一曲壮阔的命运交响曲。如今，人已仙逝，再次聆听这部命运交响曲，我不禁感慨万千，内心久久为之震撼：多么好的一个人，多么丰盈的思想，多么倔强的灵魂啊！史铁生的一生如果凝聚成一篇散文，那就是《我与地坛》（1989）；如果凝聚成一篇小说，那就是《命若琴弦》（1985）。现在让我们重新阅读这些作品，看看他用生命写成的文字给

---

① ［美］辛格：《我们的迷惘》，郜元宝译，桂林：广西师范大学出版社，2001 年，第146、122 页。

予了我们什么样的精神和启示吧！

盲目和清醒

《命若琴弦》弥漫着一种盲目的氛围。小说主人公是一老一少两个瞎子，其实还应包括老瞎子的师父。很显然作家是借瞎子暗示人类的盲视。盲视什么呢？老瞎子为了能看见这个世界，在其师父的指引下，弹断了一千根琴弦，才拿到药方。可是那个老瞎子渴望了五十多个年头的药方竟然是一纸空白。故事很明显有虚构的成分。常人一看就会心生疑虑：为什么非得等到弹断一千根琴弦？既然药方在琴弦里，既然药方能医好眼睛，为什么不早点拿出来呢？生活中很多事情往往如此。回头一看，我们竟然非常像那个瞎子，一味地听从一个指引，一条道走到底，从不去反思。小说中小瞎子虽然曾对此持怀疑态度："干吗非得弹断一千根琴弦才能去抓那个药方呢？"我相信老瞎子在年轻时也曾怀疑过。但是等到遭遇挫折，尤其是爱情的幻灭之后，他们就都变得温顺了。他们看不到对于不公正的命运来说，唯一的生存之道便是反抗。苦难会激励人反抗，也会打垮一个人，让其逆来顺受。小说中三个瞎子的盲从悲剧，可谓苦难战胜反抗的悲剧。

那张空白药方也暗含着一种盲目。在我们每个人的心目中，往往都有个包治百病的"药方"，能医治生活中的不幸或不满。我们总以为一旦拥有了某种东西，比如学位、房子、车子、职称等等，我们就可以完满了，幸福了。其实不然，史铁生曾经在别处就告诫过我们：

> 千万别把事业的成功作为一项赌注，当成一笔全面幸福的保险金，千万别以为你一旦功成名就天下的倒霉事就都归了别人，幸福就都归了你，那样想你会失望的，到时候，你的诸多奢望不能兑现决没有谁给你赔偿，而且你还会因此而失去事业原本为你准备的快乐，那才真叫一败涂地呢。①

《命若琴弦》中的这张空白药方提醒我们：人类太过于追求结果而

---

① 史铁生：《对话四则》，见《对话练习》，长春：时代文艺出版社，2000年，第165页。

忽视追求过程的快乐。这其实也是一种残疾啊。此外，无字药方还有另外一层意义：人类本身的盲目。功名利禄到最后都是一场空，生不带来，死不带去。无字白纸即是空，即是死。作家其实是想告诫我们：很多人自以为在追求，可实际上根本不清楚在追求什么，或者说，他们往往被一个并不真正了解的东西牵着鼻子走。某种意义上，这些人的行为与盲目的蚂蚁其实并无二样。

与此前写作的《命若琴弦》相比较，史铁生 38 岁时写的随笔《我与地坛》更充满着哲学意味，处处萦绕着清醒的生命意识。一个正值狂妄年龄的人，突然间双腿残废，只能整天坐在轮椅上，这是何等残酷的事实！地坛扮演了一个安抚者的角色，像一个智慧老人一样逐渐抚平了作者对命运的种种不满，并使他清醒地意识到：人其实就是欲望，就命运而言休论公道；活着是事实，死亡必将到来。作为一个作家，史铁生也想清楚了自己写作的使命所在。整篇文章，写得跌宕起伏，智慧丛生。我们可以将其主旨概括为：在生命的轮回中，是谁并不重要，残疾了也不必怪罪命运，其实每个人都有这样那样的残疾，所以重要的是要活着去救赎生存的苦难。这一主旨在《命若琴弦》的首末两段也以相似的文字体现出来：

> 莽莽苍苍的群山之中走着两个瞎子，一老一少，一前一后，两顶发了黑的草帽起伏攒动，匆匆忙忙，像是随着一条不安静的河水在漂流。无所谓从哪儿来、到哪儿去，也无所谓谁是谁……①

"瞎子"象征人本身必然会存在这样那样的残疾。"一老一少，一前一后"意味生命的轮回。"匆匆忙忙"表示生命时光的短暂。"无所谓"则暗示只要弹好"生命之琴"就够了，其他一切皆可忽视。

目的和意义

《命若琴弦》表面上是说书瞎子的悲剧故事，其实别有用意，作家想告诉我们的是一个大道理："目的虽是虚设的，可非得有不行，不然

---

① 史铁生：《命若琴弦》，见丁帆主编：《新编大学语文》，北京：外语教学与研究出版社，2005 年，第 303 页。

琴弦怎么拉紧，拉不紧就弹不响。"用史铁生在其他文章中的话来说便是：每个人在生活中都应该有一个目的或理想，而目的或理想的设置，"就是为了引导出一个过程"，"理想从来不是为实现用的，而是为了引着人们向前走，走出一个美好的过程"，在此意义上，"过程就是目的。"①

老瞎子在师父的指引下，生活有了一个目的，唯一的一个目的：弹断一千根琴弦，然后拿到医治眼睛的药方。为着这个目的，他不辞千辛万苦，翻山越岭，到处说书弹唱。虽然他也给寂寞的山村带来了无穷的欢乐，但自己却并没有体会到多少快乐。小说中只有在他理想破灭之后，为了小瞎子决定回去之时，老瞎子才蓦然发现："以往那些奔奔忙忙兴致勃勃的翻山、赶路、弹琴，乃至心焦、忧虑都是多么欢乐……"②他也突然意识到他师父临终前告诫的真正意图所在："人的命就像这琴弦，拉紧了才能弹好，弹好就够了。"③

小瞎子一开始并不愿意说书为生，但由于好奇心，或者说是老瞎子的电匣子中那新鲜的世界留住了他，使得他的生活多了许多幻想。在遇到兰秀儿之后，小瞎子又添了新的幻想。正是这些幻想支撑着小瞎子跟在老瞎子的后面，去走那"无尽无休的无聊的路"。可是在遭遇爱情的幻灭之后，小瞎子的心弦断了，正如老瞎子看到空白药方心弦断了一样。为了给小瞎子一个新的动力，老瞎子像他的师父一样，故伎重演，不过这次增加了要弹断的琴弦数量，为的是让小瞎子到死都还在为弹断琴弦而努力拼搏。这时候的老瞎子与先前忙乱奔波的老瞎子截然不同了，因为他已知道了命运的真相，他也开始了新的生活，清醒的生活，恰如当年知道真相的师父。而此时此刻的小瞎子也已经变成了先前盲目的老瞎子。生命再次开始新的轮回。

从盲目地只为自己活着，到如今清醒地为了小瞎子活，老瞎子的生活从此就拥有了意义。生活有了意义，就有了厚重感。"要求意义就是

---

① 史铁生：《对话四则》，见《对话练习》，长春：时代文艺出版社，2000 年，第 158 页。
② 史铁生：《命若琴弦》，见丁帆主编：《新编大学语文》，北京：外语教学与研究出版社，2005 年，第 301 页。
③ 史铁生：《命若琴弦》，见丁帆主编：《新编大学语文》，北京：外语教学与研究出版社，2005 年，第 302 页。

要求生命的重量"，史铁生提醒世人生命"得有一种重量，你愿意为之生也愿意为之死，愿意为之累，愿意在它的引力下耗尽性命。不是强言不悔，是清醒地从命。"① 史铁生对生命意义的关注仍然与过程相连："生命的意义就在于你能创造这过程的美好与精彩，生命的价值就在于你能够镇静而又激动地欣赏这过程的美丽与悲壮。"②

很显然，史铁生是从审美的角度来理解生活的意义和价值的，而且都与过程密切相关。在他那里，生活即过程。而在此过程中，人其实就是欲望。一言以蔽之，生活就是一个个欲望满足并滋生一个个新的欲望的过程。"宇宙以其不息的欲望将一个歌舞炼为永恒。这欲望有怎样一个人间的姓名，大可忽略不计。"③ 作者完全从一种超脱的视角去看待生活，因而生活的意义也就与结果无关，而只在于生活过程本身的完美，也即把生命之琴"弹好就行了"。然而如果我们从入世的视角来看待生活的意义，我们就必须与他人相联系，也就是说，生活过程的精彩与美好必将以带给他人多少福祉为标准。

总之，将生活的目的转变为过程，将生活的意义定位于过程的美好与精彩。此乃史铁生的生活观核心内容。然而《命若琴弦》中目的的空白却又让人觉得人生的盲目与单薄。虽然作者在此强调的只是理想的虚设，但也的确有只需理想而不管理想是什么之嫌。我想，人生的目的，决不应该停留在虚设的层面上，而还应去追求目的的内涵，即真正拥有一个有内涵的理想，然后明明白白轰轰烈烈地去追求；而生命的意义也不仅仅是追求个人生活过程的精彩与美好。生命的意义与目的密切相关，当我们拥有一个为他者带来福祉的目的或理想之时，我们的生活便开始拥有了意义和价值。

积极生活

《命若琴弦》至少有三层含义：其一，每个人的生命就像琴弦，可以弹奏成不同的生命之歌。年少时充满好奇与幻想，年老时则显得深沉

---

① 史铁生：《墙下短记》，见《对话练习》，长春：时代文艺出版社，2000 年，第 269 页。
② 史铁生：《好运设计》，见《对话练习》，长春：时代文艺出版社，2000 年，第 104 页。
③ 史铁生：《我与地坛》，见《对话练习》，长春：时代文艺出版社，2000 年，第 40 页。

倔强乃至安详宁静。其二，生命如琴弦，琴弦容易断。而那弹断的一根根琴弦也即意味着生命中一次次的挫折。生命布满苦难，如何在苦难中救赎脆弱的生命，实乃一大问题。其三，生命之弦要想弹响就得拉紧，要拉紧就得有个动力，而这个动力就是目的或理想。也就是说，生命必须有目标或理想，才能弹奏出动人的曲调。

上述三者，一言以蔽之，即积极生活。不管我们遭受到多少挫折，我们都得心怀一个理想，努力将自己的生命弹奏成一曲美好而精彩的乐曲。这一生活观念也是《我与地坛》的思想主题之一。他在其中说道："死是一种不必急于求成的事，死是一个必然会降临的节日。"① 我们不必为死操心，因而重要的是怎样活着，怎样找到不幸命运的"救赎之路"？

史铁生为什么写老少两个瞎子的故事来表现上述的思想呢？之所以写瞎子，那是因为生活中即便体格健全的人们从某种意义上说，都有这样那样的残疾。前文已述："瞎子"其实是一种象征，他意味着盲视的人们。一老一少，是生命的轮回。正是通过这种时间的流逝，史铁生通过这篇小说给予了我们一种生命轮回意识——也就是唐代诗人张若虚的感慨："人生代代无穷已，江月年年只相似。"可是史铁生这种积极的生命轮回观念有没有什么问题呢？

生命可以轮回，但每一个生活着的人却拥有不同的理想，因而有着不同的人生境遇和命运故事。但在史铁生的笔下，生命似乎在重复过去中一次次轮回着，如同老瞎子重复着他师父的生命轨迹一样，小瞎子也必将重复着老瞎子的生命轨迹。对此，我们不禁沉思：人世的变更，留下的永恒是什么？我们拿什么留给我们的下一代？我们难道永远像瞎子这样被一个自己根本不知真相的目的鼓舞着代代相续吗？

由此观之，积极生活只是《命若琴弦》给予我们的形式意义，至于积极生活的内在意义却是缺乏的。老瞎子奔波了一辈子只是为了得到那张药方，使自己能够看见这个世界。最后的挫败却幸运地成就了老瞎子的道义使命，那就是找到小瞎子，给他一个光明的理想，让他积极地

---

① 史铁生：《我与地坛》，见《对话练习》，长春：时代文艺出版社，2000年，第23页。

活下去。从此老瞎子的生活就拥有了他以前没有的意味。同样的，电影《功夫》中"周星驰"小时学武，可是为一个哑女打抱不平，深受挫折之后，不再做好人，整日游手好闲偷窃扒拿，这时的生活是没有意义的，但最后他良心发现，不惜生命代价，敢于反抗，为了那些善良的人们去拼命。这时他的生命就拥有了一份意味。由此可见，生命要想拥有意味必须有一种崇高的目的，必须把自己和别人的福祉以及世界的美好联系起来。

【延伸阅读】

1. 科廷汉《生活有意义吗》：关于生活的意义的专题探讨，比较看重宗教的价值。

2. 托尔斯泰《生活值得过吗——托尔斯泰智慧日历》：托尔斯泰的生活学，是其晚年广积博览，摘录和批注的生活箴言。

3. 辛格《我们的迷惘》：关于生命之意义和价值的专题研究。提出意义与意味的不同。

4. 乔伊斯《艺术家青年时期的画像》（1916）：艺术家的精神自传，也是其成长档案。艺术战胜宗教。

5. 昆德拉《生活在别处》（1975）：城堡化的现代人生活写真。

第九章　生活的境界

【理论向导】

人生三境界。将境界观念引入人生，是王国维的创举。他说："古今之成大事业、大学问者，必经过三种之境界：'昨夜西风凋碧树。独上高楼，望尽天涯路'，此第一境也。'衣带渐宽终不悔，为伊消得人憔悴'，此第二境也。'众里寻他千百度，回头蓦见，那人正在灯火阑珊处'，此第三境也。"① 第一境是说一个人要想成就一番事业，必须能站得高看得远，得有个崇高的理想，所谓"志当存高远"。第二境是说为了理想，我们必须投入地去拼搏，流血流汗病弱伤残，都应无怨无悔。第三境是对人生的彻悟。在追寻理想的旅途中，我们发现，人生最美好的东西，往往并不是理想的最终圆满实现，而是追求理想的过程中一如既往的热情与充实。所谓"充实之谓美"。

王国维的境界论某种意义上是一种励志成功论，是讲一个人如何成就大事业与大学问的。王国维把"境"这个古典美学概念引入人生，而且进行分层设定，功不可没。但此处所论生活的境界，却另有意义。刘禹锡说："境生于象外"。也就是说"境"不是某种有限的"象"，而是一种无限的"象"，即司空图所谓的"象外之象"。将"境"引入生活，我们认为生活之"境"不是具体纷繁的日常生活的表层物象，而是指这些物象背后的某种具体的精神观念，它往往主导着人们的言行举止。这使得相似境界的人生活面貌相似，而不同境界的人就呈现出迥异

---

① 王国维：《人间词话》，上海：上海古籍出版社，1998年，第6页。

的生活面貌。

人人在生活，但境界有高低。借鉴王国维对境界的层次设定，纵观芸芸众生，我们以为生活的境界中最为典型的有三种：利、游、道。

利的境界。诗云："天下熙熙，皆为利来；天下攘攘，皆为利往。"似乎有些偏激，但却真实地描绘出人世间大多数人的生存状态。他们的生活的核心要素就是"利"，他们行事的原则就是现实原则。凡事都得对自己或自己的亲人朋友有利。他们做什么，首先想到能从中得到什么。他们一切所见，都是利益当头。这种生活境界的原型就是商人。折本生意，绝不会做。

游的境界。处于游的境界的人不再黏滞于事物的可利用性，而是以一种超脱的眼光审视人间。他们有时外表痴傻，其实内心澄明；有时故作严肃，其实心怀天真。他们将自己从事物的羁绊中解放出来，玩味着世间万象。艺术家是乐的生活境界的原型。与其说他们在生活，不如说他们在玩味生活。

道的境界。道的生活境界的原型是知识分子。按照美国社会学家科塞观点，知识分子的特有品质就是"批判精神和不受束缚"。在他眼里"知识分子只有保持批判能力，与日常事务保持距离，并养成对终极价值而不是眼前价值的关注，才能够最充分地尽职于社会"，正因为此，知识分子可谓是"民族的触角"。[1] 其实，真正的知识分子不仅仅是本民族的触角，而更应该是全世界的公民，就像古罗马哲学家爱比克泰德所说的那样，"把自己当作一个世界公民并采取相应的行动"。[2]

【作品研读】

极端场景中的人生境界：《鼠疫》

阿尔贝·加缪（Albert Camus, 1913—1960）法国小说家、

---

① ［美］科塞：《理念人》，郭方等译，北京：中央编译出版社，2004 年，第 394 页。

② ［古罗马］爱比克泰德：《生活的艺术：通往幸福、快乐和美德之路》，沈小钧译，天津：天津社会科学院出版社，2008 年，第 97 页。

哲学家、戏剧家、评论家。荣获 1957 年诺贝尔文学奖。代表
作：剧本《卡利古拉》，中篇小说《局外人》，长篇小说《鼠
疫》，哲学论文集《西西弗的神话》。

在中国文化史上，将"境界"引入人生，王国维之外最有影响者
非冯友兰莫属。冯友兰认为哲学的任务就是提高人的精神境界。他把人
生境界划为层层递进的四个等级：自然境界、功利境界、道德境界、天
地境界。其分层的标尺就是一个人对自己的行为的"觉解"程度。自
然境界的人其所作所为，只顺从本能或社会风俗习惯，并无觉解或不甚
觉解。功利境界的人有意识地为自己做各种事；道德境界的人则意识到
自己是社会的一部分，因而为社会利益做事。天地境界的人超乎社会整
体之上，意识到自己不仅是社会的一员，还是宇宙的一员，因此其所作
所为是为了宇宙的利益。① 一言以蔽之，冯友兰着眼于人在宇宙中的位
置，及其觉解程度来划分人生境界，实即自然人、个体人、社会人、宇
宙人这四个递进的境界。

费希特说："一切生活都以自我意识为前提，只有自我意识才能够
把握生活，使之成为享受的对象。"② 梭罗也说："清醒就是生活。"③ 由
此可见，对自己生活的反省意识确实是评判一个人是否真正在生活的一
大标尺。鉴于此，再结合冯友兰的上述界定，我们来审视一下加缪的小
说《鼠疫》，看看在极端的艺术情境之中，不同的人生境界所带给我们
的经验和启示。

蒙

宇宙之初，天地一体，混沌未开，迨至盘古降世，开天辟地，才有
了今天的世界。在这个神话之中，盘古对世界的生成起着关键的因素。
而对于一个人来说，婴儿之时相当于宇宙鸿蒙之初，毫无自我意识。按
照拉康的理论，只有到了镜子阶段，儿童才开始有了自我的意识。而就

---

① 冯友兰：《中国哲学简史》，北京：北京大学出版社，1996 年，第 291 - 292 页。
② ［德］费希特：《极乐生活》，于君译，北京：光明日报出版社，2009 年，第 12 页。
③ ［美］梭罗：《瓦尔登湖》，徐迟译，长春：吉林人民出版社，1997 年，第 87 页。

生活本身而言，处于蒙之境的人，不知道生活的目的和意义，盲目地随大流，受制于本能欲望和风俗习惯的约束。蒙之境相当于冯友兰所谓的自然境界。

《鼠疫》中的阿赫兰人大都过着这种蒙昧的生活。阿赫兰是一个"毫无色彩的地方"，"人们在城里感到厌倦，但又努力让自己养成习惯。"① 而且"一旦养成了习惯，大家也不难打发日子"。② 阿赫兰是一个"毫无臆想的城市"，阿赫兰人"缺乏时间，也缺乏思考，人们不得不相爱而又不知道在相爱"。③

可见，尽管阿赫兰是一个极端商业化的城市，但其居民大多数仍然生活在蒙昧之中，最主要的原因就是他们整天忙于做买卖，忘记了时间，忘记了思考，忘记了人与人之间的情谊，忘记了生活的真正意义。在阿赫兰爆发鼠疫之后，这种状况就更加明显了。从一开始当局封锁疫情，居民被蒙在鼓里，到大规模爆发后城门关闭，整个城市更是成了孤岛，与世隔绝。阿赫兰人"没有记忆，没有希望，他们在现时里安顿了下来"。④ 可鼠疫一结束，阿赫兰人又大肆狂欢庆典，对鼠疫期间的一切都似乎失去了记忆。凡此种种，表明阿赫兰人总是生活在当下，与历史和外来隔绝，同时也生活在与外界的信息隔绝的状态之中，"说他们在生活，不如说他们在漂浮……"⑤

阿赫兰人的生活总体是蒙昧的，而《鼠疫》的主旨便是启蒙。据该故事的编写者里厄大夫介绍，编写的初衷是不做遇事讳莫如深的人；是提供对鼠疫受害者有利的证词，使后世至少能记住那些人身受的暴行

---

① ［法］加缪：《鼠疫》，见《加缪全集·小说卷》，刘方译，上海：上海译文出版社，2010 年，第 77 页。

② ［法］加缪：《鼠疫》，见《加缪全集·小说卷》，刘方译，上海：上海译文出版社，2010 年，第 79 页。

③ ［法］加缪：《鼠疫》，见《加缪全集·小说卷》，刘方译，上海：上海译文出版社，2010 年，第 78 页。

④ ［法］加缪：《鼠疫》，见《加缪全集·小说卷》，刘方译，上海：上海译文出版社，2010 年，第 200 页。

⑤ ［法］加缪：《鼠疫》，见《加缪全集·小说卷》，刘方译，上海：上海译文出版社，2010 年，第 124 页。

和不公正待遇；是实事求是地告诉大家，在灾难中能学到什么，人的内心里值得赞赏的东西总归比应该唾弃的东西多。①

而在小说的最后一段，作者的写作意图更加明显：

> 在倾听城里传来的欢呼声里，里厄也在回想往事，他认定，这样的普天同乐始终在受到威胁，因为欢乐的人群一无所知的事，他却明镜在心：据医书所载，鼠疫杆菌永远不会死绝，也不会消失，它们能在家里、衣被中存活几十年；在房间、地窖、旅行箱、手帕和废纸里耐心等待。也许有一天，鼠疫会再度唤醒它的鼠群，让它们葬身于某座幸福的城市，使人们再罹祸患，重新吸取教训。②

加缪设想的极端艺术情境鼠疫，有二战的影子，更隐喻着集中营的非人生活。但鼠疫不仅仅是这些，它更是一种普遍的象征，意味着现代人类的灾难，而导致此灾难发生的东西很可能就在我们的身边。如此看来，加缪想传递给世人的意识，用中国古人的话来说就是"生于忧患，死于安乐"。

如果注意到作者将阿赫兰视作"纯粹的现代城市"，③ 那么其行文中还有着另一层启蒙，即作者认为现代人本身便是蒙昧、野蛮和盲目，所以希望现代人能在鼠疫中吸取经验教训，从而走向美好的明天。下述引文可见一斑：

> 人世间的罪恶几乎总是由愚昧造成，人如果缺乏教育，好心也可能同恶意一样造成损害。……人有无知和更无知的区别，这就叫道德或不道德，最令人厌恶的不道德是愚昧无知，无知的人认为自己无所不知，因而自认有权杀人。杀人凶手的心灵是盲目的，而没有远见卓识就不会有真正的善和高尚

---

① ［法］加缪：《鼠疫》，见《加缪全集·小说卷》，刘方译，上海：上海译文出版社，2010年，第287页。

② ［法］加缪：《鼠疫》，见《加缪全集·小说卷》，刘方译，上海：上海译文出版社，2010年，第288页。

③ ［法］加缪：《鼠疫》，见《加缪全集·小说卷》，刘方译，上海：上海译文出版社，2010年，第78页。

的爱。①

虽然阿赫兰人总体是处于蒙昧之中，但其中也有一些人，则对自己的所作所为有着清醒的意识。

利

耽于利境界的人凡事以利益为重，而且往往是一己之私利，为此目的，他们往往不择手段损人利己，甚至投机钻营、违法犯罪。在鼠疫期间，阿赫兰就有不少这样的人，借机囤积食品，妄图哄抬物价大赚一笔，比如文中提到的那个食品杂货店的老板。另外一些人则干起走私的行当，行走在危险的边缘，其中的柯塔尔最为典型。

柯塔尔是个年金收入者，身份是酒类代理商，可他并不像其他商人那样规规矩矩经营，而是看重了走私的行当。虽然很赚钱，但他却整日生活中恐惧之中。小说一开始就写他自杀未遂，充分透露出他内心的恐惧之深。鼠疫的到来，不仅延缓了警察对他的调查，而且还让他从中大获丰收。当所有的人都积极投入到抗击鼠疫的战斗中去的时候，他却对来邀请他一起参加医疗救援队的塔鲁说："我不是干这行的。""再说了，在鼠疫里我活得很舒坦，我！我看不出我有什么理由掺和进去，让鼠疫停止。"② 这个毫无道德意识、利欲熏心的人，在鼠疫结束之时就疯了，竟然用枪扫射群众。等待他的必定是法律的严惩。

如果说柯塔尔的生活中心是钱财，那么记者朗贝尔则始终关注自己的个人幸福。他为了替巴黎一家大报调查阿拉伯人的生活情况而来到阿赫兰，不料遭遇鼠疫被困城里。为了要和在巴黎的女友团聚，他找医生里厄给他开一张健康证明，但被医生拒绝。于是他又去走官方的门路，东上访西上访，弄得精疲力竭也没有成功。官路不行就走私路，在柯塔尔的帮助下，朗贝尔与走私犯联络，欲借走私之便出城。没想到也一误再误。当朗贝尔听说里厄的妻子也在城外一家疗养院治病之时，他受到

① ［法］加缪：《鼠疫》，见《加缪全集·小说卷》，刘方译，上海：上海译文出版社，2010年，第164页。

② ［法］加缪：《鼠疫》，见《加缪全集·小说卷》，刘方译，上海：上海译文出版社，2010年，第184页。

了触动，答应一边参加医疗救援队一边等候时机出去。可是真的有机会让他出城的时候，他却毅然放弃离开。虽然里厄认为"选择爱情，毫无羞愧可言"，但他却觉得"假设他真一走了之，他会感到羞愧。这会妨碍他热爱自己留在那边的亲人"，因为"只顾自己一个人的幸福，就可能感到羞愧"。[①]

当朗贝尔放弃出走，把自己视作本地人，投入到医疗救援队的时候，他已经进入到了一个新的人生境界：道。

道

道之境取其人道、道义之义。处于道之境的人，为人处世，处处意识到自己是社会的成员，因而有着促进社会和谐健康发展的道德意识和道义使命。他们是积极的入世者，是国家和民族的中坚力量。《鼠疫》之中的里厄医生可谓道之境的典型代表。

当阿赫兰出现老鼠死亡，伴随有人死亡的时候，里厄敏锐地意识到了问题的严重性。他与其他医生一道敦促当局采取行动阻止城中的居民死亡，并积极地投身到斗争中去。里厄虽然以自己的行为感化了许多身边的人，但他实际上并不想做英雄主义者，也不想做什么圣人，他只想做个好人，做好自己的本职工作。在一些人（如朗贝尔）看来，他冷漠没有同情心，可是他却独自承受着常人难以想象的重荷和痛苦：一方面，自己的妻子远在城外治病，生死未卜（最终死去），另一方面他毫无希望地同鼠疫作着殊死搏斗。可以说里厄就是加缪心中的"荒诞英雄"，就如同西西弗斯一样投入无望的工作之中。但在我看来，里厄却满腔热血，虽然他不能徇私枉法给朗贝尔出具医学证明，但却在内心深深地认同朗贝尔追求爱情和幸福的权利，而且鼠疫以来，里厄唯一的使命就是挽救更多的生命。

作为自始至终经历鼠疫的见证人，当所有的阿赫兰人都沉浸在狂欢之中，他却决定编写这个鼠疫故事，让人们记住灾难，并时刻警惕新的

---

① ［法］加缪：《鼠疫》，见《加缪全集·小说卷》，刘方译，上海：上海译文出版社，2010年，第217页。

鼠疫杆菌的再度爆发。凡此种种，显示出里厄身上强烈的社会责任感。如果鼠疫意味着威胁并侵蚀社会健康有机体的东西，那么医生便是它的天敌，是社会的保卫者，因为真正的医生会时刻关注这些会带来灾难的细菌，并会在爆发之时投入战斗。

朴

朴之境的人纯朴善良、朴实无华。这样的人也许没有远大的理想抱负，但却能在自己的小天地里自得其乐。《鼠疫》中的朗格便是一个代表。

朗格是一位普通的政府小职员，"干任何事都并非出于野心"，他只是希望能够在物质生活有保障的同时，可以从事自己喜爱的工作。多少年来，他一直默默无闻地干着一个临时的政府辅助工作。朗格最大的困难就是表达，他总是觉得"缺乏适当的措辞"，[①] 以至于妨碍他写好申请书，妨碍了他顺应形势走些门路。因此，他一直过着"苦行僧式的生活"。但在叙述者眼里，"在某种意义完全可以说，他的生活一直颇有示范作用"，他属于那类十分罕见的人，"这类人始终勇气百倍地保持自己的美好感情"。[②]

朗格有过一段伤心的感情经历。在弱冠之年与邻家一位穷苦的小姑娘结了婚。两人都工作，工作太忙就忘了爱情，最终导致妻子离家出走。其实他和妻子本来可以重新开始，就是因为他没有信心。他老想念她，想给她写封信为自己辩护，可非常难以表达好自己的心情，他对里厄说："在一定的时刻我本应该找到合适的话留住她，但我没有做到。"[③] 疏于表达使得他虽然日夜思念妻子却又束手无策。于是他想写一本书，献给心目中的"女骑士"，可第一句话就绊住了他。他费尽功

---

① ［法］加缪：《鼠疫》，见《加缪全集·小说卷》，刘方译，上海：上海译文出版社，2010年，第107页。

② ［法］加缪：《鼠疫》，见《加缪全集·小说卷》，刘方译，上海：上海译文出版社，2010年，第108页。

③ ［法］加缪：《鼠疫》，见《加缪全集·小说卷》，刘方译，上海：上海译文出版社，2010年，第131页。

夫，力求精益求精做到十全十美，所以不停地修改着第一句话，有时为了一个词就要花费好多夜晚，甚至要花几个星期。这种对词语表达的推敲耗费了他全部的心血，以至于心不在焉，影响了本职工作，遭到了办公室主任的批评。

鼠疫爆发后，他来到卫生防疫队做志愿服务，"他真心诚意地不再考虑他的女骑士，只专心做需要做的工作"。① 为此，叙述者也发了一通感慨：

> 如果说这个故事必须有这么一位楷模，笔者树立的正是这位名不见经传的、居下无双的英雄，他没有别的，只有一颗比较善良的心和一个看似滑稽的理想。这一点将使真理回归原有的位置，使二加二只等于四，使英雄主义恢复它应有的次要地位，从不超越追求幸福的正当要求而只能在此要求之后。②

作者把英雄主义放到个人幸福之后，突出其对绝大多数民众追求个人幸福的理解。同时，作者借助朗格这样一个蚂蚁一般的小人物，实即对抗现代人身上那些夸夸其谈而又华而不实的生活作风。很显然，作者想说的是：这些朗格式的小人物才是社会的真正基础，他们如泥土一般质朴，如玉石一般宝贵。

朴之境的人有着自己的追求，往往活在自己的世界里不能自拔，以个人的兴趣洗涤着尘世的喧嚣与烦恼，在生活的繁琐势利之中保持一份纯真。

圣

超凡方可入圣。圣之境当属生活之至境，人们往往都是走在通向圣之境的道路上。追求圣之境的人胸怀人类，甚至整个宇宙。他们以超拔的视界审视宇宙人生。《鼠疫》中的帕纳鲁神甫和塔鲁是其中的两个代

---

① ［法］加缪：《鼠疫》，见《加缪全集·小说卷》，刘方译，上海：上海译文出版社，2010 年，第 168 页。

② ［法］加缪：《鼠疫》，见《加缪全集·小说卷》，刘方译，上海：上海译文出版社，2010 年，第 168 页。

表，前者是上帝的代言人，后者则追求成为人间圣人。

　　帕纳鲁神甫自称"是严格的基督教的热烈捍卫者，既疏远现代放荡也疏远前几世纪的愚昧主义"。① 在阿赫兰爆发鼠疫之后，神甫先后做了两次演讲。第一次演讲是在鼠疫爆发的头一个月月底，他回顾了历史上第一次鼠疫，认为"这灾祸第一次在历史上出现是为了打击上帝的敌人"，进而提醒人们"有史以来，上帝降灾都使狂妄自大的人和不辨是非的人匍匐在他的脚下"。② 而阿赫兰的鼠疫同样"表现了上帝坚持不懈变恶为善的意志"。③ 神甫的演说文采斐扬，有理有据，产生了极大的效果，使得整个城市愁云密布，人心惶惶，担心瘟神的长矛随时敲响自己的家门。不难发现，神甫对现代人的生活方式持批判态度，因而希望唤醒他们弃恶从善。第二次演讲，是在神甫目击法官小儿子患病痛苦地死去之后。他似乎变了，讲话的语气比上次柔和，态度也更加审慎。他坚信"在一切事物里永远有值得记取的东西。最严酷的灾难对基督徒来说仍大有裨益。"④ 此次演说之前，众多同胞迫于鼠疫的淫威又无计可施，纷纷用迷信来代替宗教。所以神甫意图警醒同胞要皈依上帝，因为"只有上帝的爱才能消除儿童的痛苦和死亡；在任何情况下也只有这种爱才能使痛苦和死亡成为必需。"⑤

　　在加缪笔下，神甫帕纳鲁和医生里厄形成了鲜明的对比。神甫站在拯救人类的立场；医生只想做好自己的本职工作。神甫相信鼠疫有着其价值和意义；医生则痛恨这夺去众多生命的瘟神。神甫是消极的顺应者，希望救民于对上帝的皈依中；医生则是积极的抗争者，全力在现实中疗救病人。

---

① ［法］加缪:《鼠疫》，见《加缪全集·小说卷》，刘方译，上海：上海译文出版社，2010 年，第 137 页。
② ［法］加缪:《鼠疫》，见《加缪全集·小说卷》，刘方译，上海：上海译文出版社，2010 年，第 139 页。
③ ［法］加缪:《鼠疫》，见《加缪全集·小说卷》，刘方译，上海：上海译文出版社，2010 年，第 142 页。
④ ［法］加缪:《鼠疫》，见《加缪全集·小说卷》，刘方译，上海：上海译文出版社，2010 年，第 227 页。
⑤ ［法］加缪:《鼠疫》，见《加缪全集·小说卷》，刘方译，上海：上海译文出版社，2010 年，第 231 页。

一直与医生里厄并肩作战的塔鲁，另有一番胸怀。他和神甫一样都有着拯救人类苦难的伟大胸襟，不同在于塔鲁并不相信上帝。塔鲁因为年少时曾目击代理检察官父亲宣判一个罪犯的死刑，而深受震撼，从此痛恨死刑。他 18 岁离家出走，尝尽人间酸辛。他觉得自己一直是个鼠疫患者，他也相信这些年来自己也一直全心全意地与鼠疫作着斗争。然而他总是内心不安。他对里厄说："到今天我还在寻找安宁，我试图理解所有的人，试图不成为任何人的死敌，从而找回我的安宁……为此，我决定拒绝接受促人死亡的，或认为杀人有理的一切，不论它是直接的或间接的，不论它有理无理。"① 在阿赫兰鼠疫中，塔鲁不只是想做一个像医生一样的抗争者，他对医生说："现在我关心的，是怎样才能变成一个圣人。"而里厄对"英雄主义和圣人之道都没有什么兴趣"，他"感兴趣的是怎样做人"。②

不能怀疑塔鲁的普世情怀，在鼠疫面前，他置自己的安危于不顾，奋力抗争。可是他的理想却难以实现。正如作者所云："那些想超越人类而去寻求连他们自己都想不清楚的东西的人，谁都没有找到答案。"③塔鲁最终在死神那里找到了安宁，可惜此刻的安宁已经毫无用处了。

游

如果蒙之境相当于冯友兰所谓的自然境界，利之境相当于其功利境界，道之境相当于其道德境界，那么圣之境则相当于天地境界。圣之境外，还有一个生活至境：游。如果说圣是入世之至境，那么游则是出世之至境了。游之境的人俯仰于天地之间，无所羁绊，万事万物皆是其欣赏观照的对象。游之境实乃审美之至境，超越一切功利目的。在《鼠疫》之中，我们发现不到这种境界的人。何以如此？

---

① ［法］加缪：《鼠疫》，见《加缪全集·小说卷》，刘方译，上海：上海译文出版社，2010 年，第 248 页。

② ［法］加缪：《鼠疫》，见《加缪全集·小说卷》，刘方译，上海：上海译文出版社，2010 年，第 250 页。

③ ［法］加缪：《鼠疫》，见《加缪全集·小说卷》，刘方译，上海：上海译文出版社，2010 年，第 281 页。

正如阿多诺所云，"在奥斯威辛之后写诗是野蛮的"，那么在极端残酷的鼠疫之中，任何袖手旁观的人皆是犯罪，更不必说将残酷的生活进行艺术化了！在鼠疫之中"必须以这样或那样的方式斗争而不是屈膝投降。全部的问题在于尽可能阻止人们死于鼠疫，与亲人永别。要做到这点，只有一个办法，那就是同鼠疫作战。"① 也许正因如此，作者才没有在作品中设置一位游世者，而让所有的主人公都生活在鼠疫当中，或以鼠疫为手段进行牟利（柯塔尔）、布道（帕纳鲁神甫），或准备逃避鼠疫追求个人的幸福（朗贝尔），或同鼠疫进行抗争从而拯救民众（医生里厄）、寻求个人安宁（塔鲁），或在抗击鼠疫的同时仍孜孜不倦地保持着个人的兴趣爱好（朗格），等等。

【延伸阅读】

1. **罗曼·罗兰《约翰·克利斯朵夫》**（1913）：艺术家的精神传记。
2. **巴金《家》**（1931）：青春的美丽与忧伤的年代。反抗生活的主题。兄弟三人，人生各异。
3. **杨沫《青春之歌》**（1958）：战乱时期知识分子人物谱。

---

① ［法］加缪：《鼠疫》，见《加缪全集·小说卷》，刘方译，上海：上海译文出版社，2010 年，第 165 页。

第十章　生活的维度

【理论向导】

生活作为整体。生活中很少人想到生活的整体性，更别谈生活的维度了。这一点，力图将人生艺术化的尼采看得很清楚："人们的观念和想象的局限是触目惊心的：他们从未感到过生活是一个整体。"我们应该把生活视为一个整体，然后去分析它的各个维度的魅力。"视人生为一整体的习惯，无论在智慧方面在真道德方面，都是主要的一部分，应该在教育上加以鼓励。"（罗素）

三种生活范式。康德说，人类心灵有三种心理机能——"认识机能，愉快及不愉快的情感和欲求的机能"。[①] 这也就是通常人们所谓的知、情、意。以此为参照，我们发现，古希腊古罗马哲学家们，曾经提出了三种生活范式，它们分别张扬这三种人类心灵机能中的一种。柏拉图提出的"游戏的生活"关注人的情感，是一种美学生活，热爱美；亚里斯多德提出的"理性的生活"重视人的认识，是一种逻辑学生活，追求真；而伊壁鸠鲁、塞涅卡和奥勒留等人提出的"自然的生活"则强调人的意志，是一种伦理学生活，向往善。古希腊哲学提出的这三种生活范式也意味着三种生活的维度。[②]

完整的人就是"生命的自我—生活的自我—存在的自我"。现象学美学家盖格尔区分了"自我"的三层结构："生命的自我"、"经验的自

---

① ［德］康德：《判断力批判（上卷）》，北京：商务印书馆，1964 年，第 15 页。

② 张公善：《批判与救赎：从存在美论到生活诗学》，合肥：安徽人民出版社，2006 年，第 182 页。

我"以及"存在的自我"。"生命的自我"是"所有各种生命事件的核心",比如享受一片水果,对性行为的享受,激动和松懈即生命律动的加快和放慢。"经验性的自我"构成"利己主义的基础,使一切事物都接受它自己的希望和欲望的支配","在艺术体验中,这种'经验性自我'无论如何都没有存在的权利"。至于"存在的自我"则是"我们的存在的最深层次"。① 盖格尔的自我分析颇有启示。如果我们仔细体会,的确可以在自己身上体验出这三种"自我"的存在。"经验性的自我"实际上就是"生活的自我",它是我们存在于世界的主要角色。它的逻辑就是"要活着,要生活",为了生活,我们每个人都是利己主义者。但是盖格尔似乎没有看到这三种"自我"之间的渗透,而把它们认为是独立存在的实体。我们接受它的自我结构,但将它们视作一个统一体,即"生命的自我—生活的自我—存在的自我",用一个宗教术语就是"三位一体"。于是,这三个自我的角色就不是那么单纯了,它们往往蕴含着其他自我角色的影响。比如,生命的自我受到生活的自我的影响,而显得世故,性行为也往往堕为交易或义务。生活的自我受到存在的自我的提升而变得审美化,不再那么势利与功利。

完整的生活就是"生命—生活—存在"三位一体。豪泽尔说:"所谓生活的整体性,指的是人的全部存在和感觉,包括他所有的意向、志趣和追求。"② 生活诗学旨在重建一种整体的生活观念,即"生命—生活—存在"一体观,这种整体的生活,它具有三个维度:"生命"是生活之在的形而下维度;"存在"是生活之在的形而上维度;通常所谓的"生活"一般是指日常生活。上述三者一起构成整体的生活。这种生活观并非否定生命的超验维度以及存在的感性视野。理论为了说明问题,必要时要简化和结构化。生命与存在原本都是融合多种复杂因素的整体。但存在之为存在的"存在性"却是形而上性、精神性,正如生命之为生命的"生命性"就是形而下性、肉体性。③

---

① [德] 盖格尔:《艺术的意味》,北京:华夏出版社,1998年,第226–230页。
② [匈] 豪泽尔:《艺术社会学》,上海:学林出版社,1987年,第1页。
③ 张公善:《批判与救赎:从存在美论到生活诗学》,合肥:安徽人民出版社,2006年,第252页。

【作品研读】

盲视与洞见:《诉讼笔录》

　　勒克莱齐奥(Jean Marie Gustave Le Clezio,1940—) 20世纪后半期法国新寓言派代表作家之一,也是现今法国文坛领军人物之一,与莫迪亚诺、佩雷克并称为"法兰西三星",2008 年荣获诺贝尔文学奖。代表作:《诉讼笔录》《寻金者》《罗德里格岛游记》。

　　随着法国作家勒克莱齐奥荣获 2008 年诺贝尔文学奖,对他的作品的关注开始升温,不少人又开始了全面的梳理与解读。在我所读过的已被译成中文的几部小说中,印象最深的还要数他在 1963 年发表的处女作《诉讼笔录》。据说他是随母亲到非洲旅行回来之后,有感于现代文明的堕落而作的。读罢感慨颇多,很难想象一个 23 岁的青年能对世界有那么多的想法,而且把这些想法融入到一种"寓言"似的小说形式之中。

　　目前人们对这部作品的评论大多落脚于现代文明的批判。最典型的就是前辈柳鸣九教授的文章《对现代西方文明的极端厌弃》,它作为一种介绍性的文字附在上海译文出版社出版的《诉讼笔录》末尾。在上个世纪 60 年代,这种解读非常在理,但在 21 世纪的今天,现代化已经席卷了全世界,全球化已经让"地球村"成为现实。上述从批判西方现代文明的视角解读这部作品就显得有些力不从心。因为这种读法有一定的负面影响,似乎小说写的就是西方现代文明的罪恶,以至于读者对西方文明产生愤恨与鄙弃。无疑它缩小了作品的内涵,无意间扩大了东西文明之间的裂痕。

　　好作品都拥有超越时代的生命力。《诉讼笔录》也不例外,其超越性就在于,它以寓言的形式加上一种夸张的感觉化书写,深入地反思了现代人的生存状态,并且提出了一种身与物化的自由和永恒之路。下面我以小说中出现的三句话作为三个命题,来具体阐释这部小说的丰富韵味。

"感知为生命的度量单位"①

亚当离家出走，来到一个破旧的山坡小屋，面朝大海，独自生活。虽然他似乎与世隔绝，但他的感觉却异常发达。他像一个外星人一般超然地审视着地球上的一切，像动物一样感知着外界的一丝一毫的动静，又像植物一样深入大地体味着物质的秘密。毫无疑问，亚当是作者诉讼现代文明的一个代码。现代人拥挤在高楼林立的都市，不能与大自然保持远古时代的亲缘关系了。日出而作日落而息的自然节奏被打断，现代人根本没有充足的时间来感知这个世界，更别说欣赏这个世界。

勒克莱齐奥敏感地意识到人类的感知越来越麻木，因为现代人越来越倾向于间接地获得人生在世的经验。随着网络的繁荣，一种虚拟的超现实的技术时空逐渐代替了真实的现实世界。后现代社会的虚幻性也在此暴露得无以复加。美国哲学家艾尔伯特·鲍尔格曼1992年清醒地告诫人们："我们不应认为经验是一定时间过程中感觉刺激的总和，而应是一个人与世界的突出遭遇。"他还深刻地指出超现实所隐含的危险："超现实环境无法提供唤起人们的耐心与勇气的人们工作与幸福。超现实环境非真实、不连续的魅力引发心神分散和行无定向，二者都处于抑郁愤恨和活动过度努力中极为危险的边缘。"② 虽然我们还不能说勒克莱齐奥批判了现代人的"超现实"，但是他对现代人感知退化的敏锐觉察，不能不让人敬佩。

亚当自命为"万物之主"，只有他对万物还保有原始的感知能力，他全身心地感知着这个世界，所以作者说"若以此衡量，亚当无疑是世界上唯一的一个活人"。③ 他喜欢裸露身体，躺在阳光下，远眺碧绿的大海，静观海滩上的一切生灵。他喜欢跟随某物。书中对亚当跟随狗的描写非常具体，让我们从一只狗的眼睛观照人类自身。他更喜欢观察身

---

① ［法］勒克莱齐奥：《诉讼笔录》，许钧译，上海：上海译文出版社，2008年，第18页。
② ［美］鲍尔格曼：《跨越后现代的分界线》，孟庆时译，北京：商务印书馆，2003年，第115－116页。
③ ［法］勒克莱齐奥：《诉讼笔录》，许钧译，上海：上海译文出版社，2008年，第18页。

边的蛛丝马迹，并想象一番前因后果。他能与动物打成一片，也能谛听植物的心声，更能感悟物质运动的永恒魅力。在亚当的感知下，世界真正凸现在我们的眼前，熟视无睹的事物开始引起我们的注意，一种与万事万物融为一体的阅读快感不断重现在读者的心中。

然而这个世界已经被人类糟蹋得面目全非了。在给米雪尔的一封信中，亚当倾诉了自己的不安：

> 对我来说，地球已变得一片混沌，我害怕恐兽，直立猿人，尼安德特人（吃人的），更不用说恐龙，迷龙，翼指龙，等等。我害怕山丘变成火山。或者北极的积冰融化，导致海水上涨，将我淹死。我害怕下面海滩上的人。沙滩正变成流沙，太阳正变成蜘蛛，孩童正变成龙虾。[1]

正是这种恐惧和荒诞使得亚当渴望从中解脱出来。虽然作者写了亚当和动植物一样具有灵敏的感知，但是作者更加想说的是亚当身上具备的另一种独特的感知能力——倾听存在之音的能力。这种觉知使得亚当能够超越一切感官的限度，体悟到一种"从世间的万事万物中迸发出来"的"命运之声"。所以亚当虽然沉迷于物质，但他也同时能超越于物质。作者意在启示读者：人类正走向末日，当务之急是要摒弃人类中心主义的思想观念，恢复感知，倾听存在。

人要想全面地感知这个世界，就不能仅仅像动植物那样感觉，更应该像人一样感觉。而要做到这点，他就必须与人为伍，了解人的精神世界。然而小说中亚当却是一个独自苟活的形象，他从家庭中逃离出来，离群索居，与尘世的唯一联系就是米雪尔，一个他曾经动物般粗暴地妄图占有的女人，一个他向她索要食物与钱的女人。此外，小说中亚当对人的鄙夷处处可见，他不愿为人，甚至突然想跑到蚂蚁中去，从它们身上学到从人类那里了解到的东西。亚当的被捕，表明这种动物似的生存实验的不可能，而小说最后写他朦胧之间的幻象，暗示了对现实世界的弃绝。"这正是将地球丢弃给白蚁的时刻。正是逆向而逃，一步步回到

---

① ［法］勒克莱齐奥：《诉讼笔录》，许钧译，上海：上海译文出版社，2008年，第10页。

往昔之中的时刻。"人们从孩童时代退回到摇篮时代，最后退回到母亲的腹内，"陷于睡梦中，那幽暗的梦境，充斥着奇怪的世间梦魇"。①

我们知道，片面极端的人物形象往往更能给人反思的力量，因为他们将人性中的某种元素发挥到极致。亚当的魅力即在于此。他追随动物，希望像它们一样自由自在。小说中经常提到亚当忽然想吃东西。他强暴米雪尔，在一整夜到处追寻米雪尔，如同他曾追随的狗一样，凡此种种，凸现了人类身上的两种本能欲望：食与色。虽然亚当力图恢复的主要是一种动物式的感知，而且亚当也没有走上一条与物为友的康庄大道，相反他却要成为"万物之主"，甚至病态地敌视一些无辜的生命。他对一只可怜的白鼠的虐杀可见一斑。尽管如此，亚当的所作所为仍然焕发出一种独特的魅力，因为通过他的视角我们真的看到了人类的许多痼疾，触目惊心。以此来看，亚当的遭遇就有些殉道的意味。

"以存在而存在"②

如果"感知为生命的度量单位"，进而恢复人类感知的权威至上性，那么人类的生活无疑就是一种感性生活或者说是一种物质生活，即"只为自己的肉体而生活"，就如同大自然中的花草猫狗一样，按照一种自然的规律生活，受制于物质必然性的统治。这种看似悠然自得的生活究竟有没有自由可言，是值得追问的。但作者并没有反思这种动物似的生活，相反对人类的生活却展开了刻意的批判。

在作者的笔下，现代人的生活毫无个性可言，充满喧嚣与无聊，一切都在重复，一切都千篇一律，人成了机械人、单面人。生活又是偶然的王国："人们相互紧挨着生活在一起，好似千万册书叠放在一起。每一词都是一种偶然，每一句话都是同一类型的一系列的偶然，每一则消息都持续一个小时的时间，或多或少，或持续一分钟，十秒钟，十二秒钟。"③ 所有人的生活结局都是悲剧，人间就是炼狱，人人都在等待着

① ［法］勒克莱齐奥：《诉讼笔录》，许钧译，上海：上海译文出版社，2008年，第270页。
② ［法］勒克莱齐奥：《诉讼笔录》，许钧译，上海：上海译文出版社，2008年，第256页。
③ ［法］勒克莱齐奥：《诉讼笔录》，许钧译，上海：上海译文出版社，2008年，第159－160页。

死亡。

　　人类如何超越这种生活呢？在亚当眼里就是人可以"以存在而存在"。这是感知最终有可能达到的唯一境界，在此状态"文化、知识、语言和文字都不再有任何用处"。它不属于人类的"分析系统"，而是一个"更为广阔的系统"，是"一种纯思维的状态"，是"一切一切的顶点"。① 此处所述与胡塞尔的现象学的"本质还原"何其相似！胡塞尔认为通过加括号的悬置方法，便可以获得我们的本质。他说："当整体世界包括我自己以及我们的思考都放入括号，还剩下什么？……意识本身作为其本身而具有了存在，其极端自然本性保留下来……"② 勒克莱齐奥对人类的"本质还原"的结果是什么呢？或者说"以存在而存在"究竟是一种什么样的状态呢？让我们看几段作者在小说中对一种终极境界的描写：

　　　　……他们大家过的都是同一种生活，他们的来生渐渐地融入了他们所掌握的原物质中。统一，这在高炉中炼就的统一，这如同处在火山口中，在熔炼的金属中沸腾的统一，是使他们超越自身的武器。无论在这座城市里，还是在其他地方，男男女女都在炼狱的火锅中经受煎熬。他们凸现在地球模糊的背景上，等待着某种东西，等待着终极，使他们置身于永恒之中。……那时，便将是无时间性物质的王国，一切都将存在于自身之中。③

　　　　他在演奏一种交响诗，最终的结局不是美，丑，理想，幸福，而是忘形，虚无。他不久就将不复存在。他不再是他自己，他失落了，如同一个细小的粒子在继续运动，继续旋转。……它自生不灭，死而复生，继而又被黑暗所吞噬，在无穷之中重复几百次，几百万次，几十亿次。④

---

　　① ［法］勒克莱齐奥：《诉讼笔录》，许钧译，上海：上海译文出版社，2008 年，第 256－258 页。
　　② Manuel Velasquez. Philosophy: *A Text with Readings*, *Fourth Edition*, Belmont, California: Wadsworht Pubishing Company, 1991：233.
　　③ ［法］勒克莱齐奥：《诉讼笔录》，许钧译，上海：上海译文出版社，2008 年，第 152 页。
　　④ ［法］勒克莱齐奥：《诉讼笔录》，许钧译，上海：上海译文出版社，2008 年，第 171－172 页。

热把一切全都分解开来,以重新组合一个被干燥毁灭的世界,简简单单的热。有了它,一切都会变白,变硬,最后成形。就像北极的冰块,将是物质的和谐,有了这种和谐,时间便不再流逝。是的,这将是真正的美。①

不难看出,在作者看来"物质运动是统一的"。② 万事万物最终化为灰尘,融入物质的旋环之中。物质作为世界的本原,我们早已在马克思那里获得根深蒂固的认识,但是将这一命题在小说中展开,在此之前,我闻所未闻。通观上述描写,"以存在而存在"其实就是以一种作为世界本原的物质而存在,它超越时空超越生死。"以存在而存在"是对人类极端功利化生活的彻底否决与悬置。作者对人类的这种拯救意图走的还是那条还原之路。本来在人的身上共存着物性—人性—神性,它们是一种递进的关系。人类作为有意识的物种,理应将自己逐步提升,而不是退化到物的地步。

小说片面地夸大了现代生活的无意义。写那位"厌倦生活"的人溺水而亡,说他"从未曾存在过",可谓意味深长。亚当却是一个清醒的沉思者,是真正生活着的人,而非浑浑噩噩的众生。作者将其名为"亚当",很显然对应伊甸园中的那位人类祖先"亚当",作者是希望其塑造的"亚当"应该成为"新人类"的祖先。与其同时,亚当也是一个看破红尘者,追求一种超越境界。但那种最终的"虚无"结局是否值得呢? 这不能不引起我们的深思。

世界的物质统一性,是亚当走向自由与永恒的入口。他妄图将自己化为物质进入无时空、无生死的境界。此为一条生命的返原之路。众所周知,从无机物质到生命再到人类的出现,这是生命的进化历程。如今亚当反其道而行,从人类到动植物再退回到鸿蒙的混沌世界。从物质角度来看,人死后化为灰尘就开始了融入宇宙之中的物质之旅。但这有何意义呢? 人类何以证明存在过? 人毕竟不同于物,人到底是要追求永恒还是意义? 雁过留声,人过留名。人类达到永恒的愿望是变为原子融入

---

① [法] 勒克莱齐奥:《诉讼笔录》,许钧译,上海:上海译文出版社,2008 年,第 178 页。
② [法] 勒克莱齐奥:《诉讼笔录》,许钧译,上海:上海译文出版社,2008 年,第 163 页。

大自然还是化为一种精神留在人间？亚当给了我们思考的契机。作者将现代主义文学对现代文明异化的批判又向前推进了一步。人不仅仅异化成一种物体，更是异化成更为本源的东西——物质。一个是物体化，一个是物质化，虽然都可以称为"物化"，但却大相径庭。前者形象地表达出现代文明对人造成的扭曲变形，而后者则是对现代文明的一种极端弃绝。

"生活不是逻辑"①

从情节来说，《诉讼笔录》真是没什么看头。但从文字的魅力与穿透力来说，这本书的阅读体验比较独特，它不断地以一种前所未有的规模与细致来冲击我们的感知，让我们沉入到语言长河之中，呼吸玩味，甚至不能自拔。同样不能自拔的也是作者本人，他有时也乐此不疲地无限放大一种感觉，在想象的王国里悠游。也许正如作者所云，其小说应该"被当作纯粹虚构的东西，其唯一的价值就在于在阅读者的脑中引起某种反应"。

小说的行文是散漫的，大致沿着主人公亚当的行踪为主线，然而作者又经常宕开一笔写些看似无关紧要的东西，比如写亚当到书店随便翻阅的一页书，咖啡店里琐碎的谈话，亚当被捕后当地的报纸也被全文复制在文中，亚当笔记本中有些文字被横线划掉也照搬下来，更有甚者，笔记本中的空白部分也原封不动地保存在书中，等等。按照小说的常规，这些都应该缩减或者概述，即使删掉也不足惜。这种不断打断小说主要叙述进程的手段，在此前的一些小说中也零星存在，比如福楼拜的《情感教育》与斯特恩的《项狄传》，据昆德拉在《小说的艺术》中的研究，这就是日常生活的诗意之所在。"面对这一将世界简化为一系列因果关系的事件的做法，斯特恩的小说仅凭它的形式，就向人表明：诗性并非在行动之中，而在行动停止之处；在因与果的桥梁被打断之处，在思想于一种温柔、闲适的自由中漫游之处。"② 看来作者不仅是在玩

---

① ［法］勒克莱齐奥：《诉讼笔录》，许钧译，上海：上海译文出版社，2008 年，第 51 页。
② ［捷克］昆德拉：《小说的艺术》，董强译，上海：上海译文出版社，2004 年，第 203 页。

味文字，更是在玩味生活！只是作者的玩味充满着对现代生活的反思与批判。《诉讼笔录》可谓昆德拉对小说的如下定义的绝好印证："散文的伟大形式，作者通过一些试验性的自我（人物）透彻地审视存在的某些主题。"①

作者的心中似乎对现象学的本质还原方法情有独钟，从中心思想到艺术形式无不如此。对人类过于理性化、数字化、单面化的批判，作者处心积虑地将其处处体现在文本形式之中。小说文本给人的感觉有些乱糟糟的，影射着现代生活的混乱，也似乎是想把小说还原为一种原生态的生活。文章中到处罗列的一些数字与字母，既批判了人类社会的数字化、单面化，也有助于塑造亚当的形象，有些病态的一个人物。书中引用各门学科的一些术语，比如"热"、"细胞"、"原子"、"同时性"、"无性繁殖"、"同化"等等，并将它们加入到一些极其感觉化的叙述之流中，也是一种对人类文明过于分门别类的理性化的嘲讽。我还从没有在一本小说中看到如此之多的专用术语，不妨摘录几段：

> ……昏暗的空间，殷红的灯光，大腿和胯骨抽搐似的摆动，这两间毗连的厅堂，像马达一样发出隆隆的声响。人们仿佛猛地套上了一层钢盔铁甲，打个比方吧，就像钻进了摩托车的汽缸盖，囚禁在四面铁墙之中，里面，一股巨大的气体，稠密，强烈，就要爆炸，汽油，火花，火星，煤，一触即发，瓦斯味，稠稠的油，像在熔化的黄油，黏糊糊的，黑一块，红一块，灯光闪烁，即刻就要爆炸，这股沉重有力的气体在分解，在揉搓，在压挤，冲着四堵粗糙的铁壁，发出溅泼声，锉屑沙沙声，咔嚓咔嚓声，前冲后退，前冲后退，前冲后退：原来是热气。②

> 同时性是统一性不可缺少的因素之一……同时性是对时间而不是对运动的彻底毁灭。这种毁灭的设想不一定要借助于神

---

① ［捷克］昆德拉：《小说的艺术》，董强译，上海：上海译文出版社，2004 年，第 182 页。
② ［法］勒克莱齐奥：《诉讼笔录》，许钧译，上海：上海译文出版社，2008 年，第147－148页。

秘主义的体验形式，而是要坚持不懈地借助于抽象思维中的绝对意念。随便举一件事为例吧，比如抽一支香烟，关键在于要在同一个动作中无限地感受到地球上另有千百万人可能同时在抽另千百万支香烟。感受到千百万支轻轻的圆柱形纸烟伸进唇间，吸进几克交织着烟草味的空气，这样一来，抽烟的动作便成为统一的了。①

在亚当体内的最深处，细胞，细胞核，原生质和各种组合的原子聚集为一体：再也没有任何部分是密封的。亚当的原子完全可以与石头的原子合为一体，他也完全可以慢慢地穿过土与泥，水与淤泥，然后彻底沉没；一切都可以一起下沉，像沉入一个深潭，消失在黑暗之中。在左股动脉中，一条阿米巴虫形成了包囊。原子像一颗颗微小的行星，在亚当那像宇宙般辽阔的躯体内旋转。②

更有甚者，小说还对一些人类文明的成果表示了厌恶，比如对文学、逻辑学、医学就充满着嘲讽与愤怒。而小说中亚当自叙其朋友西姆通过自我修炼妄图将自己创造成为上帝的故事，也意味着对上帝的解构，并暗示了对宗教的不信任。这也就切断了通过宗教走向救赎的道路。作者在小说中曾一口气将"人是永存的，上帝是死命"③ 这句话重复了四遍，也是似乎别有用心。

综上所述，《诉讼笔录》可谓一部哲学味很浓的小说，把它当作哲学著作来读也未尝不可。它深受存在论与现象学的影响，将爱尔兰哲学家贝克莱"存在就是被感知"的观念极端化，以至于妄图恢复人类感知的至上性。同时它又将现象学的本质还原的方法引入拯救人类命运的事业之中，致使将人类的本性还原为一种物性。它对人类文明的种种弊端颇有洞见的同时，也对人类生存的崇高意义表现出令人气馁的盲视。这本以存在为核心问题的小说恰恰违背了以萨特为代表的存在主义的精

① ［法］勒克莱齐奥：《诉讼笔录》，许钧译，上海：上海译文出版社，2008 年，第 170 页。
② ［法］勒克莱齐奥：《诉讼笔录》，许钧译，上海：上海译文出版社，2008 年，第 195 页。
③ ［法］勒克莱齐奥：《诉讼笔录》，许钧译，上海：上海译文出版社，2008 年，第 140 页。

髓：生活的意义要靠自己去创造，而生活的意义绝不是虚无，它更应是对现实的介入。生活是无辜的，需要反思的应该是生活的主体。亚当意识到生活的空虚单调，但却走向了一条永劫不归的倾心物质的沉醉之路，不能不说在其觉醒之后，又踏上了沉沦的沼泽。在今天看来，这部小说的价值不仅仅在于对人类文明的批判，而更在于它促使人类反省文明的负面性，进而呼唤重塑人类文明的新人的出现。

【延伸阅读】

1. **帕斯卡《思想录》**："人是一棵会思想的芦苇。"帕斯卡用自己的思想给予了我们关于人世、关于宇宙的丰富启迪。

2. **蒙田《有血有肉的语言》**：热爱生命、写意地生活、感悟存在。

3. **海德格尔《存在与时间》**：将哲学回归到对"存在"的关注，同时也为我们揭开了日常生活的存在维度。

4. **伯吉斯《发条橙》**（1962）：发条橙标志着把机械论道德观应用到甘甜多汁的活的机体上去。"发条橙，貌似有着可爱的色彩和汁水，实际上却只是机械玩具，被神秘之手悄悄拧紧了发条……"

5. **王安忆《伤心太平洋》**（1993）：漂流的故事。人类命运的寓言。"伤心太平洋"，要说的是"伤心的人类"。人类的命运是盲目的漂流，但每个人却不能糊里糊涂地过一生，而应该追求自己的理想。

附录一 读书之道

（2007 年 11 月 10 日在安徽师范大学的演讲）

读书之道的"道"有两层含义：一是具体的道路或方法；二是形而上的抽象之"道"。这两种含义往往互相融合，难以分清。下面我取有关读书的最重要的四个方面来谈这些具体又抽象的"道"。

读书的境界

读书的境界因为读书的目的不同而有高低之分，境界如同山峰，虽然高低不同但都姿态万千各有千秋。现在我指出最常见的三种读书境界：

利的境界：为功名利禄而读书。

这是古往今来大多数读书人的读书境界。孔子的学生子夏说："仕而优则学，学而优则仕"。（《论语·子张》）古人要想当官就必须一级级应考（童试/秀才—乡试/举人—会试/贡生—殿试/进士）。要考好就必须要苦读，头悬梁锥刺骨什么的，于是就有许多脍炙人口劝勉人勤奋读书的句子："十年寒窗苦，一朝天下闻"；"三更灯火五更鸡，正是男儿读书时。黑发不知勤学早，白首方悔读书迟"（颜真卿）；"富家不用买良田，书中自有千钟粟；安居不用架高楼，书中自有黄金屋；娶妻莫恨无良媒，书中自有颜如玉；出门莫恨无人随，书中车马多如簇；男儿欲遂平生志，五经勤向窗前读"（宋真宗）；"天子重英豪，文章教尔曹；万般皆下品，唯有读书高"（汪洙）。

现代中国莘莘学子读书好像并不是为了当官，更多的是想着一个"铁饭碗"，终生吃喝无忧。后来铁饭碗被废除后，一度兴起"读书无用论"，似乎读书就是为了吃饭。当今社会，越来越多的人读书只为稻粱谋，不少大学的教育也沦为职业教育，这些着实令人痛心。

读书究竟有什么用呢？从饭碗的角度来说，读书可以提高人的综合实力，加强人的技能素质，这些都为以后找工作打下良好的基础。"书到用时方恨少；事非经过不知难。"读书是有备之用、无用之用。读书之大用何在？这就进入以下两个读书境界了，一是为了个人内心的充实与快乐；一是为了一种崇高理想的实现。

乐的境界：为充实快乐而读书。

"学而优则仕"被认为是儒家传统，其实孔子认为读书不应只为稻粱谋而应追求快乐，他的如下言论足以证明："三年学，不至于谷，不易得也。""学而时习之，不亦乐乎？""知之者不如好之者，好之者不如乐之者。"更有甚者，孔子还将"道"放在首要的位置，他说："君子谋道不谋食。"为"道"而读书是又一层境界了，后面再说。

真正把读书的快乐说得让人神往的可能是翁森的《四时读书乐》。翁森字秀卿，号一瓢，浙江仙居人，生卒年不详，生活在宋元更替的时代。他学问很好，宋朝灭亡以后，不愿为官，隐居办学，著有《一瓢稿》。他创作的这组诗在后代读书人中影响深远。春："山光照槛水绕廊，舞雩归咏春风香。好鸟枝头亦朋友，落花水面皆文章。蹉跎莫遣韶光老，人生惟有读书好。读书之乐乐何如，绿满窗前草不除。"夏："新竹压檐桑四围，小斋幽敞明朱曦。昼长吟罢蝉鸣树，夜深烬落萤入帏。北窗高卧羲皇侣，只因素稔读书趣。读书之乐乐无穷，瑶琴一曲来熏风。"秋："昨夜庭前叶有声，篱豆花开蟋蟀鸣。不觉商意满林薄，萧然万籁涵虚清。近床赖有短檠在，对此读书功更倍。读书之乐乐陶陶，起弄明月霜天高。"冬："木落水尽千崖枯，迥然吾亦见真吾。坐对韦编灯动壁，高歌夜半雪压庐。地炉茶鼎烹活火，四壁图书中有我。读书之乐何处寻，数点梅花天地心。"听到如此赞美读书的诗句，谁会不对读书充满遐想与渴望呢？

读书是为了充实自己的内心精神世界并参悟宇宙人生的真谛（悟道）。它已经不再是为了一种单纯的求知而是为了一种智慧的富足。拥有这种境界的人，像鲲鹏一样逍遥于天地之间，大千世界皆可阅览，人间万相莫不为书。清代涨潮在其《幽梦影》中说得好："善读书者，无之而非书：山水亦书也，棋酒亦书也，花月亦书也。善游山水者，无之而非山水：书史亦山水也，诗酒亦山水也，花月亦山水也"；"文章是案头之山水，山水是地上之文章"。法国女作家杜拉斯也说："生活本身就是一种阅读，是事物的智慧"。

但是这种读书境界旨在个人的圆满透悟，并没有向外实践的行为。古人的知行合一观念可以作为补救。把读书悟道与生活实践统一起来，这是更高层次的境界了。

道的境界：为崇高理想而读书。

周恩来从小志高，12岁就发出"为中华之崛起而读书"的誓言。1919年3月，19岁的周恩来为了中国的反帝反封建大业，毅然决定放弃在日本求学的机会，归国加入革命。回国前夕，赋诗一首赠给为他饯行的同窗好友："大江歌罢掉头东，邃密群科济世穷。面壁十年突破壁，难酬蹈海亦英雄。"这首诗其实也形象地再现了五四那一代知识分子的读书境界。郭沫若、巴金、鲁迅等等，无不胸怀为国家民族繁荣富强、为人类团结友爱而读书的坚强信念。

孔子说："道不远人"，是说日常生活中处处都有道，但作为文明结晶的好书更是道的源泉。当我们读书不仅仅只是为了自己的内心充实与快乐，而是通过书本悟道，进而传道、践道，那么我们的读书就拥有了一份崇高的意味。

读书的方法

读书之法，不仅仅关于阅读行为本身，更要注意阅读的最终效果。关于读书的方法，人们的谈论可谓汗牛充栋。在此，我结合自己的读书经验简单谈谈。

阅读之法

"书有可浅尝者，有可吞食者，少数则须咀嚼消化。"（培根）有的书需字字精读，有的书可以一目十行地泛读，更多的书可能需要我们精读泛读相结合。中国古人非常强调精读，相当于外国新批评派的"细读"法。精读重在字里行间咀嚼出文章的味道与思想。慢速和重复是精读的标志。"韦编三绝"说的就是孔子读《易》次数之多，竟把编联简策的编绳翻断了多次。朱熹则强调读书要慢慢地咀嚼涵化："读书切记太匆忙，涵泳功夫兴味长。未晓不妨权放过，切身需要细思量。"那么，哪些书需要或者值得精读呢？主要有三类：古代经典；自己专业经典；痴迷钟情之书。

光有精读还不行，知识爆炸的时代，我们必须发展一种快速的泛读技能。泛读的目的何在？拓展精神空间。哪些书需要泛读呢？休闲性的通俗读物；非专业的经典著作；普及性的知识小品等。如何泛读呢？人们耳熟能详的快速阅读技巧有：首先细看目录和标题；其次精读序言或结尾；最后快速浏览正文，等等。

现代人更多的可能是精读与泛读相结合。有些书我们不知道好不好，不知道自己能否读下来，不妨先快速泛读一遍，如果你觉得比较好，你可以再次阅读，在自己感兴趣的地方精读。还有些书我们知道是比较有名的经典著作，但书中的论证似乎又比较繁琐，我们也可以这样来读，抓住提纲挈领，领会核心思想。比如我读罗蒂的《哲学与自然之镜》用的就是这种方法。大多数的著作都需要重复阅读才能把握其精华。我个人的读书习惯是：先通读（泛读＋精读），再回头选读（精读）。

吸收之法

很多人书是读了不少，可往往不能充分吸收，不能很好积累自己的"精神库存"。为此我们还要在读的同时做以下一些辅助性的工作：做记号、夹纸条、批注、读书笔记（摘录与感悟）。做记号和夹纸条目的是书海拾贝。一本书就是一片海洋，记号和纸条就是一种参照物，方便你定位你所发现的五彩斑斓的贝壳。批注是你阅读时忽然的感悟或启发，随手在空白处写的性灵文字。我国古人很喜欢这种阅读方式。脂砚斋、金圣叹、张竹坡都是古典小说的批阅高手。读书笔记是你阅读一本书最后形成的属于你的一种精神食粮的库存。你可以摘录非常精彩的文字（要注明书的出版社、版本和页码，便于引用查阅），你也可以写一些随感性的阅读体验。这类文字，我们尽可不论字数之多少，单观性灵之有无。

读书的维度

读书这种行为是一个非常具有可塑性、独立性的行为，只要读书的人勇于开拓善于挖掘，他完全可以在三个方面做到与众不同，甚至特立独行。这就是读书的多维度带给人的风采。

广度：古人说："行万里路，读万卷书。"培根说："读书补天然之不足，经验又补读书之不足。"人生在世，经验与书本要相辅相成，我们既要强调通过游历阅览世事沧桑，也要重视书本阅读的广博。不同的书带给你不同的收获："读史使人明智，读诗使人灵秀，数学使人周密，科学使人深刻，伦理学使人庄重，逻辑修辞之学使人善辩；凡有所学，皆成性格。"（培根）读书的丰盈还可以使人的灵魂充实气质不凡，此所谓"粗缯大布裹生涯，腹有诗书气自华"（苏轼）。

深度：真正的读书应该触及所读之书的思想核心而不能浅尝辄止。书如人，是有灵魂的。好书往往百读不厌，常读常新。王安忆认为小说写的是作家的"心灵世界"。读小说就是要从字里行间通达作者的心灵世界，才可以说到深度。比如《老人与海》，如果我们能够穿透文字的表层意义，那么我们就会发现它的内在而深沉的象征意义：大海如同生活，尽管生活中有些东西我们无法控制，但我们可以像老人那样反抗，尽最大努力做到成败皆英雄。艺术作品如此，学术著作也是如此。一部学术著作如果满目专业术语，佶屈聱牙，毫无作者性情之文字，也是一大遗憾。因为真正的思想是有温度的，它让我们温暖，让我们充实。

读书必须要抓住书的主题，那么整本书就好理解了。康德的书，难读，但如果看通康德的精神，那就是他要协调人类知情意，让它们和谐统一，你就能从总体上把握了他的思想。黑格尔的书是逻辑的正反合三段式的演义。海德格尔的书是存在的宣言，存在是他的太阳，一切光辉都是从中发出。如果我们读书能够把作者的思想融会贯通起来，可能就会一通百通了。当然，作者的思想又往往是比较复杂的，前后矛盾的现象也比比皆是。这就需要我们走向另一个读书的维度——高度。高度意味着反思与批判。

高度："尽信书则无书"，所以我们要能出入所读之书。有人读《少年维特之烦恼》后自杀，就是太耽溺于书的艺术世界了。读书之人必须要做到清醒与投入同在。不投入不能体会书的韵味；不清醒往往堕为书奴。房龙说的好："艺术只有一个目的，艺术家要为之不倦地努力，不懈地奋斗。这个目的就是达到艺术的最高境界——生活的艺术。"读书也要从这个生活艺术的高度出发。

梭罗说："两种文盲之间并没有什么区别，一种是完全目不识丁的市民，另一种是已经读书识字了，可是只读儿童读物和智力极低的读物。"我们不能满足于浅显易懂的书籍，而要给自己的智力向上登攀的体验。庄子的《秋水》意味深长：井底之蛙缺乏的不是深度而是广度；北海若缺乏的不是广度而是高度；秋水，没有深度没有广度也没有高度，只是拥有流动的生命，这可能就是我们绝大多数的平凡人。

生命因为有广度才姿态万千，因为有深度才波澜不惊，因为有高度才卓尔不群。追求生命的广度、深度和高度，我们的生命将更加有意味。在此，读书可以助我们一臂之力！

读书的意义

读书究竟有什么意义呢？可能绝大多数的人都不会想这个问题，因为我们读书时往往目的很明确，或是为了打发时间，或是为了汲取知识，或是为了研究写论文等等。这些急功近利的目的并非读书的真正意义。读书应是一种"生活的艺术"，它的非同寻常的意义体现在以下三个方面：

超越日常生活

整体的生活是"生命—生活—存在"三位一体的结合。其中"生命"是整体生活的形而下维度，"存在"是整体生活的形而上维度，而中间的"生活"就是我们通常所谓的日常生活，它主要目的就是生存，它禀赋的是现实原则。当学生们背负重重的课业负担，当商人们在生意场日夜打拼，当政客们殚精竭虑，当无数的平凡人为了吃饭两眼一睁忙到熄灯……如何超越日常生活，立足生命感悟存在便是一个重要问题。

人是一个复杂的多重角色的统一体，兽—人—神的统一体。纪伯伦说："人性就是降临在人间的神性。"梭罗说："我们的整个生命是惊人的精神性的。善恶之间，从无一瞬休战"，"自知身体之内的兽性在一天天地消失，而神性一天天地生长的人是有福的"。人类为了求生和动物没有多少区别，但人不能停留在这个层次。人性地活着就是内心拥有神性地活着。我们内心的神性渴望更高级的生活——精神生活。

读书是超越日常生活的一种有效手段。读书为我们开辟了一片纯净的精神领空，在此我们可以尽情地放牧我们疲惫的灵魂，自由地吮吸让我们心灵安宁的甘泉，静静地积攒让我们重新生活的力量！超越日常生活还有一种方法，那就是跳出日常生活，把日常生活当书来读，这样我们便拥有了一份生活的坦然与超然，这就是前文所谓的"道"的读书境界。

认识生活、体悟生活、拓展生活

生活是原生态的书本，书本是结晶化的生活。

读书可以认识生活。一门科学就是生活身上的一根触角，从中我们窥探生活的奥秘。一本书就是生活长河的一条支流，漂流其中，我们便可欣赏生活两岸的风景。读书可以体悟生活。**读书不仅仅可以借助别人的眼睛看世界，而且也可以书本反观自己的生活世界。**生活的酸甜苦辣，在此共享；生活的困惑，在此疏解；生活的智慧，在此凝聚。我们是活着的书本，书本是变形的我们。我们和书本在生活的舞台上同台演出。我们演绎着现实生活的悲喜剧，好书则往往预示着未来生活的万花筒。读书还可以拓展生活，让我们进入被现实生活时空所束缚的领空。"上下五千年，纵横八万里。"我们可以深入历史，可以周游世界，可以进入生活的每一个角落。

自觉传承人类文明之火

人类一代代繁衍生命的同时，也在传承着人类文明之火。当我们自觉阅读人类历史上流传下来的经典著作并与人分享的时候，我们其实是不自觉地加入了传递圣火的行列之中，为此我们应感到光荣，并对那些伟大的作家心存感激，是他们照亮了我们的道路，让我们不再孤单、不再迷惘、不再绝望！"多少人在读了一本书之后，开始了他生活的新纪元！"（梭罗）

（原载于《博览群书》2008 年第 8 期）

附录二 大学之道

　　如今的大学教育有沦为职业教育的危险，大学生的人文修养也在对技能素养的强调中黯然失色。面对如此境况，每一个关注民族未来的人，尤其是大学教育工作者都应该殚精竭力，思考大学教育何去何从的问题。我想，应先回顾真正的大学精神是什么，再看看目前的大学教育的主要病症何在，最后探讨如何应对当前困境。

真正的大学精神

　　1917 年蔡元培被任命为北京大学校长，他在就职演说中指出："大学者，研究高深学问者也。"而"专门学校"培养目标则是"学成任事"。因此，蔡元培对大学生提出了三大要求："抱定宗旨"、"砥砺德行"、"敬爱师友"。蔡元培的就职演说给我们的大学生指明了前进的方向，也给我们的大学教育工作者提出了宝贵的大学观念。1928 年 31 岁的罗家伦受命任国立清华大学校长，在他的就职演说中也谈到了大学的性质以及对大学生和大学教师的要求。他说："研究是大学的灵魂。"从这个灵魂出发，罗家伦对教师提出了八字方针："尽心教学，努力研究。"大学生应如何做呢？他说："便应当有大学生的风度。体魄康强，精神活泼，举止端庄，人格健全，便是大学生的风度。不倦地寻求真理，热烈地爱护国家，积极地造福人类，才是大学生的职志。有学问的人，要有'振衣千仞岗，濯足万里流'的心胸，要有'珠藏川自媚，玉蕴山含辉'的仪容，处人接物，才能受人尊敬。"

　　蔡元培和罗家伦二人都强调了研究学问和道德修养的重要性。北京大学和清华大学是中国现代大学的集中代表，也是中国目前公认最好的大学。这两所大学所体现的现代大学精神是什么？就是研究学问和道德修养并重，它也深刻地积淀在两所大学的传统校训中。北京大学的校训是"循思想自由原则，取兼容并包之义"；清华大学的校训是"自强不息，厚德载物"。如果说北大校训强调的是深受西方现代文明影响的民主自由，那么清华大学的校训则体现了中华文明的传统精髓。它们结合在一起意味着中国现代大学的主导精神：思想自由，兼容并包；自强不息，厚德载物。用通俗易懂的话来概括就是：在大学里，无论学生还是教师，都应该读好书做好人。当然教师主要是教好书，但要想教好书，还得先要读好书才行。

让我们再来看看世界一流的哈佛大学的教育观念。由哈佛学院时代沿用至今的哈佛大学校徽上面，用拉丁文写着 VERITAS 字样，意为"真理"。哈佛大学的校训为"以柏拉图为友，以亚里士多德为友，更要以真理为友"。校徽和校训都昭示着哈佛大学立校兴学的宗旨：求是崇真。树立对真理和知识的绝对权威就是哈佛大学教育的灵魂。然而，仅有真理和知识还不够。1991 年中国留美博士卢刚枪杀老师的悲剧告诫我们要关注人的德行。爱因斯坦就曾说过："有关是什么的知识并不直接打开通向应该是什么之门。人们可以对是什么有最清楚最完整的知识，可还是不能从中推论出我们人类渴望的目标是什么。"

大学不仅仅是真理的摇篮，更应该是精神的圣地，应时时刻刻关爱着个人的灵魂与人类的命运。孔子说："君子不器。"人不能把自己塑造成一个器具。君子是什么样的人呢？君子是一个文质彬彬的人（"质胜文则野，文胜质则史，文质彬彬，然后君子"），倾心于道的人（"朝闻道，夕死可矣"），能超越日常功利生活的人（"君子谋道不谋食。……君子忧道不忧贫"）。四书之一的《大学》开宗明义便讲："大学之道，在明明德，在亲民，在止于至善。"大学是大人之学，就是成为儒家所谓的大人的学问。其原则在于弘扬光明的善德，在于用这种善德革新民心使之去恶从善，在于达到尽善尽美的境界。很显然，这与鲁迅所谓的"立人"，可谓异曲同工。

因此，我认为，大学教育真正落实的应该是：四年下来能让学生内心有种充实的感觉，让他们能够坦然走出校园积极面对现实的风雨，让他们的精神真正独立起来，成为一个求真向善爱美的人。只有这样，我们的大学教育才能真正算一个名副其实的人文教育。然而现实不容乐观，大学的器具化相当严重。

现代大学的异化

关于现代大学的异化问题的论述汗牛充栋。我从两方面关注现代大学的器具化问题：一是师生数字崇拜，二是师生沦为器具。

早在上世纪 70 年代，英国艺术史学家贡布里希就指出"学术工业"的问题。他说："让大学职员中的普通教员知道他的价值是由已发表的论文数量和受邀参加讨论会的次数来衡量，那就简直糟透了。"正是这种压力造成了"学术工业"，"这种学术工业极少'推动学科发展'，反而常常阻碍学术的发展"。他进而提出把人文科学引向邪路的"四类偶像"——"数据偶像"、"新奇偶像"、"时代偶像"和"学院偶像"。其中"数据偶像"危害最大，它"相信必须先记录下全部可用的资料，然后再进行人文科学的其他研究"。他不无感慨地指出："由于数据崇拜者要求好的观念必须建立在归纳的基础上，致使多少好思想不得不流产啊！"在此，贡布里希是从研究的过程来谈的，简言之，就是占有越多的资料，研究越有成果。这会导致一种不良倾向——研究成果所引用的资料越多越容易发表。不否认有认真读书的真正学者，但是这些情况也大量存在：不会英文却硬要列举一大堆，没读过的书也为了充数被列出来。

数字崇拜还体现在对研究成果的态度上，就是成果数量越多越对自己有利。教师追求论文的数量，学生们追逐各种证书的数量。这种数字崇拜，更滋生出造假的风气。教师为了职称或福利，片面追逐论文，一稿多发，胡编乱造成风，学术腐败丑闻此起彼伏；而学生平时游手好闲，考试作弊如同家常便饭。

蔡元培说："教育是帮助被教育的人，给他能发展自己的能力，完成他的人格，于人类文化上能尽一份子的责任；不是把被教育的人，造成一种特别器具，给抱有他种目的的人去应用的。"然而环顾当前大学校园，我们发现许多教师和学生存在着沦为器具的倾向。

大学教师沦为器具的表现主要有三：教书匠、职称奴和学位狂。教书匠是为教书而教书，纯粹地讲授着课本知识。他们实际上没有自己的见解，更不能引导学生深入研究。教书如此，遑论育人！这些老师是把教书纯粹地当成了一种谋生的手段。职称奴见面就问"有没有发文章啊？发了几篇？有没有国家级或国家重点级？"等等。他们最羡慕的人就是那些发了国家重点级文章的人。另外，近年来高校教师争相搞在职学位，甚至出现了教授争相读博士的现象。

现代大学生沦为器具的表现有三：教育体制下的学习工具；就业压力下的考试（考证、考级、考研、考公务员等等）工具；无聊空虚时沦为网络工具。学习工具我称为"学奴"，他们往往都是些乖学生，眼睛盯着自己的学分与成绩。专业性都比较强，文理界限非常明显，对公共课敷衍了事。没有课他们就空虚了，六神无主无所适从。但是，他们考试的回答千篇一律毫无个性。考试工具我称为"考奴"，这些人考完英语四级考六级，考完导游考驾照……还有各种课程考试、毕业时候的考研和应聘工作时候的各种笔试。而随着近年来网络技术的普及和发展，越来越多的大学生在空虚中堕为网络工具，成为"网奴"。他们在没有课的时间里泡在网吧里，往往长时间沉湎其中，聊些无聊的话题，看些色情电影，写些流水账式的博客。

大学教育何去何从

现代大学教育何去何从？我觉得当前大学教育应做好如下三个方面：

第一，坚守人文精神。

大学教育理应成为一种人文教育，它的终极目标就是鲁迅所谓的"立人"。就是用自己的眼看世界，用自己的脑想问题，用自己的心悟人生，从而真正从精神上站立起来，成为求真向善爱美的人。

大学教师是大学人文精神的代表，应该研究如何教学，如何通过教学既能教书又能育人，如何在自己的专业领域渗透人文教育。大学研究不仅仅是指各个专业的学术研究，而且还有一种学问，那就是把专业教学与生活结合起来。晚年的爱因斯坦说："一切宗教、艺术和科学都是同一棵树上的不同分支。其目的都是为了让人类的生活趋于高尚，使它从单纯的生理存在中升华，并把个人引向自由……无论是教堂还是大学——在它们行使其真正的功能的限度内——都是为了使人变得很崇高。"教师，尤其是大学教师，首先要做的应该是不断塑造自己的灵魂，然后才能谈得上教书育人。真正的大学教师，给予学生的不仅仅是纯粹的知识，更是生活智慧的启迪以及一种精神的凌空。

大学生更应加强人文修养，而不仅仅研究书本学问。一个优秀的大学生不能光读教科书、专业书，还必须阅读一定数量的文史哲经典名著，以加强自己的人文修养。经过时间过滤的经典名著，是人类文明的最集中的积淀，从中我们可以获得知识、感悟智慧，可以学会如何生活、怎样做人。

第二，直面生存困境。

现在的大学生面对着巨大的生存压力。但抱怨解决不了问题，现实无法抗拒，我们只能适应现实并打点自己的生活。

阿城的小说《棋王》向我们展示了两种生活方式：棋王一生的生活信念就是"顿顿饱就是福"，叙述者"我"承认"衣食是本"，但又坚信"囿在其中，终究不太像人"。这是因为精神性是人的最大属性。克尔凯戈尔说："人的基本概念是精神，不应当被人也能用双脚行走这一事实所迷惑。"舍勒也认为，人的本质在"生命"之外，因为人是"精神生物"。"只要思想不滑坡，办法总比困难多。"直面生存困境，勇于锤炼精神，努力把自己打造成为一个优秀的人，这才是大学生最主要的任务。

第三，读好书做好人。

坚守人文精神，直面生存困境，落脚点何在？就在读好书做好人。所谓"好书"，指所学专业里最优秀的书，不仅是最优秀的教科书，更是公认的名著；此外还包括专业之外的文史哲经典名著。所谓"好人"，钱穆说过："中国文化，最简切扼要言之，乃以教人做一好人，即做天地间一完人，为其文化之基本精神者。"他是就中国传统文化而言强调"好人"的"道德精神"或曰"伦理精神"。我们结合中西文明的优秀品质，可以认为好人既是追求真理的人，善良的人，也是爱美的人。而现代大学片面强调技能与知识，忽视伦理关怀，只培养出了一批批"专家学者"，为此晚年的爱因斯坦一再呼吁："学校应该永远以此为目标：学生离开学校时是一个和谐的人，而不是一个专家。"一个和谐的人，便是一个真善美集于一身的人。

书怎样才能读好？读书是门学问，也是一门艺术。每个人都应该参考前人，再根据自己的实际，不断探索出适于自己的读书方法。书无止境，读亦无止境。人怎样才能做好？除了上文所说的要做到求真向善爱美之外，从我对生活的整体理解出发（整体的生活包括三个维度：生命—生活—存在），做好一个人至少应包括如下三方面内容：珍爱生命，积极生活，感悟存在。珍爱生命意味着我们不仅应爱惜自己的生命、爱惜别人的生命，更应该胸怀敬畏生命的信念，关心身边的生命。积极生活意味着永远"在路上"，即永远处于通向理想的路上，即使荆棘满地，甚至一败涂地，也仍然前行。感悟存在意味着一种更高的人生境界，不仅与人交朋友，还与身边的物交朋友，因为我们共同存在于一颗星球上。这是要超越日常庸俗的生活世界，走向一种艺术化的生活世界。只有从这三方面着手，经过一段时间的努力，我们的大学才能真正名副其实，我们的大学教师和大学生才能重新找到自己的灵魂。

（原载于《博览群书》2010 年第 10 期）

参考文献

绪论 小说中的生活智慧

［捷克］昆德拉:《小说的艺术》，董强译，上海:上海译文出版社，2004 年。

［捷克］昆德拉:《帷幕》，董强译，上海:上海译文出版社，2006 年。

John Fekete. Life After Postmodernism, New York: St. Martin's Press, Inc., 1987.

王安忆:《心灵世界——王安忆小说讲稿》，上海:复旦大学出版社，1997 年。

［美］詹姆斯:《小说的艺术》，上海:上海译文出版社，2000 年。

魏行一主编:《陶行知、黄炎培、徐特立、陈鹤琴教育文选》，合肥:安徽教育出版社，1992 年。

第一部分 生活的问题

引 言

［西班牙］贾塞特:《生活与命运:奥德嘉·贾塞特讲演录》，陈升、胡继伟译，南宁:广西人民出版社，2007 年。

［奥］维特根斯坦:《游戏规则》，唐少杰等译，西安:陕西师范大学出版社，2003 年。

［美］博克:《走出象牙塔——现代大学的社会责任》，徐小洲、陈军译，杭州:浙江教育出版社，2001 年。

[美]梭罗：《瓦尔登湖》，徐迟译，长春：吉林人民出版社，1997年。

第一章 生 死

南川、黄炎平编译：《与名家一起体验死》，北京：光明日报出版社，2001年。

[美]阿伦特：《精神生活·思维》，姜志辉译，南京：江苏教育出版社，2006年。

Leslie Paul. The Meaning of Human Existence, Wesport, Connecticut：Greenwood Press, Publishers, 1971.

Julia Kristeva. Hannah Arendt：Life Is a Narrative, University of Toronto Press Incorporated, 2001.

Steven Sanders, David R. C. The Meaning of Life, New York：McGraw – Hill Book Company, 1988.

[法]蒙田：《有血有肉的语言》，梁宗岱、黄建华译，北京：西苑出版社，2003年。

徐岱：《边缘叙事》，上海：学林出版社，2002年。

[美]罗蒂：《偶然、反讽与团结》，徐文瑞译，北京：商务印书馆，2003年。

[日]村上春树：《挪威的森林》，林少华译，上海：上海译文出版社，2001年。

第二章 婚 恋

[法]罗丹述、葛赛尔著：《罗丹艺术论》，傅雷译，天津：天津社会科学院出版社，2006年。

[英]罗素：《罗素思想小品》，庄敏、江涛编，上海：上海社会科学院出版社，1996年。

[英]罗素：《婚姻》，见孙琴安主编：《名家谈婚恋》，呼和浩特：远方出版社，2002年。

[法]莫洛亚：《爱情的艺术》，见孙琴安主编：《名家谈婚恋》，呼

和浩特：远方出版社，2002 年。

　　［俄］索洛维约夫：《爱的意义》，董友、杨朗译，北京：生活·读书·新知三联书店，1996 年。

　　［墨西哥］帕斯：《双重火焰：爱与欲》，蒋显璟等译，北京：东方出版社，1998 年。

　　［美］弗罗姆：《爱的艺术》，李健鸣译，北京：商务印书馆，1987 年。

　　［英］劳伦斯：《爱》，见孙琴安主编：《名家谈婚恋》，呼和浩特：远方出版社，2002 年。

　　［黎巴嫩］纪伯伦：《纪伯伦散文诗全集》，伊宏编，杭州：浙江文艺出版社，1993 年。

　　蔡元培：《说爱情》，见孙琴安主编：《名家谈婚恋》，呼和浩特：远方出版社，2002 年。

　　［法］莫洛亚：《生活的智慧》，傅雷等译，西安：陕西师范大学出版社，2003 年。

　　［捷克］昆德拉：《被背叛的遗嘱》，余中先译，上海：上海译文出版社，2003 年。

　　［法］普鲁斯特：《一天上午的回忆》，王道乾译，上海：上海文化出版社，2000 年。

　　［哥伦比亚］马尔克斯：《霍乱时期的爱情》，蒋宗曹、姜风光译，海口：南海出版公司，2008 年。

　　张爱玲：《小团圆》，北京：中国电影出版社，2009 年。

第三章　工　作

　　［德］叔本华：《人生的智慧》，韦启昌译，上海：上海人民出版社，2001 年。

　　［瑞］奥特：《不可言说的言说》，北京：生活·读书·新知三联书店，1994 年。

　　［古罗马］爱比克泰德：《生活的艺术：通往幸福、快乐和美德之路》，沈小钧译，天津：天津社会科学院出版社，2008 年。

朱光潜：《谈美》，合肥：安徽教育出版社，1997年。

［德］爱克曼辑录：《歌德谈话录》，朱光潜译，北京：人民文学出版社，1978年。

巴金：《随想录》，北京：作家出版社，2005年。

［荷兰］伊登：《小约翰》，胡剑虹译，北京：华夏出版社，2004年。

王蒙：《组织部新来的青年人》，见谢昭新、吴尚华主编：《中国现当代文学作品选（下）》，合肥：安徽教育出版社，2003年。

茹志鹃：《剪辑错了的故事》，见《草原上的小说》，天津：百花文艺出版社，1982年。

第四章 欲 望

［古罗马］塞涅卡：《面包里的幸福人生》，赵又春、张建军译，西安：陕西师范大学出版社，2003年。

［美］辛格：《卢布林的魔术师；冤家，一个爱情故事》，鹿金等译，上海：上海译文出版社，2001年。

张爱玲：《红玫瑰与白玫瑰》，见《张爱玲文集（第二卷）》，合肥：安徽文艺出版社，1995年。

［美］艾尔文：《欲望》，董美珍译，北京：中国青年出版社，2008年。

［法］普鲁斯特：《一天上午的回忆》，王道乾译，上海：上海文化出版社，2000年。

［英］伊格尔顿：《理论之后》，商正译，北京：商务印书馆，2009年。

［法］拉罗什福科：《道德箴言录》，何怀宏译，北京：西苑出版社，2003年。

［英］里德：《艺术的真谛》，王柯平译，北京：中国人民大学出版社，2004年。

［德］尼采：《哲学与真理》，田立年译，上海：上海社会科学院出版社，1993年。

第五章 栖 居

［德］海德格尔：《关于人道主义的书信》，见孙周兴选编：《海德格尔选集》，上海：生活·读书·新知三联书店，1996 年。

张公善：《批判与救赎：从存在美论到生活诗学》，合肥：安徽人民出版社，2006 年。

［英］考德威尔：《考德威尔文学论文集》，陆建德、黄梅、薛鸿时等译，南昌：百花洲文艺出版社，1995 年。

［美］弗雷泽：《十三月》，黄觉译，南宁：接力出版社，2010 年。

［美］伯曼：《一切坚固的东西都烟消云散了——现代性体验》，徐大建、张辑译，北京：商务印书馆，2003 年。

［英］艾略特：《艾略特文学论文集》，李赋宁译注，南昌：百花洲文艺出版社，1994 年。

第六章 幸 福

［德］叔本华：《作为意志和表象的世界》，石冲白译，北京：商务印书馆，1982 年。

［法］卢梭：《漫步遐想录》，廖灯明译，北京：中国社会科学出版社，2003 年。

［美］布热津斯基：《大失控与大混乱》，潘嘉玢、刘瑞祥译，北京：中国社会科学出版社，1995 年。

［法］索雷尔：《论暴力》，乐启良译，上海：上海人民出版社，2005 年。

［古希腊］亚里斯多德：《修辞学》，罗念生译，北京：生活·读书·新知三联书店，1991 年。

［俄］托尔斯泰：《生活值得过吗——托尔斯泰智慧日历》，李旭大译，北京：中国发展出版社，2006 年。

［古希腊］亚里斯多德：《修辞学》，罗念生译，北京：生活·读书·新知三联书店，1991 年。

［俄］叶赛宁：《玛丽亚的钥匙》，吴泽霖译，北京：东方出版社，

2000 年。

　　［奥］阿德勒：《理解人性》，陈太胜、陈文颖译，北京：国际文化出版公司，2000 年。

　　［法］伯格森：《笑与滑稽》，乐爱国译，广州：广东人民出版社，2000 年。

　　［法］圣埃克苏佩里：《小王子》，周克希译，上海：上海译文出版社，2009 年。

　　［英］罗素：《罗素论幸福》，傅雷译，北京：团结出版社，2005 年。

　　［美］庞德：《在地铁站》，见李顺春、王维倩：《美国现代派诗歌鉴赏》，南京：南京师范大学出版社，2007 年。

第二部分　生活的主题

引　言

　　冯友兰：《新世训：生活方法新论》，北京：北京大学出版社，1996 年。

　　［奥］维特根斯坦：《哲学研究》，上海：上海人民出版社，2001 年。

　　［德］阿多诺：《美学理论》，王柯平译，成都：四川人民出版社，1998 年。

第一章　生活的方式

　　［俄］什克洛夫斯基：《散文理论》，刘宗次译，南昌：百花洲文艺出版社，1994 年。

　　［德］施勒格尔：《雅典娜神殿断片集》，李伯杰译，北京：生活·读书·新知三联书店，2003 年。

　　［奥地利］维特根斯坦：《文化与价值》，冯·赖特、海基·尼曼编，许志强译，杭州：浙江文艺出版社，2002 年。

　　［秘鲁］略萨：《中国套盒：致一位青年小说家》，赵德明译，天

津：百花文艺出版社，2000 年。

［秘鲁］略萨：《胡利娅姨妈与作家》，赵德明等译，北京：人民文学出版社，2009 年。

［秘鲁］略萨：《绿房子》，孙家孟译，北京：人民文学出版社，2009 年。

第二章　生活的惯性

［捷克］昆德拉：《被背叛的遗嘱》，余中先译，上海：上海译文出版社，2003 年。

［日］大江健三郎：《大江健三郎自选随笔集》，王新新等译，北京：光明日报出版社，2000 年。

［美］刘易斯：《巴比特》，王永年译，北京：作家出版社，2006 年。

［英］海默尔：《日常生活与文化理论导论》，王志宏译，北京：商务印书馆，2008 年。

［德］海德格尔：《存在与时间》，陈嘉映、王庆节译，北京：生活·读书·新知三联书店，1999 年。

第三章　生活的艺术

［美］舒斯特曼：《哲学实践》，彭锋等译，北京：北京大学出版社，2002 年。

［德］海德格尔：《"……人诗意地栖居……"》，见孙周兴主编：《海德格尔选集》，上海：生活·读书·新知三联书店，1996 年。

［法］布迪厄：《艺术的法则》，北京：中央编译出版社，2001 年。

［美］纳博科夫：《洛丽塔》，于晓丹译，桂林：漓江出版社，2003 年。

施蛰存：《梅雨之夕》，见严家炎编选：《新感觉派小说选》，北京：人民文学出版社，2009 年。

［日］川端康成：《伊豆的舞女》，叶渭渠译，见丁帆主编：《新编大学语文》，北京：外语教学与研究出版社，2005 年。

［美］爱默生：《自然沉思录》，博凡译，上海：上海社会科学院出版社，1993 年。

第四章　生活的复杂

［法］加缪：《西西弗的神话》，北京：西苑出版社，2003 年。

［美］爱默生：《自然沉思录》，上海：上海社会科学院出版社，1993 年。

［法］莫兰：《复杂思想：自觉的科学》，北京：北京大学出版社，2001 年。

［法］纪德：《新食粮》，见《田园交响曲》，李玉民译，北京：作家出版社，2006 年。

［法］纪德：《背德者》，见《田园交响曲》，李玉民译，北京：作家出版社，2006 年。

［法］纪德：《浪子归来》，见《田园交响曲》，李玉民译，北京：作家出版社，2006 年。

［法］纪德：《人间食粮》，见《田园交响曲》，李玉民译，北京：作家出版社，2006 年。

［俄］叶赛宁：《玛丽亚的钥匙》，吴泽霖译，北京：东方出版社，2000 年。

［德］尼采：《快乐的知识》，黄明嘉译，北京：中央编译出版社，2005 年。

［德］尼采：《超善恶》，张念东、凌素心译，北京：中央编译出版社，2000 年。

第五章　生活的韧性

［美］海明威：《老人与海》，上海：上海译文出版社，2010 年。

吴然：《“硬汉”海明威作品与人生的演绎》，北京：昆仑出版社，2005 年。

郭宏安：《重读大师：一种谎言的真诚说法》，北京：人民文学出版社，1990 年。

第六章　生活的轻重

［捷克］昆德拉：《生命中不能承受之轻》，洪涛、孟湄译，贵州：贵州人民出版社，2001年。

［德］海德格尔：《尼采》，孙周兴译，北京：商务印书馆，2003年。

［美］邓恩：《姊妹革命——美国革命与法国革命启示录》，杨小刚译，上海：上海文艺出版社，2003年。

［德］米勒：《心兽》，钟慧娟译，南京：江苏人民出版社，2010年。

［德］米勒：《呼吸秋千》，余杨、吴文权译，南京：江苏人民出版社，2010年。

［奥地利］里尔克：《里尔克诗选》，绿原译，北京：人民文学出版社，2006年。

叶朗：《中国美学史大纲》，上海：上海人民出版社，1985年。

第七章　生活的韵味

王安忆：《流逝》，见《中国当代作家选集丛书·王安忆》，北京：人民文学出版社，1995年。

第八章　生活的意义

［英］科廷汉：《生活有意义吗》，王楠译，桂林：广西师范大学出版社，2007年。

［奥］阿德勒：《让生命超越平凡》，李心明译，北京：西苑出版社，2003年。

［美］阿伦特：《精神生活·思维》，姜志辉译，南京：江苏教育出版社，2006年。

刘海平、徐锡祥主编：《奥尼尔论戏剧》，北京：大众文艺出版社，1999年。

［美］辛格：《我们的迷惘》，郜元宝译，桂林：广西师范大学出版

社，2001 年。

史铁生：《对话练习》，长春：时代文艺出版社，2000 年。

史铁生：《命若琴弦》，见丁帆主编：《新编大学语文》，北京：外语教学与研究出版社，2005 年。

第九章　生活的境界

王国维：《人间词话》，上海：上海古籍出版社，1998 年。

［美］科塞：《理念人》，郭方等译，北京：中央编译出版社，2004 年。

冯友兰：《中国哲学简史》，北京：北京大学出版社，1996 年。

［德］费希特：《极乐生活》，于君译，北京：光明日报出版社，2009 年。

［法］加缪：《鼠疫》，刘方译，见《加缪全集·小说卷》，上海：上海译文出版社，2010 年。

第十章　生活的维度

［德］康德：《判断力批判（上卷）》，宗白华译，北京：商务印书馆，1964 年。

［德］盖格尔：《艺术的意味》，北京：华夏出版社，1998 年。

［匈］豪泽尔：《艺术社会学》，上海：学林出版社，1987 年。

［法］勒克莱齐奥：《诉讼笔录》，许钧译，上海：上海译文出版社，2008 年。

［美］鲍尔格曼：《跨越后现代的分界线》，孟庆时译，北京：商务印书馆，2003 年。

Manuel Velasquez. Philosophy：A Text with Readings, Fourth Edition, Belmont, California：Wadsworht Pubishing Company, 1991.

注：参考文献按先后顺序在首次出现的章节中列出，重复出现时则不再列出。

后　记

　　《小说与生活》具有鲜明的人文特色：

　　第一，生活教育的功利性。此书目的就是教育——自我教育或借以教育别人。小说是进行生活教育的工具，也是我们教育者借以反省自己生活的工具。作为工具，我们必然要关注小说与我们提出的生活问题或主题密切相关的内涵，而对小说本身作为文学艺术作品还可能拥有的其他内容并不做深入地拓展研究。我们深深地明白：解读即过滤。解读意味着解读者将不需要的东西从作品中过滤掉，只剩下与解读者声气相应的东西。在此意义上，解读也意味着对作品丰富复杂性的"谋杀"。然而，不同的解读者又能读出作品不同的意味，这又丰富了作品的内涵，扩大了其他读者的视野，所以解读又是作品走向生活世界的必备桥梁。希望本书的解读能够开阔读者的视野，只是提醒读者别忘了：这些解读只是透视原作品的一扇窗户，更多的内涵还有待于读者自己去探索。

　　第二，主观体验的普遍性。长期以来，我们的教育总是注重一种知识的客观性。老师在课堂主要进行以传授知识为主的宣讲，学生则是笔记记得满满，但回答问题依然是千篇一律，毫无个性与智慧。这不能不引起教育工作者的反思。《小说与生活》对生活教育的实践意义主要是：引导读者体验作品，感悟其中的生活智慧。诚然，体验与感悟是仁者见仁智者见智的事情，因而本书充满着个人化的见解，具有不可避免的主观性。但其主观性与片面性、随意性不能等同。因为，此处提出的生活的问题与主题是普遍的，我们的解读所道出的一些生活智慧的启迪也是普遍的。这意味着本书在另一种意义的客观性：普遍适用的智慧性。

　　第三，拥抱未来的开放性。生活永远在更新，对生活的感悟永远没有完结的时候，其中的问题与主题也会随着时空的变换而有所变化。新的主题与问题会不断出现，旧的问题和主题又会有新的内涵。生活如此，与生活水乳交融的小说也是如此。本书所选的小说只是示范，引导学生自觉从生活的视角阅读作品。同时我们的课堂也是开放的，不同的观点可以自由发表碰撞。但这并不意味着放任自流，我们将依据古往今来人类文明普遍的一些价值标准进行疏导。我们的主题始终如一：珍爱生命—积极生活—感悟存在。

写作是一件痛苦又快乐的事情。此书作为我向四十岁的献礼，更是倾注了我太多的热情和心力。在日以继夜的写作中，首先要感谢妻子的宽容与厚爱，为我分担了许多的日常事务，使我得以按计划定稿成书。聪明可爱的儿子也增添了生活的乐趣，使我对未来生活充满信心。杨慧博士、郭传梅博士提供了不少反馈意见和阅读书目，叶永胜博士对此书的出版也倾注了关心，在此一并感谢。值得一提的是，本书还吸纳了两名学生的写作成果。《老人与海》的研读主要是黄亚婷同学的功劳。《小王子》的评论则是黄亚婷同学与张繁同学写作基础上的综合。她们两人接到写作任务后，在认真研读原作基础上倾力写作，并根据我的意见不断修改，不厌其烦，历时近半年。希望她们在以后的人生中继续保持这种踏实作风，取得更大的成绩。

此书如下章节的内容已经在一些杂志发表过：第一部分《纯真爱情的守望》，载于《博览群书》2009 年第 10 期。第二部分解读《流逝》的文章曾以《生活的韵味》为标题发表于《职大学报》2009 第 3 期。《洞见与盲视》载于《外国文学》2009 年第 6 期。附录中的两篇文章分别发表于《博览群书》2008 年第 8 期和 2010 年第 4 期。在此对这些杂志付出辛劳的编辑表示感谢。此外，黄亚婷、张繁、吴湘莉同学为此书的校对做出了努力，相信本书错误的表达已经降低到最低限度。

最后，我想说：也许读完本书时，对于每一个人，无论是教育者还是受教育者，生活的问题依然存在，生活的主题也并未确定，但如果我们能感到内心充实，并积极守望理想的生活，做一个觉醒的生活者，也就可以无怨无悔了。

"尽信书，则无书。"必须时刻铭记：重要的是生活，而不是关于生活的理论。

欢迎大家反馈阅读意见和推荐作品，以便我们不断地更新和修改内容。我的电子邮箱：active71@ sina. com。

张公善

2011 年 10 月 9 日上午于长江之滨